周永康垮台
全程大揭祕

新紀元周刊編輯部

目錄

■第一章 胡錦濤差點抓了周永康 7
　第一節 五年前胡錦濤欲抓周永康 8
　第二節 「京城小神仙」與周永康祕書 11
　第三節 把中國拖入「祕密警察治國」時期 18
　第四節 周永康小傳 21

■第二章 周永康四川馬仔先落馬 31
　第一節 李春城被雙規 反腐逼近周永康 32
　第二節 中央在揪誰賣官位給李春城 37
　第三節 四川三富豪連環套住周永康 44

■第三章 湖北政法王吳永文的凶殘 53
　第一節 狡詐凶殘的湖北政法王 54
　第二節 武漢是周薄收編烏有之鄉的重鎮 58
　第三節 徐崇陽受虐視頻曝光 施暴者湖北警方 65
　第四節 吳永文案升級 周永康哀求無用 69

■第四章 18年大祕和白手套被抓 73
　第一節 心腹相繼被除 周永康恐比黃菊死得慘 74
　第二節 周發動政變 與習勢不兩立 82
　第三節 把「周老虎」關進籠子呼聲漸起 88

■第五章 中石油的一窩四小虎落馬 97
　第一節 一桶油倒出「石油幫」老虎窩 98
　第二節 揭祕惠生工程幕後的兩隻大老虎 111

- **第六章 蔣潔敏貪腐數百億** 117
  - 第一節 蔣潔敏「一路騙到國務院」 118
  - 第二節 官網揭「領導人妹」涉中石油案 124
  - 第三節 周永康家族兩大金庫曝光 128
  - 第四節 蔣潔敏賤賣油田 周斌受賄六億撈人 132

- **第七章 18大前後 政法委遭降級肢解** 137
  - 第一節 江派再次反撲失敗 胡習聯手懲治政法委 ... 138
  - 第二節 政法委被降級拆分「維穩沙皇」下台內幕 ... 144
  - 第三節 習「憲法夢」成政法委惡夢 官員自殺頻傳 ... 148
  - 第四節 453人被查 政法委大坍塌 153

- **第八章 開刀政法委 釜底抽薪周永康** 157
  - 第一節 周本順末獲選最高法院院長內幕 158
  - 第二節 政法委震盪持續 遼寧、上海兩公安廳局長被撤 ... 161
  - 第三節 高層分裂 中紀委槓上政法委 164
  - 第四節 政法委再洗牌 要職悄然換人 167
  - 第五節 習「借毛打周」正式開刀政法委 170

- **第九章 周永康垂死瘋狂的反撲** 179
  - 第一節 為保周永康 江派不惜搞核恐嚇 180
  - 第二節 離奇！中央巡視組重慶遇襲 185
  - 第三節 三中全會前 習近平遭死亡威脅 187
  - 第四節 周永康政變暗殺內幕 192

第十章 周老虎掉進了十面埋伏 ... 203
- 第一節 激戰！財新曝周家黑幕遭刪文 ... 204
- 第二節 被雙規前 周永康八次露面內幕 ... 209
- 第三節 習近平「辱敵」風格與手法 ... 216
- 第四節 習與江派翻臉 廢除勞教內幕 ... 221

第十一章 「610」頭子李東生 殺不見血 ... 231
- 第一節 周永康頭號馬仔李東生的升官路 ... 232
- 第二節 四個電話錄音曝光 李東生罪惡滔天 ... 246
- 第三節 「610」頭子落馬 政法委官員惡夢成真 ... 254

第十二章 要打元老級大老虎 ... 263
- 第一節 周十大罪狀 涉三政治局常委 ... 264
- 第二節 百度解禁十多年來最大祕密 ... 274
- 第三節 周永康「死罪」風向標 ... 279
- 第四節 453人被捕或自殺 血債幫大清算臨頭 ... 285
- 第五節 習近平要打元老級大老虎 ... 290

第十三章 周永康和中共都罪不可赦 ... 299
- 第一節 當今重大真相被國際媒體集體屏蔽 ... 300
- 第二節 《新紀元》準確預測迷局 ... 306
- 第三節 太子黨爆激烈爭吵 洩露中南海最恐懼的危機 ... 320
- 第四節 中央黨校公開討論中共崩潰後事 ... 324

第一章

胡錦濤差點抓了周永康

早在 2008 年,胡錦濤就一度想拿下周永康。當時各項貪腐證據都指向周永康,但在最後一步胡錦濤想動手抓周時,江澤民跳出來保下了周。(大紀元合成圖)

第一節
五年前胡錦濤欲抓周永康

雖然拿下周永康的是習近平，但最早想逮捕周永康的是胡錦濤。

據中共內部消息，2013 年 8 月 27 日，習近平在主持中共中央 18 屆政治局召開的全體委員會議中，通過了一項沒有公開但絕對震撼的決議：與會者一致同意對 17 屆常委周永康涉嫌嚴重違紀進行立案調查。當時習近平還宣布了四條注意事項：一，對周永康立案調查立即進行；二，決議內容要保密，待三中全會後正式公布；三，成立由王岐山負責的專案組；四，習對專案組提出兩點要求：一是「一查到底，絕不手軟」，二是盡力將社會及幹部隊伍震盪降至最低。

據《前哨》報導，2008 年，胡錦濤就一度想把周永康拿下。當時各項貪腐證據都指向周永康，但在最後一步胡錦濤想抓周時，有人跳出來保下了周。

報導說，2008 年春，退休常委宋平遊海南，一位地產商的地皮被法院非法沒收並「拍賣」。商人找到宋平申冤，因案子實在「黑」得太

離譜，宋找來省領導叫停拍賣。不過，省官們依仗時任常委周永康撐腰，根本不把退休的宋平放在眼中。

宋回京後驚悉拍賣已經成交，而政法官員從中獲取巨額鈔票，怒火中燒，帶上冤案資料找到胡錦濤。胡一則對「恩師」所託難拒，二則也被無法無天的案情震驚，加上其他原因，胡溫掀起一場「嚴打司法黑社會」運動，一舉挖出了鄭少東、陳紹基、王華元等多名部級中共高官，以及「中國首富」黃光裕。

據悉涉案的省部級高官多達57人，包括黃麗滿、李鴻忠等。當時有10人遭判重刑，幾乎清一色是周永康政法系人馬。

胡錦濤在這一波嚴打「司法腐敗」案中，本已對一眾貪官都「姓周」深惡痛絕，後又驚覺周永康親自直接插手破壞。他的祕書冀文林，顯然在其指使下洩露專案組機密，向「軍中黑社會」人物楊暉「通水」，令總參涉案重要證人劉鵬輝潛逃美國，從而保護了一大批貪官。

此後，胡錦濤向江澤民提出對周永康的破壞行為進行調查，卻被江一句「黨內決議不可擅改（即常委不立案）」給打發過去。至此，胡欲抓周的打算不了了之。

胡錦濤「全退成果」

外界評論說，調查周永康，「胡錦濤沒動成的事，習近平動了」。從表面上看，習近平似乎比胡錦濤強硬，不過仔細分析可以看出，習之所以比胡「敢幹」，除了背景、性格和外界環境不一樣，關鍵還有習一上任就同時獲得了「黨政軍」三大實權，一下就坐到了最高位，習掌權伊始就高調制定了「習八條」，核心內容就是限制江澤民等人的「老人干政」，而老人政治的廢除，卻是胡錦濤18大全退、捨身炸碉堡後才

換來的「政治果實」。

2012年11月中共18大召開後，中共政治局七個常委中，江澤民派系人馬占了至少三個：劉雲山、張德江、張高麗，除了李克強是胡錦濤的團派之外，習近平、王岐山、俞正聲主要色彩還是太子黨，當時世界媒體，包括香港很多知名政論雜誌都認為，胡錦濤輸得一塌糊塗，有人還借用薄熙來罵胡錦濤的話說，胡錦濤像漢獻帝那樣軟弱無能。

不過，當時唯有《新紀元》和其所隸屬的《大紀元》新聞集團看清了胡的真實意圖：以退為進，為了胡所認為的整體布局，不惜放棄原定的軍委主席的位置，為習近平開闢道路。為此，習幾次感動得掉眼淚。詳情請見《新紀元》當時出版的《胡錦濤全退布局和令計劃的復仇》一書。

如今人們都看到了，江派是「贏了面子、輸了裡子」，雖然政治局常委中江派占了多數，但卻沒有掌控實權。團派人馬，比如李源潮、汪洋等雖未能進入政治局常委，但卻掌握了實權，現在政治局常委開會，李源潮都能參加，而且有投票資格。汪洋作為副總理，中國經濟改革的關鍵政策就在他的掌控中。如今人們都說，胡錦濤最後這步棋，是他從政以來幹得最漂亮的事，是最令他的政敵意想不到的「高招」。

習近平能剝奪了周永康的「免死金牌」，原因是多重的。首先是薄熙來受審了，假如沒有天意安排王立軍出逃美領館，薄熙來案在七次起落中最後被判處了無期徒刑，要逮捕周永康恐怕還不是那麼容易。

習近平之所以抓捕周永康，也是因為江澤民、周永康之流的大老虎實在太囂張了，動輒貪腐幾百億人民幣，中共政權已經快被這些腐敗分子偷空挖垮了，為了保自己的江山，習才不得不打老虎。過去十多年，江澤民派系人馬「悶聲發大財」的結果就是「上梁不正下梁歪」，連所謂主持公正的「司法」系統都變成黑社會了，習近平要是再不動手清理周永康，那就看著它立馬倒台吧。

第二節
「京城小神仙」與周永康祕書

　　北京有個綽號「京城小神仙」的特殊人物：劉鵬輝。據稱此人「神通廣大」，凡是中共中央高層的祕書都是他的好朋友，公安部、安全部、總參二部、高檢、高法、中紀委的領導也常常是他的座上賓，如黃松有、鄭少東等人，只要劉鵬輝一打電話，就會趕到現場辦公，凡事必批。

　　周永康的祕書冀文林即和劉鵬輝關係匪淺。冀文林1966年7月出生在內蒙涼城，地質大學地球物理專業研究生畢業後，進入地質礦產部。1996年12月任地礦部部長辦公室副主任；1998年周永康任國土資源部部長後，冀文林任其辦公廳值班室調研員，1999年周永康去四川擔任省委書記後，冀文林也到了四川任省委辦公室副主任。

　　2002年周永康被江澤民提拔為公安部部長，冀文林也當了公安部辦公廳副主任，2005年9月還被授予二級警監；2008年7月，兼任中央維護穩定工作領導小組辦公室副主任；2011年1月擔任海口市市長。

　　從這個簡歷中不難看出，冀文林是周永康在郭永祥之後的心腹祕

書，而冀文林與劉鵬輝關係之「鐵」，從他們每天通電話的頻率來看，就是周永康、江澤民小圈子一夥的。

劉鵬輝曾經透露他的真實身分是「總參二部的情報人員」（隸屬上海局），並稱，凡是商人，只要加入總參二部的組織體系，歸他和時任總參情報部部長楊暉指揮，將來即使是殺人放火的事，總參二部都能擺平。

誰敢擋發財路，總參可以通知公安部、安全部，把他們安個「罪名」抓起來，就像總參三部隨時可監聽對手的電話。條件是：每年要向他和楊暉上交「組織會費」6000萬元，並安排公司20%的股份給他們。黃光裕最後就這樣做了，賴昌星也曾公開說他為中共的情報事業做了「大貢獻」。

揭祕「中國的胡佛」

當時有人問劉鵬輝，總參情報部有那麼大的權力嗎？劉鵬輝稱，你們知道前美國聯調局埃德加·胡佛（John Edgar Hoover）嗎？

現在的總參情報部楊暉部長就是「中國的胡佛」，江澤民、胡錦濤、周永康、郭伯雄等等還不是讓他玩得團團轉，只要楊暉說什麼，他們就跟著「拍手」叫好，五年後中央軍委主席一定是他的。

外界對楊暉的了解不多。不過2008年2月7日在陸軍論壇上，有人發出一個帖子，稱「總參情報部部長楊暉少將公開露面」，當時在中央電視台三套的外交系統的晚會「歡樂中國行——千里寄相思」中，楊暉通過晚會講話，向軍事外交人員表示新年祝福。

2011年8月3日，《南方都市報》報導說，「48歲的總參情報部原部長楊暉升任南京軍區參謀長，從而成為第一位『60後』大軍區領

導和全軍最年輕的副大軍區級幹部之一，因此備受海內外關注。」

據說 2011 年 5 月，中央軍委委員、總參謀長陳炳德訪美時向美軍參謀長聯席會議主席邁克‧馬倫介紹，陪同的楊暉「俄文也行，英文也行」，是中共軍隊中的「雙語人才」，並且「為反恐情報做出貢獻」。

黃光裕誤入官場被騙

不過，楊暉的升官不光靠本事，主要還是靠錢買來的，因為能幹人太多了，提拔誰，就看上面人的一句話。

劉鵬輝曾經稱，當年楊暉競爭總參情報部部長位置時，就是他和上海局的周榮找到了時任總參謀長梁光烈的兒子梁軍（另一說梁軍是梁光烈侄子），送給他兩套別墅和 8000 萬元現金，為楊暉順利當上部長鋪平了道路。

按周榮的話講，梁軍本身就是社會上的「小赤佬」（上海粗話），到處利用梁光烈的權力辦事，「收錢」賣官。不管梁軍是梁光烈的什麼人，有一點是肯定的，梁光烈收錢後都幫忙把事辦了。這就是權錢交易。

據中國首富黃光裕的家人在網路上曝光說，黃光裕本來是個本分的商人，是在劉鵬輝的介紹下才結識了眾多高官，劉鵬輝還安排了楊暉與黃光裕和家人見面。楊暉給他們的印象是「口才非常好，頭腦很精明」。

見面時，楊暉安排黃光裕在香港實施各類特務計畫，具體安排是：一、要控制香港的輿論工具；二、掌控賭業，控制港、澳、台三地的黑社會組織；三、收集大陸官員及家屬在香港經商的情報，特別是部、省長和常委們家屬的情況。於是黃光裕在香港購買了一本雜誌叫《紅色資本家》，據說該雜誌由《前哨》附屬公司創辦的。

後來劉鵬輝和楊暉收到了黃光裕每年 6000 萬元的「工作經費」，

劉鵬輝也被委任為黃光裕的國美電器上市公司非執行董事，並獲得公司20%股份。

2008年10月16日，劉鵬輝稱最高法院原副院長黃松有出事，有些事情要牽扯到他。2008年11月23日，黃光裕被帶走後，劉鵬輝則稱，楊部長已跟上面打好招呼了，黃光裕只是配合黃松有的案子了解點情況，過幾天就可以回家了。但是其後連劉鵬輝自己都跑到加拿大去了，說是楊部長「有緊急的海外工作任務讓他去辦」。

當時劉鵬輝向黃光裕家屬透露說，周永康的祕書（冀文林）每天跟他通電話，說他們答應，一定會讓黃光裕平安無事。但是那段時間鄭少東、項懷珠、陳紹基、王華元等接連被中紀委「雙規」，不久劉鵬輝也逃到了加拿大，黃家才明白，他們被騙了。

楊暉與江澤民的關係

楊暉，1963年出生，山東青島人。曾先後在中共駐南斯拉夫使館，前蘇聯、俄羅斯使館和哈薩克使館工作，後又擔任總參三部副部長、31集團軍副軍長，總參二部部長。2007年晉升為少將軍銜。總參三部主要負責國內監聽，總參二部主要負責國外情報。

楊暉的升官發財路還和江澤民有關。楊暉在分管俄羅斯事務時，在江澤民的心腹熊光楷的引見下與江相識，從此傍上江。

特別是江澤民曾經充當克格勃女特務的俘虜等機密事項被楊暉掌握後，楊主動投靠江，得到江的重用。楊暉還利用各種手段，與江澤民的另外幾名心腹如由喜貴、賈廷安等「稱兄道弟」，最後一路升至總參三部副部長。

也有消息稱，除了江澤民因素外，梁光烈也對楊暉的升官起了作

用。一方面楊暉下令讓心腹劉鵬輝賄賂梁光烈的親戚梁軍,另一方面梁光烈被明升暗降為國防部長這個虛職後,不甘心失去總參的實權,他需要一個總參內部的實權人物,於是各種因素促成了楊暉的晉升。

當時,在軍中梁光烈與徐才厚都是江澤民的心腹,所以最後楊暉被選中成為總參情報部(二部)部長。而楊暉成為部長一事,居然事先連總參謀長陳炳德都不知情,而是軍委直接下的任命。

楊暉成為總參三部的副部長時,據稱當時楊暉「太年輕」,其他三位副部長不服氣,還向中央軍委提出辭職,差點鬧出中共建軍以來從未見過的天大鬧劇。後來熊光楷急忙帶著楊暉到江澤民、胡錦濤、郭伯雄那裡糊弄了一番,才把風波平息下來。

楊暉成為總參二部的部長後,總參更是抗議如潮。事後,總參情報部六名退休將軍聯名給軍委寫信,列出楊暉的六大罪狀:一、買官賣官;二、謊報軍情;三、以權謀私,居然通過關係把東北下崗的親弟弟弄到海關總署當上了處長;四、任人唯親。

楊離開情報部前明目張膽地大肆在部、局領導位置上安排親信和哥們,如管錢管物的副部長郭慶、一天沒在武官工作局工作過但是任局長的顧剛、綜合局局長徐又明等均是其小兄弟。

劉鵬輝涉嫌美國間諜

劉鵬輝潛逃後,因為事關總參情報人員的問題,而且時任總參情報部部長楊暉也牽涉其中,所以總參不便再參與調查,胡錦濤祕密下令由國安部負責對劉鵬輝進行調查。而國安最後的調查結果居然是,劉鵬輝是美國中情局的人!而且劉現在居住在美國,但胡錦濤當時並沒立即公布調查結果。

港媒報導內部消息說:「因為劉的中情局身分,有關方面經過評估後認為,就是通過國際刑警組織發通緝令也沒用,相信無法將他引渡回大陸,只好任其逍遙法外。」

2011年8月前後,楊暉因為黃光裕案和劉鵬輝的問題,被軍委「名升暗降」調到南京軍區成為參謀長。而當時為楊暉的調動「保駕護航」的又是梁光烈和徐才厚,楊暉被調到梁光烈「根基頗深」的南京軍區也是出自梁的提議。

梁光烈2011年11月參加薄熙來的「唱紅」後,胡錦濤在年底的祕密會議上,公開國安部對梁光烈在軍中有聯繫的部分人員的調查結果,並質問梁:「為什麼劉鵬輝是間諜?」

梁光烈的罪責據稱分別是「用人不查」、「在軍內搞小圈子」、「要對我軍核心機密遭到洩露負責」等。此後,梁光烈在軍委實際上成為一個掛名的軍委委員。

總參情報部部長的親信是美國間諜,此事在政治局和軍委轟動一時,到現在也一直是祕而不宣。

國安部350人間諜案

儘管國安把總參情報部長身邊的間諜給挖出來了,不過國安自己也爆出了相同的醜聞:「國安部350人間諜案」。

2012年6月初,路透社報導引述三名知情人士透露說,中共國安部的一名副部長助理年初因涉嫌為美國間諜而被逮捕。

美國政府一名重量級官員也確認中共國安部的這名高官是在中共高層調查薄熙來事件時遭到逮捕的。

香港《新維月刊》報導說,不僅國安部的副部長助理已被逮捕,這

名副部長也被停職，涉案人員最終高達 350 人。

報導還稱，事情爆發後，在中共高層引起震驚，「胡錦濤大怒，下令徹查。」還有港媒對於這起事件的描述越來越離譜，稱美國的情報人員居然直接去國安局這名祕書的辦公室拿情報，矛頭直指耿惠昌。

消息稱，江派殘餘因為國安不斷端出軍方間諜問題而感到惱怒，從而藉挖出國安的間諜人員大做文章，並試圖以此對胡錦濤施壓。周永康在這起事件中雖也要承擔責任，但這起事件的矛頭對準的實際是胡錦濤的心腹國安部部長耿惠昌。

不但等到了 2013 年 3 月，中共國務院內閣部長表決中，多名部長得到一定數量的反對票。令人意外的是，得到贊成票最高的竟是神祕、鮮為人知的國家安全部長耿惠昌，其贊成票為 2946 票，反對及棄權票僅六票。

於是有人猜測，所謂「國安部 350 人間諜案」，可能是中共內部自己釋放的假消息，誇大或編造出的故事，否則，耿惠昌不會得到那麼多贊同票，習近平也不會繼續讓他當國安部長。

不過從中共內部情報部門的互掐、官場買官賣官的黑幕中，人們也看到中共體制的根本弊端。假如說 2008 年周永康因為有江澤民的保護而逃脫了懲罰，「躲過了初一，躲不過十五」，等習近平上台後，周永康的噩夢就開始了，昔日的政變盟友、如今的秦城明星薄熙來，向周永康頻頻招手吶。

第三節
把中國拖入
「祕密警察治國」時期

要說周永康的「最大政績」，那就是在他臨退休下台前的 2012 年中共兩會上，以法律的形式把中國拖入東歐滅亡前的「祕密警察治國」時代。

2012 年 3 月 14 日，備受爭議的刑事訴訟法修正案草案在社會強烈的反對聲浪中，於人大閉幕會上表決獲得通過。其中贊成 2639 票，反對 160 票，棄權 57 票。學者表示，此條款通過，意味著中國進入黑暗警察治國時期。此前法律界人士以立法程序不合法為理由，緊急呼籲人大代表停止對刑事訴訟法修正案表決。

刑事訴訟法有「小憲法」之稱，這是時隔 16 年之後，中共對刑訴法的再次大改。《刑事訴訟法修正案草案》第 73 條之「祕密拘捕」條款使每個中國人都有可能被當局以「危害國家安全」為由，讓其「祕密失蹤」。

一位記者在微博上說：人間怎能有這樣的法律——任何人只要得罪

了權貴,就可以用「嫌疑」兩字讓你「失蹤」!絕不能讓如此恐怖的刑訴法新條款出台!

曾擔任中國新民黨主席郭泉辯護律師的斯偉江直言,《刑訴法》修改的目的之一,是為維穩和反恐。沒有法學背景的人大代表,不會看到《刑訴法》修正草案中隱藏的魔鬼,他說:「沒幾個人大代表看得懂,看懂了也沒人敢反對。」

網路作家石非客說:「仔細看了有關刑訴法修改的情況,比我想像的還要恐怖。」「我不是在這裡危言聳聽,再沒有比這更讓人絕望的事情了。如果這個草案得以順利通過,這屆人大在表決器上按贊成鍵的所有人,都將永遠蒙羞!」

很多學者表示,中共允許祕密拘捕公民,必然將中國人置於類似前蘇聯克格勃統治的政治恐懼之下。當中國人處於來自安全部門的監視、竊聽或被祕密逮捕的危險境況之中時,任何人都有可能過著朝不保夕的日子,遑論所謂人格尊嚴。

前蘇聯血淋淋清除異己運動重演

旅美經濟學者何清漣曾以前蘇聯的克格勃(KGB)為例,說明中共新刑訴法帶來的白色恐怖。她說,克格勃後來功能演變為清除國內政治異己分子。KGB 的歷史就是一部顛倒黑白、製造冤案、刑訊逼供、濫殺無辜的歷史。「間諜」、「反蘇分子」、「破壞分子」、「叛國分子」的帽子隨時會降臨到每一個人的頭上。儘管這些被誣以各種罪名的大多數人什麼罪也沒有犯過,但在重刑之下,他們最後都會被迫承認自己的「罪行」,並表示甘受懲罰。輕者進勞改營,重者被槍決。克格勃全盛時期,就是蘇聯人流血最多的時期。生活在這樣一個人人都可能朝

不保夕的國度裡，無疑是最大的悲劇。

克格勃頭目當中最著名的就是貝利亞，是斯大林時期「肅反運動」的核心人物。然而，曾將無數人送上黃泉路的貝利亞，同他的許多受害者一樣，最後也被斯大林拋棄，神祕地從人間「蒸發」，其案卷中沒有土葬或火葬的證明，其屍體也去向不明。

而周永康的角色，跟貝利亞一樣。當江澤民、曾慶紅需要周永康時，周成了能夠呼風喚雨的中國頭號酷吏和特務頭子，但當江澤民和當權者在民眾憤怒聲討面前無法應對時，被主子拋棄，也就成了酷吏的必然下場。明朝的東廠特務周興也經歷同樣的下場。

第四節
周永康小傳

周永康任公安部部長和政法委書記十年以來，中國法制建設急劇倒退，社會治安急劇惡化，黑惡勢力橫行。周永康的「黑」在國際上也大有名氣，2012年1月周被英國《每日郵報》評為中國十大「黑領人物」之一。（AFP）

　　大陸官場的人提起周永康大多嗤之以鼻，「他？也就是江的打手，既沒腦子又沒謀略，全靠裙帶關係上來的，連手下人對他都是口服心不服。」民間盛傳周永康害死妻子後，娶了江澤民的外甥女才飛黃騰達。不過由於掌握的權力大，周永康犯下罪行的影響面，遠遠超過薄熙來。

　　1942年12月出生在江蘇無錫的周永康，在70歲之前，自認為混得不錯，不過由於王立軍的出逃，供出薄熙來與周永康密謀政變、逼迫習近平讓位，於是眾人的眼光一直在關注周會如何下台。

好色貪婪 為傍江而殺妻

1966 年 9 月，周永康自北京石油學院勘探系畢業後，不願到野外吃苦，留校等待分配。一年後，才極不情願地來到大慶油田當地質隊實習員。由於他有文憑又善於討好巴結人，41 歲時當上了遼河石油勘探局局長、遼寧省盤錦市委副書記、市長，1985 年當了石油工業部副部長，並出任中國石油天然氣總公司總經理，成為正部級國有企業高官。在周管轄石油系統的 13 年裡，是石油部最腐敗時期。而周也經常出入夜生活場所，生活極度腐化。

1998 年 3 月國務院成立國土資源部，56 歲的周永康被任命為首任部長。一年後周出任四川省委書記。有大陸媒體人透露，周永康最早的發跡是從搞房地產開始的，他把很多土地賣了搞行賄，花了 13 億行賄才當上了四川省委書記。

1999 年到 2002 年周任四川省委書記期間，好色的周永康多次強姦婦女，連身邊的工作人員和賓館服務員都不放過。由於品行低劣，髮妻與他分居。

2012 年 4 月有海外媒體爆料，周永康在四川省委書記任上期間，涉嫌設計車禍，謀殺他當時的妻子（周斌的母親），此事已經取得了關鍵的證據。原因是周永康當時的情人、現任妻子、中央電視台主持人賈曉燁聲稱懷孕了（後來證實是假的），她逼迫周離婚。據說賈曉燁是江澤民妻子的外甥女。

據港媒透露，周永康早在中石油任職副總經理和總經理時期，他強烈的性慾贏得「百雞王」的外號。此外有四川媒體透露，周在 1999 年至 2002 年到四川任省委書記時，也被傳與女星有不正當關係，他更在酒店長期包養一名服務員。

周其後晉升中共中央領導層後，薄熙來和王立軍頻頻向他提供美女，包括歌手、女演員、以及中央民族大學等學校的女生。為方便淫樂，周在北京等地有六處「行宮」。

現在土匪在公安

周永康在四川時，任意拿媒體開刀。比如2000年他下令封殺民主人士黃琦的「天網」網站，開了封殺網站的先例，黃琦也被判五年徒刑。2001年，《成都商報》報導了一宗縣委書記撞死人後逃走事件，竟然被周認為是抹黑政府，親自寫信讓報紙公開檢討，記者陳清則被開除。

2002年，《華西都市報》登了一篇批評超級二奶宋祖英的文章，也惹得周大怒，報社總編被迫道歉，記者被開除。

傍上江澤民後，周永康被江提拔為中央政治局委員、中央書記處書記。不久江又把公安部老部長賈春旺踢到最高檢察院，讓周永康低調「兼任公安部主要領導」，當時江還沒敢說是擔任「公安部長」，怕反彈太大，2002年12月7日先在《人民公安報》這麼個不起眼的小報上透透風兒，看看反應。

大陸法律界人士普遍公認，2002年周永康任公安部部長和政法委書記以來，中國的法制建設急劇倒退，社會治安急劇惡化，嚴重刑事案率居高不下，黑惡勢力橫行，人權根本無法得到保障。

官方公布中國的刑事案件每年以17～22%的幅度上升，公安部門成了百姓公認的最腐敗、最黑暗的衙門。百姓常說：「過去土匪在深山，現在土匪在公安」，「警匪是一家」。曾有北京某政協委員在網上公開發帖稱：「有今天的治安秩序，就有今天的公安部長！」

誣陷誹謗 瘋狂迫害法輪功

由於江澤民一意孤行發動了對法輪功的鎮壓，當時政治局其他常委都是反對的。作為江的鐵桿親信，周永康充當了迫害法輪功的「急先鋒」，幾乎每件關於迫害法輪功的罪行，周永康都直接或間接地參與。

比如據 2003 年 6 月 26 日，浙江溫州市蒼南縣龍港鎮發生 14 名乞丐被毒死案件。案件一直沒有進展，直到 7 月 2 日上午 10 時 31 分，當地媒體《浙江都市快報》的報導中只是提出一個線索，「懷疑有人投毒」，不過五小時後的新華網報導卻說，在得到公安部部長周永康和浙江省委的批示後，該案已在 7 月 1 日晚宣布告破，宣稱「犯罪嫌疑人係一法輪功分子」。如此明目張膽地誣陷，正是周永康的一貫手法。

2008 年 3 月，中共在西藏槍殺藏人，導致成百上千的無辜藏人倒在血泊中，從而引發全球抵制中共血腥奧運的巨大浪潮。當時國際社會提出「杯葛北京奧運」、「同樣的地球，同樣的人權」等口號，「人權聖火傳遞」也跨越五大洲，在全世界傳播。

4 月下旬，周永康下令，中國進行新一輪嚴打，全面進入實戰狀態，對「藏獨分子」、「法輪功」、「重複上訪人員」等實行重點控制。據國際人權組織調查，北京奧運前的半年多時間裡，就有近萬名法輪功學員遭綁架，勞教所裡還關押著近 10 萬法輪功學員飽受非人折磨。

周永康因為犯下的種種罪行，被中國大陸著名律師高智晟在公開發表的文章中直接點名怒斥。而高智晟也正因為這一正義舉動，招致周永康對他的刻骨仇恨。在中共對高智晟的迫害升級過程中，周永康親自介入策劃了對高智晟的迫害方案。

海外行凶 製造法拉盛暴力事件

2008年5月12日，四川汶川發生特大地震，為了轉嫁國內危機，轉移國際視線，以周永康為首的江派人馬，在紐約華人聚居區法拉盛搞出了一個所謂的「法拉盛暴力事件」。中共出動了幾十年培養的海外間諜，鼓動被其操縱的學生學者聯合會、海外僑團等特務機構、海外媒體及大陸喉舌，在中共駐外大使館、領事館的布署下，對法輪功學員實行暴力毆打，法輪功學員只要在法拉盛揭露中共迫害民眾的真相，紐約領館的人就花錢雇傭當地地痞流氓，毆打和驅趕法輪功學員。這讓美國人驚愕：在美國領土上，居然有一群中共指揮的匪徒，肆意踐踏美國治安法律！

最後這幫小流氓都被美國警方逮捕，由此牽扯出中共培植的紐約州華裔議員劉醇逸、楊愛倫等人，也相繼落馬。

周永康兒子周斌的權錢交易

2008年11月19日，中國首富黃光裕被以操縱股價的罪名收監，公安部部長助理鄭少東首當其衝。鄭少東是周永康安置在孟建柱身邊的釘子和眼線，外界普遍認為，這是孟建柱與溫家寶形成聯盟的重要標幟性事件，旨在打擊周永康。

被「雙規」的鄭少東在初期的抵抗被中紀委一整套攻勢瓦解後，開始交代問題，其中就有許多關於周永康兒子周斌的違法行為。

鄭少東透露，他和張京給周永康家族的錢就超過三、四億人民幣，他還為周永康在香港、加拿大買了房子，也洗了2000多萬美金，他通過吳衛華從深圳分兩次送給周永康的家人1000萬美金。

鄭少東還交代了周永康兒子周斌的很多違法行為，包括周斌利用周永康的影響力，在周永康曾任職的地方或部門，大搞權錢交易。比如插手四川大型工程項目，通過國土資源部大肆倒賣土地，插手中石油的石化項目，賣官鬻爵，尤其是利用其父在政法系統的影響力，收取巨額「保護費」，替一些不法商人「鏟事撈人」等等。這些證據都十分具體真實。不過後來鄭少東被報「自殺死亡」，引發高層震動。

薄熙來下台後有報導說，周永康幾個堂弟、堂妹，均在北京、無錫、上海、蘇州和深圳等地從事賣官活動，並幫人打官司斂財。周永康兒子周斌不僅在香港、巴黎、上海浦東、江蘇無錫、北京等地有房產，而且在瑞士、美國、香港均有存款。

有消息說，周永康家族貪腐的錢，高達 1000 億人民幣。

維穩費用激增 超過軍費的背後陰謀

過去十多年裡，江胡鬥一直是中共權鬥的核心。下台後的江澤民不甘心垂簾聽政，不斷利用周永康發展政法委控制的公安和武警，使中國安全保衛的費用逐年迅速上升。據中共財政部數據顯示，奧運後的 2009 年、2010 年、2011 年，中國公共安全支出分別為 4744.09 億元、5517.70 億元及 6293.32 億元，年增幅在 700 餘億元左右。

2012 年 3 月 6 日兩會期間，有記者推算出 2012 年維穩費用逾 7017.63 億，超過軍費開支，雖然財政部有關人員駁斥說，公共安全支出涵蓋了公共衛生、公共交通、建築安全、加強基層監管部門食品檢驗檢測能力建設、促進保障食品安全等眾多領域。不過財新記者查閱 2010 年全國財政支出決算表發現，在公共安全開支下，分為「武裝警察、公安、法院、司法、緝私警察及其他」六部分。2010 年公共安全

支出總計 5517.70 億元，其中公安經費開支 2816.31 億元，而那位財政部官員所說的只是「其他支出」的一部分，僅占 69.18 億元。

這些公安經費都用到什麼地方了呢？近十年來，中共為了鎮壓百姓反抗，各地武裝警察迅速發展，據說目前中共擁有武警 150 萬，公安 250 萬，加起來 400 萬的人馬，比胡錦濤掌控的 200 萬正規軍多了一倍，雖然野戰能力差些，但在和平時期，卻是另外一種兵權。

簡單地說，江澤民、周永康藉口維穩，趁機壯大自己的兵權，特別是裝備精良的特警，完全可以作為內鬥中的一張牌來威脅恐嚇胡溫。這算是維穩背後的一點小陰謀吧。

特務政治盛行中國

如果說周永康還有什麼「創造」或「貢獻」的話，那就是他把特務統治引入了維穩系統，把對付外國間諜的手法，用到了對付本國百姓，也就是「奧運模式日常化」的落實。

中共情報機關一般把情報人員分為五種：「朋友、聯絡員、資訊員、密幹、派幹」。周永康掌管公安系統後，目前大陸以「朋友」身分為公安提供情報的人不下於 300 萬，每年開支不少於 100 億，而以「資訊員」身分的人不少於 100 萬，全年開支也不低於 300 億。

維穩分裂中國還體現在道德層面。當中國人彼此之間互相舉報、「人人為敵」的時候，就是中國人心死的時候。薄熙來在重慶「黑打」時，幾乎在一夜間發出 20 萬份舉報邀請信，收到近萬份舉報，可見整人害人的「文革」遺毒還是很深。

2012 年 3 月 14 日，備受爭議的《刑事訴訟法修正案》草案在強烈的反對聲浪中，於人大閉幕會上表決獲得通過。其中贊成 2639 票，反

對 160 票，棄權 57 票。

大陸學者表示，這意味著中國進入「祕密警察治國」時期。其第 73 條之「祕密拘捕」條款使每個中國人都有可能被當局以「危害國家安全」為由，讓其「祕密失蹤」，這跟東德的祕密警察治國非常相似。

中國最大「黑領人物」

周永康的「黑」在國際上大有名氣。2012 年 1 月，英國《每日郵報》評選出中國十大「黑領人物」，周永康被評為十大「黑領人物」之一，成為中共政治局常委級人物裡唯一上榜者。所謂「黑領」指的是「衣服多是黑的，汽車是黑的，臉色是黑的，他們的收入、生活、工作都是隱蔽的，但卻控制中國的經濟、社會命脈。」

周永康最大的黑，是他的心也是黑的。海內外對周永康聲討最激烈的，是他直接參與指揮了活體摘取法輪功學員器官的罪行。據人權組織指控，周任公安部長期間，至少有四萬名法輪功學員的生死與其有關。

2012 年 4 月中旬，中共主管宣傳的政治局常委李長春訪問英國時，「追查迫害法輪功國際組織」的調查員，以前任政法委書記羅幹辦公室張主任的身分，與李長春通話。最後李長春親口說，有關活摘器官的事，「周永康具體管這個事，他知道。」

《新紀元》在 2013 年 12 月出版的《周永康垮台驚天內幕》一書中，詳細介紹了周永康犯下的十多種罪行，官方公布的貪腐、淫亂、瀆職等罪，相比於謀反政變都是小事，然而對於每個中國人來說，比高層爭奪權位更可怕的是，周永康負責的活摘器官移植項目，早已從「死刑犯」擴散到每個中國人，令人憂心哪天我們的孩子走在街上、親人走進醫院，就被偷盜了器官。周永康這個「維穩沙皇」早已是中國最不穩定

因素的製造者。本書作為後續,將集中介紹習近平陣營是如何一步一步打倒周永康的詳細過程。

概括地說,自從 2012 年 2 月 6 日原重慶公安局長王立軍出逃美領館,上交了周永康、薄熙來政變計畫、貪腐淫亂、活摘器官證據等六項材料之後,習近平出訪美國時,拜登把王立軍提供的情報告訴了習近平,於是促成了胡錦濤、溫家寶拿下薄熙來。

2012 年 11 月中共 18 大後,習近平上台伊始,就採用了「剝洋蔥」戰術,從外到裡、從易到難,從「四川幫」到「石油幫」、再到政法委,從老帳到新帳,一步步砍掉周永康的左膀右臂和心腹,具體過程是,2012 年 12 月:四川省委副書記李春城落馬;2013 年 1 月,湖北政法王吳永文被抓往北京;6 月,四川文聯主席、曾擔任周永康 18 年大祕書的郭永祥被查;8 月 26、27 日,周永康在中石油的四個心腹在兩天內落馬:他們是中石油副總經理兼大慶油田總經理王永春、昆侖能源董事會主席李華林、中石油副總裁兼長慶油田總經理冉新權、中石油總地質師兼勘探院院長王道富,這一下讓周永康在勝利油田的老巢全部被端。

緊接著 9 月 1 日,原中石油董事長、剛被調到國資委當主任的蔣潔敏被查,中石化董事長傅成玉和總經理王天普也被中紀委鎖定。不過,對周永康案影響最大的是 12 月 20 日,「610 辦公室」主任、公安部副部長李東生被查,標誌著對周永康的審查已經從經濟類別的腐敗,跨到政治類別的人權侵害。

再下來就是周永康原來在新疆的勢力被削弱。12 月 27 日,曾在新疆待了 40 年的楊剛,在全國政協經濟委副主任的位置還沒待上半年就落馬,而抓他的目的是要引出提拔他的周永康副手、「新疆王」王樂泉。

這一切最後又指向了最高一級的江澤民和幕後的曾慶紅。

下面是周永康落網的詳細過程。

周永康垮台全程大揭祕

第二章

周永康四川馬仔先落馬

2012年12月14日,四川省委副書記、周永康心腹李春城因嚴重違紀被免職。李春城被稱為周家的財務家臣,周永康兒子在石油、地產以及投資四川信託有限公司等的商業利益上,李春城的「貢獻」最大。李春城的落馬,是反腐逼近周永康的信號彈。(新紀元資料室)

第一節
李春城被雙規 反腐逼近周永康

四川民眾進京遞信 呼籲嚴懲

2012年12月14日，在被民間舉報一周後，中共組織部證實四川省委副書記、周永康心腹李春城因嚴重違紀被免職。除了捲入周永康的家族腐敗及中共高層權鬥，李春城甚至還充當了成都黑社會的保護傘。當地官員甚至公開在網路上實名舉報其貪腐罪行。

1956年出生在遼寧海城的李春城，從2001年開始相繼擔任成都市市長、市委書記近11年，被認為給當地民眾帶來深重的災難。18大中他再次當選中央候補委員，得票列倒數第17位；成為18大後首位被調查的省部級高官。

12月6日大陸官媒報導中紀委證實李春城遭到調查後，12月9日，有成都市民上街舉牌高喊「不殺李春城，不平民憤」，呼籲繼續找出他的同黨！

12月10日下午，成都各區縣維權代表胡金瓊、彭天惠、吳萍、向陽平、辛國惠、周文明、辛文蓉、蔣玉等23人集體進京遞交呼籲信，並揭露李春城團伙的腐敗，要求當局嚴懲李在執政時期所犯下的罪行。李春城因為大搞「建設工程」及「四處拆遷」，還被封為「李拆城」。

呼籲信中披露：「李拆城從拆城拆村、到人南廣場設計、違建高爾夫球場、鳥巢政府窩、國際商城審批……從企事業改制嚴重貪腐侵害民眾利益，濫用職權侵吞巨額市財政資產。

有的小公司與李春城勾結非法批地後到香港註冊資金數億、有的公司從一個億二年間獲土地暴利80個億、有的個人公司法人與李春城勾結濫用職權騙取市財政數千萬。……從大規模破壞耕地到操縱司法，腐敗極其嚴重，大量的冤假錯案在李春城治下得不到依法糾正。」

成都官員實名公開舉報成焦點

成都金牛區統戰部長申勇從12月5日開始在網上實名舉報李春城的罪行，他披露李春城1990年代初多次向原黑龍江省委女書記韓桂芝行賄數萬元（相當於現在的數百萬），結果從哈爾濱團市委書記相繼提拔成哈爾濱副市長、成都副市長、四川瀘州市委書記、成都市長、成都市委書記、四川省委常委、四省委副書記、中央候補委員。

李春城花巨額資金買官，同時也瘋狂賣官，尤其是2003年他任成都市委書記以後，越來越令人感到其用人標準變成了任人唯錢，導致成都買官、賣官之風成全國典型。

申勇還披露，李春城千方百計將其老婆曲松枝從某醫院勤雜人員一路提升，最終塞進成都紅十字會，成為副會長、常務副會長直至一把手，

開啟了成都紅會的腐敗序幕。

李春城有五宗罪 涉十大要案

李春城違紀內容，官方至今沒有具體說明，但民間認為他至少涉及五宗罪，包括：

1. 買官賣官：哈爾濱任職時向時任黑龍江省委副書記韓桂芝買官；
2. 貪腐受賄：涉成都工投集團戴曉明貪腐案，戴已被拘；
3. 籠絡高層：仗權為大領導在四川斂財；
4. 瀆職失政：2008年四川地震，李專門為超豪華行政中心揭幕，惹怒高層；
5. 以權謀私：提拔妻子從醫院雜工升做成都市紅十字會會長。

《新紀元》獲悉，李春城貪污受賄贓款高達十億，涉及十大要案：

1. 成都工業投資集團董事長戴曉明案；
2. 成都會展集團董事長鄧鴻巨額資金案；
3. 成都郫縣「今日田園」數千畝別墅房地產土地案；
4. 成都南延線「麓山國際社區」數千畝別墅房地產土地案；
5. 成都一環路、二環路跨線立交橋和下穿隧洞工程腐敗案；
6. 成都七條地鐵全線開工建設工程腐敗大案；
7. 成都南延線天府大道「鳥巢」新益州國際金融城（原市政府新大樓）建設及裝修工程腐敗大案；
8. 強拆逼迫青白江房主自焚致死慘案；
9. 成都城投集團等關涉土地、資金等嫌疑案；
10. 黑龍江省委韓桂芝買官、賣官案。

李春城是周永康的馬仔

　　李春城原是黑龍江省委組織部長及省委副書記韓桂芝的愛將。韓在任職期間，對這位愛將大力提攜，先後提拔其擔任哈爾濱市太平區長、區委書記，哈爾濱市副市長。1998 年李春城又在韓的大力推薦和運作下，調任成都市副市長。

　　1999 年周永康出任四川省委書記，李春城迅速投到周的門下。2000 年 8 月周永康提拔李春城出任瀘州市委書記，接著又調回成都擔任市委副書記、代市長、市長，並成為 16 大中央候補委員。16 大後又升任省委常委、成都市委書記，並於 2011 年 9 月出任四川省委副書記。

　　2004 年，韓桂芝因在任期間大肆賣官鬻爵被免職調查。2005 年 12 月被以受賄罪判處死緩。受韓桂芝案影響，李春城也牽扯其中，但後在周永康的力保之下，李春城被取消中共 17 大的中央候補委員資格換得人身安全。

　　被取消中央候補委員資格的李春城前途堪憂，於是更加緊抱周永康的大腿。有消息稱，周永康兒子每去四川，李春城必悉心接待，並對其在四川的大肆攫取利益大開綠燈。周永康曾在四川、石油系和國土資源部主政，使其家族在四川的加油站項目大受其利。據稱，四川省委省府和成都市委市府裡有相當一部分人對李春城拍周家馬屁大為不滿。

　　有知情者對海外中文媒體透露，李春城涉及多起腐敗案。周永康兒子在石油、地產以及投資四川信託有限公司等的商業利益上，李春城的「貢獻」最大。四川信託擁有很多國有資產，包括部分五糧液和國窖白酒的股份，他們投資兩億元就竊取了 70 億的國有資產。

習近平上台 「反腐」逼近周永康

習近平上台後不斷釋放出政治向左的信號，因此其高調打出的「反腐」牌也被看作是保黨和企圖收買民心、打擊異己的一招。

2012年初爆發王立軍事件後，年初習近平訪美期間，美國方面送給習一份大禮，美國媒體刊出，由王立軍向美領館爆料，薄熙來與周永康、曾慶紅、江澤民等人密謀已久，計畫針對習近平發動政變奪權。

有分析認為，在習近平做「太子」時，對他構成最大威脅的是薄熙來背後的周永康及其集團殘餘，在目前是威脅、掣肘習近平執政的「大老虎」。在胡錦濤以全退欲逼退江澤民等老人干政為習近平開路之後，延伸薄案，處理周永康也被視為習近平執政的重要指標。

第二節

中央在揪誰賣官位給李春城

在成都市主城區西側，一環與二環路之間，毗鄰浣花溪公園與府南河，有一片錯落有致的別墅區。該別墅區沒有名字，僅以「浣錦濱河路186號」命名。該片別墅區共有22戶。通過門口保安檢查，北向朝內步入約30米，有一處警衛室，無論白天黑夜，均有一名武警在此站崗。從武警站崗處左轉，約30米，即是李春城的居所，也是別墅區中最大的住宅。李自搬進來後，深居簡出，很少在小區內拋頭露面，有的同僚在小區住了三、四年，從未在小區內碰到過李春城。

2012年12月2日晚，四川省委副書記李春城的車子從別墅大院出去後就再沒有回來。在大院保安的印象裡，李春城每天出門與回家的時間相當有規律，早上九時左右李的司機開車來接他，晚上八、九點回家，有時候晚了會到11時多。

那一晚，李春城被中紀委帶走。12月3日，四川省委召開常委會將此消息通報。當日，李春城被帶離成都。12月4日，消息逐步向外

圍擴散，四川方面將李被調查的消息向省級幹部傳達，包括一些離退休省級幹部。有消息稱，除了李春城，時任成都市紅十字會黨組書記、常務副會長的李的妻子曲松枝及四名工作人員一並被帶走。

據「六四天網」報導，消息人士透露，在雙規地點李春城曾將眼鏡摔破試圖割腕自殺。在李自殺被發現後，紀委相關工作人員進行阻止。

2013 年 1 月 9 日上午，中共中紀委監察部召開新聞發布會，在通報 2012 年大案要案時稱，中紀委已對李春城案立案調查。

李春城在成都工作 12 年，擔任黨政幹部 11 年。早在中共 16 大時就當選中央候補委員，在 17 大上落選，坊間傳聞因其牽扯「韓桂芝案」行賄被調查，屬組織部棄用之列。但在 2012 年 11 月，中共 18 大上，李春城以四川省委副書記身分當選中央候補委員。外界普遍認為，此一翻轉與得到周永康力挺有關，預測其仕途還將上行。但 18 大剛過，形勢劇變，李春城成為中共 18 大後第一位出事的副省級高官。

從「知青」到「副省級」

現年 57 歲的李春城生於遼寧，17 歲到黑龍江省雙城縣農豐公社保勝大隊當了兩年「知青」。1975 年「文革」尚未結束，李春城便入讀哈爾濱工業大學，三年後留校任教，在哈爾濱工業大學一做就是九年。1987 年，31 歲的李春城離開高校，擔任哈爾濱市團市委副書記，七個月後「轉正」。此後五年，李春城一路升遷至哈爾濱市副市長。1998 年 12 月，李春城從哈爾濱來到成都，擔任成都市副市長。自此以後，除了 2000 年下半年短暫外調到四川省瀘州市擔任市委書記幾個月外，李春城在成都前後工作了 13 年，其擔任成都市市長、市委書記兩職的時間近 11 年。2011 年 9 月擔任四川省委副書記兼成都市委書記，兩個

月後擔任四川省委專職副書記。

　　從其履歷看，李春城的仕途「坦順」，「官運亨通」，一路升遷，幾無中斷。2002 年更是罕見地以成都市市長的身分擔任 16 屆中央候補委員。不可思議的是，2007 年身兼四川省委常委、成都市委書記的李春城卻落選了 17 屆中央候補委員，這被外界解讀為因涉案及被人舉報受挫。2012 年 11 月，時任四川省委副書記的李春城再次當選，成為 18 屆中央候補委員，在 171 名候補委員中排名倒數第 17，然而不足 20 天，李春城即被帶走調查。

　　2013 年 1 月，《明報》助理採訪主任李泉採訪了胡耀邦的兒子、習近平的密友胡德華。胡公開表示，中央正在調查誰把官位賣給了李春城。胡德華說：「對於薄熙來、李春城這樣的貪官，中央長期知而不辦，因為背後有『位高權重』的人。要追究是誰提拔了靠『買官賣官』上來的李春城。」

　　此前有消息說，李春城起初拒絕中紀委的調查，但後來為了保命，檢舉很多人。此案能否拖出背後的大老虎，牽涉中南海激烈博奕。

買官賣官問題由來已久

　　李春城的落馬，與當地眾多官員的網路實名舉報或在中紀委調查中的招供有關。

　　2012 年 12 月 6 日上午 12 時 30 分，現任四川省成都市金牛區區委常委、統戰部部長的申勇在其實名認證的「人民警察申勇」的微博裡連續多次公開發帖稱，李春城在上世紀 90 年代初就多次向曾任黑龍江省委組織部副部長、部長、省委副書記的韓桂芝行賄數萬元，得到其一路提拔。2005 年年底，韓桂芝因受賄罪被判處死刑，緩期兩年執行。

申勇還稱，李春城花巨額資金買官，必然要以高價賣官方式來變本加厲地收回投資才符合市場經濟規律，特別是李 2003 年任成都市市委書記以後瘋狂賣官颳起買官、賣官之風。

　　申勇揭露，李春城的妻子曲松枝隨李春城剛到成都時在某醫院當勤雜人員，李任成都市市委書記後，成都市衛生局專門設立科教處處長一職並委任其妻。「5・12 汶川大地震」後「成都紅十字會」因接收天量捐款成了最熱門單位，三個月後曲又被任命為成都紅十字會副會長、常務副會長，一年後又用各種手段逼迫一把手（指周莉蓉）辭職而坐上一把手「交椅」，開啟了成都紅十字會的腐敗序幕。

　　不僅如此，根據民間流傳的多種版本，李春城可能涉案多起，被稱貪腐數十億，涉十大要案，如成都一環路、二環路跨線立交橋和下穿隧洞工程、「鳥巢」（原成都市政府新辦公大樓）建設及裝修工程等。據統計，李春城被懷疑涉及的問題多與土地、工程建設、拆遷等有關。

　　申勇稱李春城還涉及到「命案」，應是指 2009 年年底金牛區天回鎮金華村一「被強制拆遷戶」唐福珍見阻攔拆遷無望，憤而「自焚」事件。因慣用強拆手段，李春城又被民間譏諷為「李拆城」。

　　據稱，除了已經被公開的實名舉報者申勇外，另外還有相當級別的官員。有網民評論，李春城的問題由來已久，而舉報也是「源遠流長」。申勇稱他自 2004 年就開始實名舉報了，只是一直未在網路上公開而已。但申勇也承認，李春城被雙規並非源於他的舉報，因另有導火線。

李春城案發源自「圈內人」出事

　　大陸財新傳媒《新世紀》周刊報導披露，李春城的「圈內人」是成都「哈爾濱幫」。李春城案發源自成都黨政系統內幹部向北京提供的

線索，若干個舉報環環相扣，指向成都市北郊五龍山一處房地產項目。最終，這些舉報導致李春城的大學同學史某等一些哈爾濱籍商人涉案被查，知名地產上市公司萬科也因與這些商人合作低價買地而牽扯其中。

成都地產界人士向財新記者透露，史某年近50歲，黑龍江綏化人。2001年李春城由瀘州市委書記調回成都擔任市委副書記、代市長後，史某從東北來到成都。他和李春城既是東北老鄉，又是哈爾濱工業大學的校友。業內人士都知道「史某是李春城的鐵哥們兒。」而史某的外甥80後的王某也是地產活躍人物。

知情人士告訴財新記者，成都同泰曾經股東中的于某，是史某好友之一，之前曾在北京從事房地產開發。

這批來自東北黑龍江、跟隨李春城的生意人，很快在成都被稱為「哈爾濱幫」。當地地產界人士認為：在五龍山地塊上，「哈爾濱幫」顯示了實力。可茲為證的是每畝105萬元的低價。公開資料顯示，也是在五龍山地塊附近，央企保利地產同期的拿地價格為每畝125萬元。

成都官員向北京舉報 李春城案發

2012年8月，時任成都工業投資集團有限公司（下稱成都工投）黨委書記、董事長的戴曉明，被當地紀檢監察機關帶走調查。2013年11月22日，戴曉明在成都市中級法院受審，檢方指控戴涉嫌受賄罪。

戴的「落馬」與成都工投位於新都區的一處工業園區有關，該園區的一起拆遷糾紛引爆土地案線索，致其案發。戴曉明進去後，既有對抗，亦有檢舉，其中即包括與新都土地有關的其他線索。2012年9月底，成都市新都區國土資源局局長毛一新被市紀委帶走調查。

在李春城治下，戴曉明曾長期擔任青白江區區委書記、成都市經濟

委員會主任等多個要職,在成都民間被認為是李春城的「八大金剛」之一。據了解,自戴曉明擔任成都工投集團黨委書記、董事長以來,成都工投集團得到諸多看似無意的「關照」,如「彭州石化」、「土地收儲特權」等,成都工投集團的利益來源被指與李春城的「幫助」緊密相關。

而18大結束後不久,成都地產界又傳出史某被調查的消息。知情人士告訴財新記者,史某被查沒過幾天,李春城的祕書陳斌也被帶走接受調查。

12月3日,四川省委常委會內部通報了李春城接受調查的消息。而李春城已於前一天被帶離成都。三天後,中央紀委向新華社記者證實:四川省委副書記李春城涉嫌嚴重違紀,正在接受組織調查。

維基解密:川震後成都官府奢華惹怒溫家寶

維基解密2011年8月30日公布的一份美國駐成都總領事館2008年10月31日發往美國華府的電報。電文中談到時任成都市委書記的李春城,因在2008年四川大地震後,成都豪華的新行政中心揭幕,招致總理溫家寶的憤怒。

電文中說,數名聯繫廣泛的成都當地商人向我們證實,成都市委書記李春城正陷於麻煩之中。李春城自2003年以來,坐上成都市委書記職務,他被廣泛認為是成都建設熱潮背後的主要力量之一。他最青睞的項目——成都新的行政中心完工的時機,讓他很不走運。這龐大複雜的「鳥巢式」外牆行政中心,占地37萬平方米,據報導,耗資超過1.76億美元(約12億元人民幣)。

當成都市的工作人員開始往裡搬遷時,之前剛剛發生了5月12日的四川大地震,當地居民正處於悲痛和震驚之中,這造成了形象問題。

據一位消息人士表示,真正「傷到」李春城的,是總理溫家寶造訪了這一新的政府總部。此前,溫家寶剛剛視察了被地震襲擊最嚴重的災區,見到被從廢墟中拉出來的死難者遺體和傷者。該消息人士描述了溫家寶是如何厭惡地離開該行政中心,他在裡面待了不到三分鐘。該人士評論說,至少「慶幸」的是,溫家寶沒有走進去那麼遠,看到李春城的奢華辦公室。

電文說,據一名消息人士說,雖然這看來不會令李春城被免職,他當然也不會得到他認為已姍姍來遲的晉升。

李春城是周永康的馬仔

據知情人透露,李春城背後的大後台就是周永康。汶川地震後,溫家寶公開表示要徹查豆腐渣工程,但隨後幾年,不但沒有抓一個豆腐渣工程的製造者,相反卻把為死去孩子討還公道的上訪家長們抓了。據說,這顯然是周永康把保李春城,當作自身保衛戰的一場戰役來運作的結果。四川地震暴露的豆腐渣貪腐問題,很多都與周永康和其提拔的親信有關。

周永康1999年至2002年在四川擔任省委書記,李春城1998年12月花錢買官,調任成都市副市長後,竭力賄賂周永康,於是2000年8月周永康提拔李春城出任瀘州市委書記,接著又調回成都擔任市委副書記、代市長、市長,並成為16大中央候補委員。16大後又升任省委常委、成都市委書記。

2002年周永康被江澤民強行提拔為政治局委員、公安部長之後,周為了保持他在四川的財路,繼續賣官給李春城,使李春城2003年6月任省委常委、成都市委書記,直到2011年擔任四川省委副書記。

第三節
四川三富豪連環套住周永康

　　李春城到四川後找到的新後台就是在 1999 年至 2002 年任四川省委書記的周永康。坊間流傳周永康是江澤民的外甥女婿，周也經常炫耀自己是「江主席的人」。在離開四川升任公安部部長、政法委書記、政治局常委之前，周永康拉幫結夥，不斷提拔安插自己的親信把持重要位置，以至於周走後，四川也一直是周家的地盤、周永康家族貪腐劇目上演的大舞台。

汪俊林：「盤活」國有資產的好手

　　在 2012 年 12 月 6 日李春城案發的當天，四川瀘州市古藺縣郎酒集團董事長汪俊林被調查的消息就傳得沸沸揚揚，官方也一直不出來闢謠。汪俊林還主動打電話給媒體，表示「自己好好的」，而到了中共兩會結束後的 2013 年 3 月 20 日，記者們就再也打不通汪俊林的電話了，

所在公司也對其去向支支吾吾。

翻開李春城的簡歷，人們不難發現一個奇怪之處：1998年12月李春城花大錢買官當了成都市的副市長，可是在2000年8月，他卻調到遠離天府之國成都、而靠近「黔驢技窮」貧困貴州的瀘州市當了市委書記，然而五個月後，李又返回成都重新任副市長，不過，一個多月後，他被提拔成了代市長和市長。

為什麼李春城要去瀘州而不是別的地方走一圈呢？一年後當人們得知李春城在瀘州幹的一件大事後，就明白李春城和汪俊林的貓膩，以及背後的黑後台了。

蛇吞象的「自管自賣自買」

2002年底，周永康剛調離四川時，《華西都市報》、《成都晚報》紛紛報導了《當今社會蛇吞象》的文章。2009年8月7日網路上有人發帖：「今天在報上看到『郎酒品牌價值87.79億』的頭版消息，讓我想起幾年前看到的《成都晚報》登的一篇題為《5000萬購買郎酒集團產權──當今社會蛇吞象》的文章。」

據知情人介紹，郎酒集團被賤賣，汪峻林只是在前台買方的一個代表而已，實際在背後的買方股東是當年四川省級某高官的兒子，在蛇吞象已經吃定後，這位高官的兒子成為郎酒集團大股東之一。後來有文章證實，暗箱操作「空手套白狼」的幕後老闆正是周永康的兒子周斌，汪峻林只是前台一個招牌。

汪俊林出生於1967年，瀘州醫學院畢業後，擔任「成都恩威集團」研究所所長，1992年初任瀘州國營製藥廠廠長，官方稱他上任一年，「就使得一度瀕臨倒閉的國企瀘州製藥廠扭虧為盈，當年就使得該廠銷

售額增加了四至五倍」。1995 年,該廠轉製成股份公司:瀘州寶光集團,「經過一系列的改制,汪俊林把當時年收入僅 200 萬的製藥廠,打造為年收入過四億的民營寶光集團。」1999 年,汪俊林又接管了國企四川長江機械集團,「並使該集團 2001 年盈利數百萬元」。

文章接著說:「令外界驚詫的是,2002 年 3 月,汪俊林上演了一幕『蛇吞象』的資本收購大戲,將淨資產六億元的四川酒業『六朵金花』之一的郎酒攬入懷中,而通過掌控郎酒,寶光藥業又順利借殼成都華聯。」

目前除擔任寶光集團董事長總經理外,汪俊林還身兼郎酒集團董事長、郎酒銷售公司總經理,四川大型國企長工集團董事長、總經理,瀘州老窖股份公司董事,瀘州市投資公司副董事長等多種職務。

汪俊林是如何蛇吞象的呢?郎酒廠坐落與瀘州靠近貴州的古藺縣,該縣是貧困縣,除了農業就只有這個酒廠。2012 年 4 月,網上流傳一份題為《爆料!周永康兒子謀吞四川郎酒廠黑幕》的文章。

據郎酒知情職工舉報,「1999 年 9 月,由縣政府宣布郎酒廠原董事長彭追遠退居二線管生產,副縣長付志明任郎酒集團公司董事長管銷售。郎酒廠在 2000 年前是銷大於產,根本無負債,但付任職後,郎酒廠自 2001 年 1 月至 9 月 30 日期間並無擴大生產,無大搞建設的情況下卻負債 9.0645 億元,短短九個月時間九億元去向不明。然後古藺縣長申遠康出面,先後多次動用郎酒廠資金,將想知道事情真相的工人們解散。後立即由縣政府宣布將郎酒廠交由寶光藥業的小私企老闆(資產約為一億元)汪俊林託管。」

2002 年春,縣委書記趙田在四川郎酒集團動員大會上宣布:「不惜一切代價、無條件地對郎酒集團實施產權制度改革,凡是阻撓的,不執行的,一律換位子,摘帽子⋯⋯」

四川郎酒集團要出售。消息一出：五糧液集團來了，茅台集團來了，同行業老大紛紛前來要求收購！然而，竟出人意料地一一被拒之。居然冒天下之大不韙，以暗箱操作的方式，指定瀘州市內的民營企業寶光藥業——一個與酒毫不相干，毫不沾邊的民營企業老闆汪俊林收購。

2002年3月10日，強制託管郎酒廠的汪俊林等，採取自管、自賣、自買的手段，在瀘州南苑會議中心戲劇性的簽訂了賣廠協議，由縣長申遠康代表賣方，汪俊林代表買方，把擁有資產17.28億元的郎酒廠以4.9億元賣給汪俊林。其協議內容是：簽訂協議後買方四個月內首付5000萬元，其餘剩餘款項分三年付清，也就是至2005年12月30日前付清全部款項。

2002年，四川華信會計師事務所評估郎酒集團資產總額為17.28億元（不含商標、商譽、專利技術、天、地寶洞）。實際上，評估時郎酒廠單是庫存的成品、半成品郎酒（中國名酒）和系列濃香型白酒（部、省雙優），就可值20多個億（保守計算）。另一項就是投資近一億建的熱電車間，僅僅估值1700萬元。

汪首付5000萬元後，動用了郎酒廠的庫存酒，將庫存酒當散酒賣出，並用郎酒廠的酒和物作抵押向銀行貸款，甚至於把租用的無形資產、價值數十億的郎牌商標作抵押貸款二億元，從而使郎酒廠變成了有名無實的空殼。到此為止，寶光共欠郎酒廠的轉讓款和租用費3億6583萬元。

申遠康在2004年10月18日又給汪續簽了一個補充賣廠的協議，把原定的4.9億元又降價3187萬元，並又續簽延期付款協議至2007年付清此款。汪俊林的轉讓費遲遲到不了位，縣政府不但不追究其違約責任，反而續簽了一個補充協議，延長付款期限兩年（原協議為2005年底付清），減少轉讓費3000餘萬元。實際上周、汪一夥是用郎酒廠的

錢買了郎酒廠。

當時全廠幹部、職工在無可奈何之下，曾自發性組織集會、遊行罷工三天，要求政府出面給一個說法，可政府不予理睬，引起廠內 40 餘名黨員要求退黨及 900 餘名職工集體聯名上訴至市、省及中央有關部門數十次，並親臨中央二次，雖取得中央經貿委批示，可至今未果。

周家空手套白狼 李春城汪俊林是幫凶

現在回頭看事情的經過，周永康、周斌看中了大陸官場請客吃飯喝酒的生意非常興隆，白酒業前途很好，於是開始打郎酒的主意，並派李春城到瀘州具體安排。等把古藺縣的縣長、公安、法院、檢察院等方方面面安排妥當，並與汪俊林談妥權錢交易條件後，上演了這場空手套白狼的「蛇吞象」鬧劇。

雖然正式收購時李春城已經離開瀘州，但前期內幕交易早就開始了。於是周斌夥同汪俊林，採取自賣自買手段，用郎酒廠的錢把郎酒廠買了，一分錢沒掏，就掠奪了幾十億的郎酒廠資產。

周家族貪腐鏈上的人物 商人鄧鴻被捕

李春城被中紀委立案調查後，民間流傳李貪污賄賂贓款高達十多億，主要涉及 16 大要案，其中第二大案就是成都會展集團董事長鄧鴻巨額資金案（「九寨天堂」資金案、成都「新會展世紀城」資金案等）。

2013 年 4 月 2 日，多家媒體報導稱，四川富商、身家逾九億元人民幣的四川會展王兼旅遊王鄧鴻正在接受有關部門調查，據說他的數十家經營實體牽涉的巨大利益最終流向了何方，正是調查的重點。

2013 年 11 月 7 日，大陸媒體證實鄧鴻已被正式逮捕，關押在湖北省咸寧市咸安區看守所。鄧鴻被稱為周永康的馬仔，並且同江澤民的「交情甚深」。鄧鴻與另外二大富豪郎酒董事長汪俊林和四川金路集團及漢龍集團董事長劉漢都是周永康家族貪腐鏈上的人物。

據《新京報》報導，該報記者從四川省公安系統的一名官員處獲得消息，日前，成都會展旅遊集團董事長鄧鴻關押在湖北省咸寧市咸安區看守所，其父母已收到當地公安部門出具的逮捕通知書。此消息得到湖北省咸寧市的一個知情人士證實。

消息稱，鄧鴻此次被公安機關逮捕，主要涉嫌三個方面，第一是土地倒賣，第二是虛開發票涉嫌逃稅漏稅，第三是詐騙貸款。

11 月 7 日下午，湖北省咸寧市一個知情人士稱，其從咸寧市咸安區看守所了解到，鄧鴻目前確實羈押在此，具體案情不便透露。

陸媒曝：鄧鴻與江澤民「交情甚深」

據大陸媒體報導，50 歲的鄧鴻，他的第一桶金，據說是 1993 年在美國加州靠房地產買賣賺得的。回國之後，他將寶押在開發會展中心上。

鄧鴻深知在大陸進行土地開發，沒有人脈關係是萬萬行不通，從小在成都長大的鄧鴻，深諳成都官場。他在成都市政府的支持與協助融資下，第一座基地，擁有 5 萬 5000 平方米展覽空間的沙灣會展中心落成，並且成為西部最大的會展場所。

該會展中心出資分作兩份，其中鄧鴻的成都國際會議展覽中心（係一家有限責任公司，以下稱「會展中心」）是項目業主投資 3.75 億元，共同投資方成都市國有資產投資公司出資 1.5 億元。但在 2002 年，會展中心已經呈現出規模效益時，鄧鴻以 1.5 億元的原價回購了國資股份，

沒有資料能解釋這件事。

2002年，江澤民曾在沙灣會展中心的金色大劇院舞台上，彈琴唱歌表演。此外，鄧鴻早期項目還有1998年開始籌劃的九寨天堂，外界稱鄧對這項包括景區酒店和會議中心的投資超過15億元。此項目一度遇到嚴峻的資金問題。

外界還稱鄧鴻與江澤民「交情甚深」，在江澤民下台後，不但第一時間到灌縣看望此人，並在他興建的六星級「九寨天堂」小住過一段時間。

富商劉漢涉李春城案被密捕 被曝與周永康勾結

法廣曾報導，四川金路集團董事長劉漢2013年3月被傳與其兩任妻子涉案被警方「控制」，有傳言稱此事除了與李春城有關外，可能還指向某位曾在四川任職的退任常委。多家媒體解讀這位退任常委就是周永康。

劉漢在四川行事向來低調，從來不接受媒體採訪，但是，多年來有傳其「涉黑」。

很多四川人都知道，劉漢與其堂兄弟劉滄龍從黑道開始混起，然後開KTV，攀上高官。在1990年中期陸續收購六家國企化工廠後，劉氏兄弟成立了宏達與漢龍兩個集團。當時正值周永康主政四川期間，據稱宏達以為數不少的集團股份回贈周永康的兒子周斌。

蔣巨峰疑涉李春城案 被提前「下課」

人們說四川出事了，不光體現在李春城的落馬、以及與他有錢權交

易的富豪被抓被查，還體現在原四川省長蔣巨峰的提前辭職上。

2013年1月5日，在四川省第11屆人大常委會第35次會議上，蔣巨峰辭去省長職務，會議任命魏宏為省政府代省長。按照中共官場慣例，在正省部級崗位上的退休年齡為65歲，而蔣巨峰2013年10月份才到退休年齡，按正常程序，他在3月兩會召開後再交班也不遲。

此前，為配合魏宏「名正言順」就任省長，中南海特別批准魏宏擔任四川省委常委、副書記。而在2012年5月的四川省委常委選舉中，新選出了12位常委，魏宏並不在列。

接替蔣巨峰出任代省長的魏宏，既不是省委常委，也不是中共中央委員、候補委員，按中共慣例屬破格提拔，這也是繼楊雄任上海代市長後，中共中央第二次撇開地方直接破格任免地方官員。特別在李春城事件之後，四川官場的人事變動，更加引發外界關注。

2002年周永康離開四川後，蔣巨峰被江澤民從浙江溫州調到四川，先任四川省委副書記，後來提拔成書記。周永康能夠「人走茶不涼」，這裡面就有蔣巨峰的作用。因此人們把蔣巨峰的存在理解為對周永康惡行調查的障礙，於是高層事先把他降級處理，讓他辭職「下課」。

有消息說，周永康於離開四川任中共政治局常委、政法委書記後，李春城與蔣巨峰等一些四川官員對其家族在當地的商業活動大開綠燈。周永康兒子在四川的地產項目、石化油品業、及投資「四川信託有限公司」等活動得到周系官員的大力支持，其家族的加油站項目也深受其利。四川信託擁有很多國有資產，包括部分五糧液和國窖白酒的股份，其中周永康兒子投資二億元就換回70億的國有資產。

第三章

湖北政法王吳永文的凶殘

2013年1月1日後,原湖北省政法委書記吳永文被中紀委祕密逮捕進京審查。吳永文能夠當上湖北的政法委書記是因為巴結上周永康。吳周兩人狼狽為奸,荼毒天下,造孽無數。(新紀元資料室)

第一節
狡詐凶殘的湖北政法王

自從 2012 年 2 月王立軍出逃、薄熙來倒台之後，由江派主要成員周永康、薄熙來負責、欲藉政法委掌控的武警公安搞政變的陰謀被曝光於天下，從那時起，很多政法委系統官員就開始被中紀委調查。2013 年 1 月 1 日後，原湖北省政法委書記吳永文被中紀委祕密逮捕進京審查；1 月 9 日，又傳出山西省公安廳副廳長李太平被撤職；1 月 13 日，山西省公安廳副廳長李亞力被建議撤職，留黨察看一年，此前山西省另一位公安廳副廳長蘇浩已被撤職調離；1 月 16 日，官媒報導廣東省汕尾市委常委、政法委書記陳增新被立案檢查。

1 月 7 日，政法委書記孟建柱宣布 2013 年將停止勞教制度，政法委將面臨大的變動。一連串的官員落馬，導致整個政法委系統的黑心官員驚恐萬分，生怕下一個處罰就落到自己頭上。

吳永文被捕 2013 年首位副省級官員

據香港媒體報導，曾主管湖北省政法公安系統五年（任湖北省政法委書記、公安廳長）、現任該省人大常委會副主任的吳永文，2013年1月1日後，被中紀委祕密逮捕、遞解進京。據大陸官方報導，早在2012年7月，吳永文就被免去政法委書記的職務，9月被免去公安廳廳長職務。

港媒報導說，吳永文被中紀委帶走調查，與吳涉嫌權錢交易、包養情人、生活腐化等系列問題相關。不過在官方簡歷上還能看到吳永文在2009年4月29日湖北省委政法委廉政建設報告會的發言，他標舉「三條線」原則，要求幹警「把握守牢底線、不踩紅線、不碰高壓線。做到不為私心所擾、不為名利所累、不為物欲所惑。慎對愛好，防止個人愛好成為被拉攏腐蝕的突破口。⋯⋯老老實實做人、乾乾淨淨做事、兢兢業業工作。」中共貪官這種「白天廉政、晚上貪腐」的人格分裂鬧劇比比皆是。

據南京楊鄭廣律師微博披露說：「浙商樓恆偉在湖北慘遭暗算，不僅資產被扣押，還冤坐兩年九個月大獄，法院至今不給說法。高官吳永文等人被指係幕後黑手。真所謂『搶劫有理，生財有道』。」

據悉，吳永文是18大後繼四川省副省長李春城下馬之後，第二個被調查的副省部級官員。2012年12月中旬，新當選中央候補委員的李春城，被喉舌新華網宣布涉嫌嚴重違紀，遭中央免職。李春城被稱為周永康家族的財務家臣。

據北京知情人士向《新紀元》獨家透露，湖北省政法委書記吳永文的被捕進京，還有汕尾政法委書記陳增新的被審查，都與前政法委書記周永康被審查相關。

官方簡歷顯示，吳永文 1952 年出生在湖北荊門，小學民辦教師出身的他，1994 年任荊門市公安局局長和政法委書記，三年後他離開公安系統，1997 年任荊州市副市長，2006 年任鄂州市委書記。等到 2007 年周永康擔任中央政法委書記後，2007 年 9 月吳永文回到政法委系統，被周永康提拔為湖北省委政法委書記，2008 年 1 月還擔任湖北省公安廳廳長，黨委書記，武警湖北省總隊黨委第一書記、第一政委；2012 年 1 月，吳永文還多了一個頭銜：湖北省人大常委會副主任，不過 2012 年 7 月，吳永文被免去政法委書記職務，9 月被免去公安廳廳長職務。

「鄧玉嬌殺淫官」案背後的政法委黑手

要說吳永文擔任湖北政法委書記「最引人注目」的政績，當屬 2009 年轟動網路的「鄧玉嬌殺淫官」案。假如沒有全國民眾的奮力反擊，這位「中華烈女」就可能讓政法委送進監獄了。事發後官方一直把鄧玉嬌關在縣看守所，也一直想讓這位普通農家女為死去的中共淫官償命。

2009 年 5 月 10 日 18 時左右，湖北省巴東縣野三關鎮的政府人員鄧貴大、黃德智、鄧中佳等人到雄風賓館休閒中心夢幻城消費，其間三位官員要求服務員鄧玉嬌提供「特殊服務」，遭鄧玉嬌拒絕，三位官員惱羞成怒之下欲強姦鄧；起初鄧玉嬌力求和平妥協，希望雙方各讓一步，但對方作風惡霸，繼續糾纏，其後鄧玉嬌在幾人衝突中，出於正當防衛目的慌亂中抓起水果刀，刺傷鄧貴大和黃德智，隨後主動將對方送醫急救，撥打 110 自首。其中鄧貴大搶救無效死亡。當晚鄧玉嬌被羈押在野三關派出所。隨後被關押在縣看守所，官方欲以殺人罪判處鄧玉嬌。

幸虧此事被人傳到網路上，引起全世界的關注。5月20日巴東縣政法委書記、縣公安局局長楊立勇表示要依法懲治殺人者，6月5日，巴東縣地區檢察院已經將鄧玉嬌起訴至巴東縣法院，罪名是故意傷害罪。據說這背後黑手就是湖北省政法委書記吳永文。

　　後來在網民的強烈關注和支持下，特別是在正義律師出面交涉後，6月14日，官方公布鄧玉嬌的精神病鑒定結果稱她患有「雙相心境障礙」，具有部分刑事責任能力。兩天後，巴東縣法院一審作出對鄧玉嬌免予刑事處罰的判決。當時該事件被稱為大陸網民的勝利。

　　巴東縣是湖北施恩土家族苗族自治州所轄的一個小縣，人口不到50萬，除了2009年名震全國的鄧玉嬌案外，2010年還發生了震驚全國的「官員日記案」。

　　2010年11月8日，網友「某＿書＿記」在網上發表名為「書記微博直播」的帖子，裡面記錄了恩施州公安局副局長譚志國從1999年到2010年的貪腐內幕，以第一人稱記錄。2011年1月，譚志國被免職。譚志國也因任職公安局期間涉及迫害法輪功學員，被「國際追查」列為涉嫌罪犯。

第二節
武漢是周薄收編烏有之鄉的重鎮

2012年4月6日,清明節剛過,中國極左網站烏有之鄉發出通告:「今天上午國新辦九局、北京市網管辦、北京市公安局網路安全總隊給我們網站負責人聯合談話,說烏有之鄉網站發布違反憲法,惡意攻擊國家領導人,妄議18大的文章信息,三家聯合執法,要求從2012年4月6日12時起關閉一個月,期間進行整頓自查,而後接受檢查通過後再恢復上線。」同一天,毛澤東旗幟網也發出了類似的通告,而紅色中國網同時也被關閉。

有趣的是,被視為右派的中國選舉和治理網當天也遭到關閉。另有一些網站的論壇社區也被勒令整頓。網站的通知都是技術原因為藉口。

實際上,北京主要針對的是烏有之鄉等毛左網站。烏有之鄉最近兩年發起倒溫運動,否定鄧小平以來的改革開放,呼籲回到文革「大民主」的年代,懲奸救黨,處理大部分現任官員和主流知識分子,並在國際上立即展開和美國等西方國家的全面對抗。

烏有之鄉發起倒溫運動

北京一位公安部的消息人士表示，這次封網主要針對的是幾家極左網站，即被溫家寶稱為「文革餘毒」的網站。其中最重要的目標，是烏有之鄉。

烏有之鄉負責人范景剛在接受外媒採訪時承認，該網確實發表不少「對中國政府領導人『違反中國憲法、違反中共黨章』言行進行批評的文章，但並未直接點名。」范表示，有關當局來談話的人並未指明是否指的是國務院總理溫家寶。

烏有之鄉的兩大「精神領袖」張宏良和韓德強，2011年下半年開始在大陸不少地方進行演講，其演講標題為「反美備戰，鋤奸救黨」。問題是：奸，指的是誰？

更早之前，烏有之鄉曾發表過奸相誤國論的文章，認為中國歷史上王朝崩潰，都是因為有大奸巨猾的宰相誤國。因此張韓二人的「鋤奸救黨」之奸可說是目標明確。張宏良在演講中表示，美國已經做好了滅掉中國的全部準備，除了形成戰略包圍之外，在經濟上掐住了中國的脖子，並且在中國培養了一批漢奸知識精英和文化精英，而最重要的，「由各界精英組成的『第五縱隊』，幾乎滲透到所有部門和行業的領導層中」，並且「已經培養了中國的葉利欽」。左派網站也發起了要「送瘟神」的運動。

張宏良在演講中說：「最近，美國豢養的中國普世價值派頻頻叫喊『政治體制改革』，就是要推翻共和國的基本制度，用他們的話說就是，沒有推翻共和國基本制度，『政治體制不改革，經濟體制改革的成果也保不住』。」矛頭明顯直指溫家寶。

幾家左派網站，都發表了大量反對國企改革和繼續開放的文章。他

們認為國企改革和對外資開放是「漢奸賣國行為」。有些文章直接點出中國人民銀行行長周小川和鄧小平女婿、鄧林之夫吳建常的名字，認為二人是黨內漢奸群的兩個代表人物。

張宏良認為，所有在外國留學以及接受美國基金會資金的知識精英都是漢奸。在烏有之鄉被點名的，包括北大清華主流經濟學者張維迎、厲以寧等，也包括吳敬璉。烏有之鄉 2011 年曾經搜集五萬人簽名，要「人民公訴」右派經濟學者茅于軾，他們也計畫徵集百萬人簽名，向人大遞交恢復《懲處漢奸法》。

張宏良，目前任中央民族大學經濟學教授一職。

毛左呼籲「做好犧牲準備」

2012 年 1 月 1 日，自稱為毛派共產黨的極左派在北京召開了一個千人大會，一位參加會議者在他自己的網路空間做出了以下報導：

「中央民族大學教授張宏良做了題為『高舉毛澤東思想偉大紅旗，為復興社會主義偉業而努力奮鬥』的主題報告。

中共中央政策研究室綜合局原局長張勤德做了題為『團結一切左派同志和愛國民眾，高舉毛澤東思想偉大紅旗，從勝利走向勝利』的動員報告。

原國史學會副祕書長蘇鐵山、中國社會科學院研究員左大培、北京航空航天大學研究員韓德強、中央民族大學教授楊思遠、著名社會評論家司馬南等先後在大會上做了激情四射的演講。」

張宏良的講話，被稱為毛派共產黨「政治報告」。他在分析了中國的局勢之後強調：「最近中國極端右翼勢力突然一反常態地高調紀念華國鋒，紀念粉碎『四人幫』的武裝政變，紀念南巡講話的『隱形政變』

等,就反映了中國極端右翼勢力渴望通過發動反革命政變來改變局勢的政治徵兆,對此,中國毛派共產黨人必須有所準備,包括做好犧牲的準備。」

在這個大會上,烏有之鄉的創建人之一、中國社會科學院經濟研究員楊帆,未被邀請參加。他接受廣東一家媒體採訪時表示,「這是搞組織行動的會議,張宏良做政治報告」,「我懷疑他們參與了重慶方面的政治活動」,「不能拿重慶的錢干擾中央的布署」。

文化大革命時期武漢的紅衛兵領袖,後被判刑 12 年的李乾,2011年 9 月曾被邀請參加武漢的一個毛派共產黨座談會。他後來撰文說:「我意外的收穫就是明白無誤地知道了掌控烏有之鄉的張宏良就是重慶的人,他們將在半年內動手。」「他們要殺人一點都不意外。現在網上傳言王立軍揭露說,薄熙來準備犧牲 50 萬人,我是不懷疑其真實性的。」他在座談會上,不但見識了「未來的總書記」張宏良,還見到了「未來的湖北省委書記」,「毛左的組織化顯然已非說說而已。」

周永康、薄熙來收編烏有之鄉

毛左並非第一次試圖組織化。

2009 年,一批毛主義左派人士要去重慶成立一個「毛派共產黨」或是「真正共產黨」,以對抗目前中國的「鄧派共產黨」或「假共產黨」,結果有關人士全部被國保警察扣留。但這個「非法組黨」活動卻沒有受到周永康控制的政法委的追究。

被視為左派經濟學家的楊帆,是烏有之鄉的創始人之一,但在 2008 年之後被范景剛、韓德強和張宏良排擠,退出了烏有之鄉的運作。

北京公安部的消息人士透露,2008 年以前,公安部一局便已經對

烏有之鄉的言論和行為進行了全面調查和監視。這位消息人士表示，2008年之前烏有之鄉許多左派經濟學者的言論，矛頭明顯指向江澤民和朱鎔基，在這些言論中，對江澤民主要指其貪污腐化和縱容江派人馬的貪污腐敗，以及其外交政策過於軟弱，對外國大財團讓步過多；而對朱鎔基，則主要指其主導的住房改革、金融改革和稅制改革，為國內權貴資本家崛起鋪墊了道路。

呂加平揭發江澤民「二奸二假」的文章，2008年之前屢次在烏有之鄉刊登。政法委給公安部一局的指示是「不管」，公安部的消息人士說，這是一個很奇怪的指令。

根據呂加平自己在2008年的說法，北京有自稱「胡辦」的人到湖南調查呂加平，調集了所有呂的文章。呂當時住在岳陽，受到當地國保警察的全面監視，也不讓寫文章。岳陽政法委書記後來告訴呂加平有關「不管」指令，呂也感到疑惑，問岳陽政法委書記說：這是否意味著他還可以繼續寫文章，該政法委書記表示，他個人也「這樣理解」。

呂加平後來到武漢參加了烏有之鄉的座談會，但得知毛左將赴重慶組黨的消息之後，他以定好去廬山旅遊的藉口脫離毛左團體。他證實說，岳陽政法委的人告訴他，後來組黨的毛左「全都被抓」。

此事可疑之處在於，毛左「組黨」案後來不了了之。為什麼到重慶組黨？毛左的黨章、組織如何？均不見後續的調查。

北京公安部的消息人士證實，正是這個時候，烏有之鄉等毛左團體，被薄熙來正式「收編」。自從2008年開始，烏有之鄉舉辦各類活動，資金來源明顯大大增加，其批判的主要矛頭則從原來鄧小平、江澤民、朱鎔基，轉變為溫家寶和目前一批當權者，而且開始全面歌頌重慶模式，吹捧薄熙來是「當代共產黨的旗幟」。

在這個轉變的背後，周永康的作用十分明顯。因為如果沒有周永康

的協助，在國保警察的日夜監視之下，烏有之鄉不可能在大陸大規模串聯，並掀起「送瘟神」的倒溫運動。

烏有之鄉要反美備戰

紅色中國網是和烏有之鄉一樣的毛左網站，他們的基本論調，都是歌頌毛澤東，歌頌文化大革命，要求平反江青和四人幫，認為鄧小平之後的中國是「修正主義上台」，中國已經以「權貴資本主義」的形式復辟了資本主義。他們批判官吏貪腐嚴重，社會貧富懸殊，人民群眾遭到無情剝奪。他們提出的解救方案，則是「回到毛主席革命路線」。具體來說，一是全心全意依靠人民群眾，二是無產階級專政下的繼續革命。

然而，這兩個網站後來卻是分歧嚴重。紅色中國網是近年異軍突起的極左網站，但其活動多局限在撰文批判，重申馬恩列斯毛理論的階段。紅色中國網對烏有之鄉和張宏良大加批判，認為烏有之鄉是「機會主義」，投靠了權貴資產階級，和當權派拉拉扯扯。

這個階段，正是 2008 年底之後。烏有之鄉開始全面宣傳重慶模式，認為薄熙來在重慶的經驗，證明了毛主席「依靠人民群眾」的政策完全正確，打黑則是打掉了重慶的「走資派」（比如文強）。

2010 年，烏有之鄉也全面向「國家主義」轉化。該網站另一位「理論權威」韓德強認為，世界金融危機引發世界經濟危機，將進一步把世界各國引向「國家主義」的道路，因此中國必須走向國家主義。

韓德強目前任北京航空航天大學學生處副處長，也是經濟學研究員。

韓德強和張宏良多次表示，中國必須經濟軍事化，不但要退出世貿組織，還要退出聯合國，所有重要經濟領域都重新國有化。而在外交上，

他們認為必須脫離從鄧小平以來的親西方外交的軌道。在國際戰略上要「處處和美國針鋒相對」,比如派軍隊到利比亞(後來是敘利亞),和伊朗結成軍事同盟,如果美國進攻伊朗就等於進攻中國;對東南亞小國進行全面拉攏打壓,使不得傾向美國。韓德強甚至表示,中國應該像「文革」期間那樣「支持這些國家的反政府武裝」,以此做為中共和這些國家討價還價、要求他們反美親中的籌碼。

　　由於其言論甚囂塵上,符合了部分極端民族主義思潮的節律,因此在 2012 年北京兩會期間,陳毅之子、中國對外友好協會主席陳昊蘇才高調公開表態,強調「支持國家外交政策就是愛國」這一說法。

第三節
徐崇陽受虐視頻曝光
施暴者湖北警方

武漢商人徐崇陽因發表批評薄熙來言論而被判處 19 個月徒刑。徐崇陽 2013 年初刑滿出獄後，曝光他在被拘押期間遭酷刑凌辱，被扒光衣服吊打，被打斷肋骨，打掉牙齒。（視頻擷圖）

2013 年 2 月底，就在中共兩會召開前夕，一段由國安系統內部洩露出來的刑訊逼供的錄像在網上曝光。被審訊者叫徐崇陽，有語音專家對《新紀元》表示，聽口音，那個參與審判的法官是湖北人。

此前《新紀元》報導了，武漢商人徐崇陽因數十億的資產被湖北官方強行騙走而上訪多年，2011 年因發表批評薄熙來言論而被捕。北京法院以「詐騙罪」判處他 19 個月徒刑。徐崇陽 2012 年初刑滿出獄後，曝光他在被拘押期間，因否認控罪而遭酷刑凌辱，被扒光衣服吊打、被打斷肋骨、打掉牙齒。

徐崇陽接受自由亞洲電台的採訪時曾表示，當時他被扒光衣服吊打

的場面,曾有一段視頻,被他輾轉獲得,已交給北京社會活動家胡佳,為了保護提供視頻者,對視頻中出現的官方人員聲音做了技術處理。兩會前夕,海外博訊網輾轉從胡佳處獲取此錄像。

視頻畫面顯示徐崇陽全身被脫光後吊銬,雙腳因不能著地沒有平衡點,身子不停晃動。審訊過程中,自稱「法官」的官方人員對其破口大罵,並威脅說:「穿了衣服就是法官,脫了衣服就是流氓。」從說話內容判斷,這名「法官」正逼迫徐崇陽寫一些東西,並恐嚇如果不寫,「你去找胡錦濤?你去找外交部?老子叫你豎著進來,橫著躺著出去。」

據聲音專家張先生介紹,無論聲音如何處理,說話者的口音是不變的。從這句「豎著進來、橫著躺著出去」的口音中,很容易鑒別此人口音屬湖北。據報,這段僅一分多鐘的視頻拍攝於 2011 年 4 至 6 月間,地點在北京一祕密關押處。

被逼屈認:令計劃密使、法輪功、美國特務

據了解,負責審訊徐崇陽的是周永康的嫡系北京市公安局和湖北政法委的人,湖北政法委書記吳永文是薄黨核心成員。周永康密使北京政法委系統與湖北政法委聯手接此案目的,正是為把徐案辦成一個針對時任中央辦公廳主任令計劃、法輪功、美國政府的「鐵案」,是江派打擊胡錦濤、溫家寶、令計劃嚴密策劃政變的一部分。

徐崇陽 2013 年 1 月 5 日被釋放出獄後,向外界透露了他在北京被捕之後的一系列遭遇。「說我在國內搞特工,而且說令計劃指使我批判薄熙來。」刑訊逼供中,對方要徐崇陽說出和令計劃是通過什麼關係接上的頭?給了令計劃多少錢?是不是接受了令計劃的指使,爆料並發表批判薄熙來的文章?令計劃做的批示藏在哪裡?上訪材料是怎樣進入中

南海？為什麼令計劃把告狀材料送進了中南海引起了胡錦濤辦公室的重視？到底和令計劃的交換條件是什麼？

徐崇陽在遭遇多次酷刑時，被周永康的手下逼其違心屈認三點：一、接受胡錦濤的「大內總管」令計劃的密令；二、是法輪功學員；三、同時接受美國情報部門的指令。這三個罪名連串起來，顯然要「指證」美國政府、令計劃、法輪功之間的關係，並且要「證實」令計劃和美國及法輪功等境內外「敵對勢力」勾結，對薄熙來抹黑和栽贓陷害。

令計劃早就是江派的眼中釘

2013年1月，湖北省人大常委會副主任、原政法委書記吳永文已被習近平陣營祕密押往北京接受審查。吳永文和原四川省委副書記李春城都是原中共政治局常委、政法委書記周永康的心腹。吳永文是薄黨政變圈核心人物之一，薄黨的一些祕密會議，都是在湖北舉行，由吳永文安排。

從這段錄像的時間來看，早在王立軍出逃美領館的前一年，也就是2011年3月，周永康等人就想利用對徐崇陽的刑訊逼供，把令計劃和美國特務、法輪功等聯繫在一起，在那時，周永康就想把此案做成對令計劃不利的鐵案。

其實，胡錦濤的「大內總管」令計劃早就是江澤民的眼中釘，江派對其恨之入骨。他們之間的激烈對陣從令計劃協助胡錦濤打掉陳良宇之前就開始了，王立軍被中紀委調查，也是令計劃的主使。正因為中紀委利用了離間計，才導致薄熙來與王立軍的主僕反目，從而導致薄熙來的下台。但隨後周永康派系做了最惡毒的還擊，2012年3月18日，就在薄熙來被免除重慶市委書記職務的第三天，令計劃的獨生兒子發生車禍

慘死,而隨後令計劃的全家遭到各種誣陷攻擊,甚至有消息說,令計劃早就與周永康等「結成鐵三角」,令計劃深度介入薄熙來政變等,以至於原本有望進入政治局的令計劃落馬。(詳情請見新紀元出版《胡錦濤的全退布局與令計劃的復仇》)

兩會前夕,就在如何給薄熙來判刑,如何處置周永康以及他們的親信吳永文時,這段由公安內部系統傳出的錄像非常具有震撼力。當人們看到徐崇陽全身赤裸地被吊在那裡轉來轉去被打、被罵時,當法官自稱「脫了衣服就是流氓」時,人們不知道這個錄像的來源,但人們都知道爆料者的目的:在一個所謂「依法治國」的地方,習近平的憲法夢要想做下去,不給徐崇陽案一個交代是行不通的。

第四節
吳永文案升級 周永康哀求無用

周永康造孽無數 將面臨清算

　　據大陸媒體證實，2012 年 12 月 13 日湖北省人大副主任、原政法委書記吳永文被祕密逮捕帶往北京接受調查（也有說法稱 2013 年 1 月後被帶往北京）。中紀委已進入湖北進行調查。

　　而後有北京消息人士向《新紀元》透露，前政法委書記周永康已被調查，吳永文的被捕進京，還有汕尾政法委書記陳增新的被調查，都與周永康有關。

　　日前，有海外中文媒體報導稱，來自中紀委的消息，雖然周永康已經近似於下跪地向胡習認錯哀求，並決定永遠不再拋頭露面，但他過去兩年利用政法委斂財、利用經濟案件打擊對手收取賄賂，以及對付異議人士的殘酷做法，仍然讓稍有良心的人士深感不安。

　　據稱，中紀委調查吳永文的重點是他如何得到省領導──尤其是北

京政府的重視，他向周永康和公安部高層行賄多少等等。

該消息還表示，2012 年 12 月份開始，中紀委祕密前往湖北、山東、廣東等六地，目標直指公安廳一把手。有些地方的公安廳廳長的財富高達上億，老家任職過的地區最好的房子都被他們占用，動他們只是等習近平發話，肯定不能就這樣算了。

吳永文涉及周薄政變計畫

吳永文是周永康的心腹。據悉，吳永文能夠當上湖北的政法委書記是因為巴結上時任公安部長、後來擔任中央政法委書記的周永康。吳從 2007 年到 2012 年 7 月期間擔任湖北省政法委書記，正是薄熙來在重慶「崛起」和周永康政法系統權力處於最頂峰時期。吳執掌湖北政法五年，所謂的「鐵腕治警」是其標籤，據稱獲得周永康的賞識。

《新紀元》獲悉，吳永文被捕進京後，已供出周永康的問題。

徐崇陽案 周永康授意 吳永文全力配合

《大紀元》曾報導，在北京被判刑的武漢商人徐崇陽被釋放出獄，並向外界透露 2012 年在北京被捕之後的一系列遭遇。徐談到，他被捕之後，一直由北京市公安局和湖北駐京辦官員審問。

徐崇陽一案，是由北京市公安局局長傅政華直接掌控，由北京市公安局和湖北駐京辦官員一起參與刑訊逼供，湖北政法委和北京政法委直接都參與其中。其背後則由周永康授意，吳永文作為湖北省政法委書記全力配合。其目的是日後為薄熙來翻案，打擊死對頭令計劃準備黑材料。

浦志強：周永康「荼毒天下，實為民賊」

習近平成為中共新任總書記後，「第二權力中央」政法委被降級，並傳出消息稱周永康已被調查。

2013年2月6日，中國知名維權律師浦志強在新浪、滕訊、搜狐三大微博網站，實名舉報周永康禍國殃民，要求清算過去十年維穩的社會治理模式。

浦志強律師發布博文稱：「本人實名舉報：前公安部部長、政法委書記周永康，禍國殃民！我認為，若想從維穩的陰影下走出，就必須清算他的社會治安綜合治理模式，太多的人間慘劇悲歡離合，跟該周直接間接有關了。此人秉政十年，竟然荼毒天下，實民賊也！」

據美國之音記者採訪浦志強的報導稱，浦志強始終認為，中國要改變現狀、要有所變化，必須要清算維穩思路，周永康明顯是要承擔責任的。

浦志強稱，維穩是中國不穩定的最大禍患。他認為，周永康對這樣一個十年，應當承擔他自己的責任。他所代表或者他所實施的這樣一個路線，事實上是把中國引導著走向今天這樣一種地步。

1月18日，《南方人物周刊》新年第三期推出的封面人物《中堅浦志強》的長文，被中國各大網站爭相轉載。文中說：「浦志強所代表的律師屬60一代。這一代人的特點是：『文革』中度過童年，恢復教育秩序後上中學，80年代初進大學。二十多年前，他們壯懷激烈，指點江山，抨擊當時的中堅。」

有觀點認為《南周》在努力為浦志強募集粉絲。律師浦志強發微博說，有了「粉絲十萬」，還要揭發更大的「老虎」。我們等著吧！

周永康塌台全程大揭祕

第四章

18 年大祕和白手套被抓

周永康大祕郭永祥（中）2013年6月23日被調查。郭是繼原四川省委副書記李春城、湖北政法王吳永文之後，又一周永康的鐵桿心腹落馬。（大紀元合成圖）

第一節
心腹相繼被除
周永康恐比黃菊死得慘

2013年6月18日,就在習近平宣布發起「群眾路線教育實踐活動」的當天,《人民日報》官方微博發評論說:近期的「老虎」,劉志軍、劉鐵男、倪發科、趙萬祥等,均是帶病提拔。雖然「出事是遲早的事」,但邊腐邊升、越升越腐的現實暗藏買官、賣官的腐敗鏈條對帶病提拔當回溯追責,嚴查推薦者說情者嚴打幕後推手,矛頭直指中共高層。

6月23日,就在習近平召集政治局連續開會期間,大陸各大媒體報導說:「中共紀委稱,四川省文聯主席郭永祥『涉嫌嚴重違紀』,目前正接受調查。」短短36個字卻吸引了很多眼球,被稱為是很有「嚼頭」、很耐人尋味的新聞,原因就是這個郭永祥的身分很不一般。

官方簡歷顯示,原中共政治局常委、政法委書記周永康在1988至1998年擔任中國石油天然氣總公司黨組副書記/書記職務,而郭永祥在1990至1998年間任中國石油天然氣總公司管理層職務。周1998年到1999年任國土資源部部長期間,郭也被調入國土資源部,任國土資

源部辦公廳主任。周在 1999 年成為四川省委書記之後，郭先是在 2000 年成為四川省委副祕書長，後隨著周進入中央，郭也在 2006 年官拜四川省副省長。不過海外媒體稱，郭永祥的真實身分是跟隨了周永康 18 年的頭號祕書。

剝洋蔥 周永康心腹親信相繼被查

中紀委反腐有條套路：就像剝洋蔥一樣，先從外面的底層下屬查起，再查到接近核心的祕書副手等，最後查到大貪官本人。這次周永康的案子也是走這條路。

2012 年底，四川省委副書記李春城首先落馬。2013 年 1 月，湖北省人大常委會副主任、原政法委書記吳永文被祕密逮捕帶往北京接受審查。吳永文和李春城都是周永康的心腹。按中共慣例，吳被押往北京接受審查非同尋常，通常背後有大後台的落馬官員才會被押送北京受審。有報導稱吳永文是周薄政變集團的參與人之一。

在 2012 年 12 月 6 日李春城被新華網點名因貪腐問題被查之後，2013 年 1 月省長蔣巨峰也提前辭職，2013 年 3 月，四川三個最有名的大富豪：劉漢、鄧鴻、汪俊林，也相繼被官方帶走調查。表面上看可能是因為和李春城的貪腐糾葛，但深入探究發現，這三人的口供都給李春城的大後台──周永康的脖子上添加了致命的連環套。四川被中央拿下的腐敗官員還包括成都市錦江區副區長、成都市公安局錦江區分局局長吳濤，此人正是李春城的管家。

按照中共慣例，抓捕周永康祕書郭永祥這樣的重大消息一般會放在周五發布，這樣經過一個雙休日的緩衝，民間對此的關注也會稍稍減弱。這也是中共維穩思維的慣性。而周的大祕接受調查的消息這次卻選

擇在周日晚間發布,顯然是為了輿論在周一能好好發表議論,箇中原因也很微妙。

吳兵被抓 牽扯到曾慶紅姪女

2013年8月1日,海內外多家媒體紛紛報導,周永康家族親信吳兵在北京逃離時被抓。《蘋果日報》報導稱,吳是周兒子周斌的「鐵哥們」,是為周家搞錢的主要人物之一。報導稱,吳涉嫌的主要罪行有:為周家侵吞數百億國有資產,其中包括用9000萬元買下每年利潤27億元的陝西榆林中石油的油田;用4000萬元收購總價值80億元的企業項目,包括五糧液、國窖等公司股份。

BBC以《周永康家族親信吳兵神祕失蹤引起關注》為題報導稱,坊間傳言,吳兵實際擔任的角色是周永康家族的管家,為周及其兒子周斌非法所得的「黑錢」進行漂白。法國廣播電台的報導則稱,吳兵失蹤疑似被抓,他是為周家打點資產的關鍵「白手套」,很多港媒也對吳兵的「失蹤」做了報導。

據《經濟觀察網》報導,吳兵又名吳永富。10餘家公司的工商登記資料顯示,從2001年開始,通過頻繁的資本運作,吳兵在四川擁有水電開發和房地產投資為主的中旭投資。2009年開始,吳兵又在北京成立中旭盛世風華,以文化投資方面為主。從股權關係上看,中旭盛世風華擁有中旭投資的全部股權。此外,2005年吳兵還在香港註冊了中旭(香港)有限公司。

報導中還披露,吳永富最新的身分證簽發日期為2005年8月2日,其證件依然有效。而香港特別行政區公司註冊處的提供的信息則顯示,中旭(香港)有限公司董事長吳兵WUBING,其持有香港身分證。多

位中旭投資員工向經濟觀察網記者確認，吳永富與吳兵實際上為同一個人。

據了解，吳兵旗下中旭投資的主要資產為大渡河龍頭石水電站。大渡河龍頭石水電站位於四川省雅安石棉縣，總投資超過了 50 億元。一個民營企業能在四川投資如此大規模的水電站，令人難以思議。

中旭投資還先後參股了花樣年控股（1777.HK）旗下的花樣年實業發展（成都）有限公司和佳兆業（1638.HK）旗下的成都麗晶港項目。

據維基百科介紹，花樣年控股集團有限公司是 1996 年由前中共中央政治局常委、國家副主席曾慶紅的姪女曾寶寶成立，公司主要在深圳和成都等地開發房地產項目。公司註冊地設於開曼群島，公司總部則在廣東省深圳市福田區深南大道喜年中心，曾寶寶是該公司的最大股東，擁有 65％的股票。

還有海外中文媒體報導稱，吳兵一度被關押在北戴河一處別墅，據悉當時中共中央辦公廳（中辦）的人員控制和審問吳兵。吳兵招供了協助參與薄熙來事件，通過組織宋祖英的重慶紅歌會，和王立軍、徐明勾結，獲取好處費等罪行。

習提議：政治局常委也可被立案調查

2013 年 6 月號《前哨》刊出《習近平褫奪新舊常委「免死金牌」》一文。據報，習近平在一次中南海政治局常委擴大會議上表示與總理李克強一起草擬了一份反腐意見書。意見書中給「大老虎」的概念做了定位，即升級為中共中央政治局常委。

同時，習建議取消「15 大」以來「常委不得立案調查」的內部規定，只要舉報證據確鑿、國內外影響惡劣者，無論現職的還是退位的政治局

常委，都必須接受立案調查。

按照習李給出的兩個前提：舉報證據確鑿和國內外影響惡劣，外界分析，可能首先被打的「大老虎」有三個，依次為：周永康、賈慶林、曾慶紅。其中周永康首當其衝，在海內外，無論中共官員或民運人士，人們最痛恨的先屬周永康，因他整人手段殘酷，而且非常囂張露骨。

2013年6月，就在習近平訪美、後院起火階段，劉雲山在媒體上大唱反調。從6月6日起，劉雲山主掌的《新華每日電訊》發表專題報導，連續刊發三篇文章《真的是「越反越腐」嗎？》、《領導幹部大多是貪官嗎？》和《政黨制度與反腐敗》，為反腐降溫。於是，胡錦濤、溫家寶和朱鎔基相繼站出來給習近平撐腰。

據黨媒報導，《鄧小平談接班人標準 胡錦濤「脫穎而出」》一書出版，官方為胡大唱讚歌，鳳凰網等多家官網紛紛轉載，懂的人知道，這是在習受到劉雲山攻擊之際，胡錦濤「露面」力挺習近平。同時人民網也發表文章《溫總理離我們很近》，暗示溫家寶的影響力並未消退，他離中共權力層很近。此外，中共前總理朱鎔基的女兒、中銀香港有限公司副總裁朱燕來，也披露朱鎔基對反腐形勢看法說，朱稱目前「反腐方向是對的」。緊接著，左派反憲政「先鋒」楊曉青教授遭人民大學解聘，胡德華對於習近平講話的評論瘋傳，顯示習近平反擊劉雲山的明顯信號。

據北京獨立作家高瑜爆料，自從2012年2月王立軍曝光薄熙來、周永康預謀政變、要把習近平趕下台，當時中紀委就開始對周永康立案調查，不過由於有江澤民等人的庇護，加上《紐約時報》報導溫家寶財產案出來後，胡錦濤擔心對手拿出魚死網破、同歸於盡的狠勁，弄翻中共這條破船，於是雙方妥協，調查不了了之。但習近平上台半年多後，各種阻力令他無力自行執政，於是習決定要衝破阻撓，重新開始審理周

永康的貪腐政變罪行。

傳湯燦舉報周永康 「公共情婦」牽出「大老虎」

就在周永康大祕郭永祥被查之際，有消息爆料稱，此番對周永康親信的徹查，與中共高層的「公共情婦」湯燦有關。分析稱，中共高層許多人都想讓湯燦永遠閉口，湯燦若想保命，將不惜供出「大老虎」。

此前《新紀元》報導過，被中共官方吹捧為「中國時尚民歌天后」的湯燦，不僅是薄熙來的情人，更是捲入周永康、薄熙來政變的核心人物。她通過賣身，為周薄兩人收集高層情報和打通要害關節。消息稱，自2012年王立軍闖美領事館以來發生的中南海一系列重大事件中都有湯燦的影子，都與她有各種關聯。

就目前曝光的信息看來，湯燦在中共中宣部、公安部和軍隊這三大塊掀起的「淫波濁浪」，不但波及中共高層權力角逐，如公安部部長的候選人、中央電視台、中宣部的接班人選，更成為周永康、薄熙來政變的一個重要部分。

據新世紀新聞網報導，李東生在擔任央視副台長期間，著力培養了主持人王某和歌手湯燦。湯燦從地方上一步步往上爬，為了能進一步大紅大紫，千方百計地「傍上」了李東生。後來李長春提拔李東生到中宣部。

報導稱：「湯燦是李東生獻給周永康進行權色交易的貢品。不僅如此，李東生還將湯燦介紹給周身邊的一位紅人。此人與周永康關係非同一般，周永康凡遇有不決之事，必問此人；遇有不測之局，也由此人居中調度，巧妙化解。李東生知道，如果能得到此人的信任，吹吹『耳邊風』，那自己的仕途必然無虞。於是三方一拍即合，湯燦增加床位，上

了周永康嫡系心腹的床。」文章稱，這就是李東生一個文職人員，從沒搞過「公檢法」的他突然升任公安部副部長的原因。

湯燦不但與周永康、薄熙來有關，還牽扯出軍中大老虎、中共前軍委副主席徐才厚。

2013年1月7日，網上突然傳出江澤民鐵桿親信、原總後副部長谷俊山已被正式批捕的消息。「兩會」之前，原本被認為受到薄案牽連的劉源突然不斷高調發聲，也被認為是官方對谷俊山案的處理有了實質進展。

谷俊山當時被提拔為總後勤部副部長的時候，據稱直接跳過總後，由軍委任命，涉及的軍委成員就是梁光烈和徐才厚。當谷俊山上任總後的副部長時，總後部長廖錫龍毫不知情。港媒則稱，18大後中共中央發現徐才厚的問題「怵目驚心」，雖然他已經屆滿退下，但習近平仍動手處理其在軍隊內的黨羽勢力。

據聞，谷俊山被關押調查時揭發，是他一手將湯燦送給徐才厚享用。因尋求保護傘，谷在送女人的同時，還向徐才厚行賄巨資。

周永康的下場將比黃菊更慘

有消息說，郭永祥的倒台讓人想起黃菊祕書王維工的落馬舊事。不過王維工是在黃菊死亡一個月後才被逮捕。兩年後，曾跟黃菊13年的貼身祕書王維工，終因巨額受賄被判處死刑，緩期兩年執行，剝奪政治權利終身，沒收個人全部財產。

2006年1月，黃菊因心背劇痛住進北京301醫院，檢查結果是絕症胰腺癌。這種癌症只要發生疼痛就已到了晚期，按現在的醫術水平是回天乏術。

2007年6月2日，黃菊在死去活來的病痛折磨中於北京慢慢消耗而死。其遺體於6月5日在北京被草草火化。北京當局既沒有為黃菊開追悼會，也不致悼詞，更不尋常的是，官方新華網上沒有刊登任何紀念或追悼之類的文章。對於一個在任上「正常」死亡的中央政治局常委，這種情況在中共歷史上還是首次。

有分析認為，與黃菊相比，目前周永康還在世的情況下，其心腹大祕及馬仔就接連出事，預示著他的下場將比黃菊慘很多，是一死都不能了之的，因為周犯下的反人類罪行太大、太多。

第二節

周發動政變 與習勢不兩立

周永康和薄熙來等密謀奪權的政變計畫實施一半，被王立軍出逃事件所搞毀。江派寄望以維繫迫害法輪功的關鍵人物薄熙來被抓，攪黃了江派企圖逃避清算的如意算盤，等於切斷了江派保命的退路。（大紀元合成圖）

薄熙來被抓 江派沒了退路

2012年2月6日，原重慶市公安局局長、副市長的王立軍為了避免被原市委書記薄熙來滅口，出逃到美國駐成都領事館，觸發中南海高層政治海嘯。

同年2月中旬，習近平訪問美國期間，美國媒體《華盛頓自由燈塔》報導稱，王立軍告訴美領館官員，周永康和薄熙來等密謀聯手搞掉習近平再奪權。

中共前黨魁江澤民迫害法輪功14年以來，通過政法委、「610」非法組織對法輪功犯下了群體滅絕罪、酷刑罪、反人類罪，其活摘法輪功學員的器官謀取暴利被指是這個星球前所未有的罪惡。江氏流氓集團已經騎虎難下、無法回頭。

為了掩蓋殘酷迫害真相，繼續維持迫害政策；欠有迫害血債的薄熙來被江澤民祕密選定作為接掌中共最高權力的人選，而沒欠血債的習近平只是他們心目中的過渡人選。

由於中共高層各種制約因素，江澤民被迫同意選定習近平作為18大中共最高層接班人。江澤民、曾慶紅、周永康、薄熙來等成員密謀，先在18大奪取政法委位置，然後再鞏固武警部隊的武裝力量、鞏固輿論、重慶模式的政治綱領等，待各方面成熟後再廢黜習近平，此政變計畫已完成了一半進程，不料被王立軍出逃美國領事館事件曝光摧毀、全盤崩潰。

江派寄望以維繫迫害法輪功的關鍵人物薄熙來被抓，攪黃了江派企圖逃避清算的如意算盤，等於切斷了江派保命的退路。

3月19日未遂政變 江派反撲

2012年4月15日，著名民運人士唐柏橋透露，根據大陸傳達到部級的通知，3月19日，武警的確曾經按照周永康的指令包圍了中南海，但立即被事先進入中南海「勤王」的部隊「驅離」。雖然官方沒有承認大規模武裝衝突，但的確承認發生了「驅離」。

2012年7月香港雜誌《前哨》曝光了3月19日奉命入京的38軍和政法委武警火拚的內幕情況。文章說，3月19日夜間，胡錦濤新任命的軍長許林平調遣38軍士兵進入北京市中心，戰鬥任務是「粉碎陰謀分子軍事政變」。目擊者稱，天安門廣場和府右街上有大批士兵和裝甲運兵車。北京居民當時用手機簡訊傳遞軍隊進市中心的消息，微博上也出現很多有關消息。

文章說，3月19日的北京政變，是自1989年天安門事件以來中國

發生的最大騷亂。

知情人稱，當時戰鬥目標是北京市東城區燈市口西街 14 號，即中央政法委總部。還有知情人則肯定為玉泉山某處的周永康私邸。那天晚上發出槍聲，槍聲從白馬寺附近的中共中央政法委傳出，該處有一個排的武警特種部隊把守。

自王立軍事件發生以來，美國方面曾透露，周永康有與同黨薄熙來共同謀策奪權的計畫。外界分析，3 月 19 日的北京政變應該與此事有關聯。

中南海最高層擔心立即拿下周永康會激化各方面的衝突，出現局勢全面失控或致中共倒台。周永康因而得到喘息的機會。

隨後，周永康利用特務系統在網路上發布擾亂軍心的言論，稱現在部隊不能再提「黨指揮槍」的口號，改為三化：「軍隊非黨化、非政治化、軍隊國家化、國家利益高於一切。」「不管是哪一個個人調動部隊均不服從，軍委主席、司令員、軍長都不行，必須有中央所有常委的共同簽署的調令。」這實際是逼胡錦濤交出軍權。

《大紀元》當時獲悉，胡溫已經在內部反擊，周永康即將被立案調查。局勢一觸即發。

周永康抹黑溫家寶 矛盾進一步激化

2012 年 10 月，《紐約時報》披露溫家寶家人積累「巨額家產」的報導形同一顆震撼彈，立即引發世界主流媒體的廣泛關注。此前也有報導稱，是周永康在背後放假消息給海外媒體。

此前，彭博社透露，該新聞機構收到曝光的所謂習近平家族的材料有 1000 多頁，說習近平家族斂財數億美元。

《紐約時報》事件後，溫家寶對此開始反擊。法廣特約記者獲《溫家寶家人律師授權聲明全文》。這份由君合律師事務所律師白濤、國浩律師（北京）事務所律師王衛東簽署的聲明共六點，聲明對《紐約時報》的不實報導，將予以澄清，並保留追究其法律責任的權利。

　　王立軍事件之後，周永康與薄熙來的政變計畫被海外曝光，其政變中包含利用西方媒體放假消息，對溫家寶、習近平抹黑的相關布署。

　　2012年4月，《大紀元》曾獨家披露，中國網路大企業「百度搜索」，過去幾年深度捲入北京高層內鬥，由重慶前市委書記薄熙來和政法委書記周永康操控之下，悄悄在互聯網上發起抹黑胡錦濤、溫家寶及習近平三人的活動。報酬是迫使谷歌退出中國業務，使百度一家獨大。百度重慶業務主管後被中紀委控制調查，並供出大量驚人內幕。

　　2010年3月，薄熙來、周永康先後接見百度總裁李彥宏，按中紀委有關口供筆錄的說法，他們做出了「相當縝密的攻擊胡錦濤、溫家寶和習近平接班的網路宣傳計畫」。

　　周永康、薄熙來就用這個隱蔽的手法，將類似胡錦濤的兒子胡海峰、溫家寶兒子溫雲松的經商腐敗信息，習近平女兒習明澤涉嫌性醜聞等，通過百度貼吧、知道、空間等大量傳播，已經廣被中國國內網民熟知。

胡溫習李和周永康已成「你死我活」

　　2012年3月5日，中共總理溫家寶在中共第12屆人大第一次會議中做出最後一次「政府工作報告」，溫家寶對過去五年的工作作出評價：「實踐證明這些決策布署是完全正確的。」有江派背景的三名中共政治局常委分別在不同的場合對溫家寶的工作報告作出了「完全贊同」的公

開表態。此舉被認為非常不同尋常。

溫家寶「扳倒」薄熙來後，矛頭指向薄的後台周永康。溫任職期間，在中共高層內部多次提出要「立即逮捕周永康」。此後，周永康也被迫交權，中共政法委降級、江系走向全面潰敗。因此遭到江派周永康、曾慶紅用黑道造假手段在國際媒體上抹黑。

消息稱，有江派背景的三名政治局常委的表態顯示中南海高層對處理周永康已達成「一致」。中共 18 大之後，當周永康、李長春、李嵐清等江派人馬退出中共權力核心之後，江派在危機下，出於自保，隨時可以把周永康拋出。

事實上，溫家寶倒薄熙來、周永康的背後是胡錦濤、習近平的支持。據《新紀元》引述北京一位極為可靠的消息來源說，在倒薄事件上，習近平起了最具決定性的作用。在 2012 年 3 月 13 日最後一次的常委碰頭會上，習近平做出表態，贊成中央對重慶的問題進行「全面實事求是的調查」。王立軍事件成了胡溫習李聯盟的起點。

曾慶紅、周永康香港煽動仇恨

江派處於全面崩潰的局勢下，拚死抵抗。曾慶紅、周永康不斷肇事，意圖把習近平綁架在同一架馬車上，在香港利用江湖黑社會勢力的親共團伙衝擊香港法輪功學員真相景點，製造「文革」式仇恨風暴。

香港特首梁振英受曾慶紅指使捆綁習近平，在香港大鬧「文革」式口號，滋擾法輪功學員，並指使、放縱黑社會人員暴力攻擊法輪功學員。意圖捆綁習近平為中共江派 14 年血腥鎮壓法輪功的政策背書，以免江派被清算的命運。法輪功受迫害問題已成為中共派系鬥爭的核心。

香港特首梁振英在此事中的所作所為給外界釋放出一個強烈信號：

他受命於某一方，正在給中南海另一方製造麻煩，令習近平難堪。

2013年7月17日，北京新華社記者王文志突然實名舉報中共在香港的央企老大、華潤集團老總宋林，涉及在百億收購山西煤礦案中，涉嫌巨額貪腐，震驚中港各界。

華潤突爆醜聞，而且是由新華社記者實名舉報，華府中國問題專家石藏山認為，這是北京自「七一」大遊行之後，習近平加速倒梁的另一訊號。

早前，梁振英在習訪美期間，藉斯諾登事件讓習近平難堪，更加令習近平反感。「七一」大遊行之後，習近平陣營借助香港民意，一方面派出中聯辦主任張曉明會見泛民議員，架空梁振英，同時，以反腐風暴，狠打梁振英陣營的要員，和曾慶紅、薄熙來等江派勢力關係密切的中共央企老大、華潤老闆宋林。

石藏山說，習近平的用意很明顯，一方面是警告梁振英，另一方面殺一儆百，對梁粉集團釋放出誰支持梁振英，誰就沒有好下場的訊號。但梁振英卻依然戀棧，反戈一擊，以所謂要見泛民，繼續夥同江派與習近平陣營抗衡。

日前，港媒對於周永康的定調意味深長：《身陷貪腐醜聞 中共治罪周永康跡象明顯》。外界觀察，周永康被逼上絕路，雙方搏擊不斷升級，中南海也沒了退路。

第三節
把「周老虎」關進籠子
呼聲漸起

2013 年 4 月,香港不少雜誌以「逮捕周永康」為題,報導周的貪腐罪行;7 月底,以前緊跟江澤民的一些網站也開始喊出「絞殺周永康」。(大紀元合成圖)

　　河北省秦皇島北戴河海濱療養勝地,原本不是打虎的叢林地帶,不過隨著中共非正式的北戴河會議祕密召開,這裡成了打虎的戰場。2013 年的北戴河會議比往年更加緊張,各方爭持更加激烈,就連水母也大量趕到淺水灣報到。

　　據大陸官方媒體報導,2013 年夏天北戴河海蜇泛濫,超過千人被蜇傷,有人還因此死亡。截至 8 月 7 日,僅北戴河醫院就收治了被海蜇蜇傷者 1053 人,當地一名醫護工作人員透露,這幾乎比 2012 年整個暑期增加三至四倍。就在此前幾天,來自北京密雲的八歲男童因傷勢重,引發急性肺水腫去世。

　　有港媒報導,如何審判薄熙來是 2013 年北戴河會議的一個重點。

《新紀元》獲悉,薄熙來案早已做定,當時會議爭論的關鍵是李克強的經濟改革,附帶牽扯到周永康的處置問題,不過這兩個問題是一體的,是相連的。

海外風傳將周永康「關進籠子」

早在 2012 年 8 月,《新紀元》就在《中南海政治海嘯全程大揭祕(上)》一書中,分析預測周永康被抓,因為他幹的壞事太多,不抓他,很多問題都無法徹底解決。2013 年 4 月,香港不少雜誌以「逮捕周永康」為題,報導了周的貪腐罪行,到了 2013 年 7 月底,以前緊跟江澤民的一些網站也開始大量報導周永康的罪行,說要「絞殺周永康」。

有的報導還說,2013 年的北戴河會議上,重點討論了如何處置周永康的問題。當時可能的方案是:周永康退還侵吞的數以百億計的資產後,將其軟禁,另一種可能就是將周永康判刑,「關進(秦城監獄的)籠子」裡。據說因為周永康直接參與薄熙來的政變計畫,早已超出了中共政治容忍的底線,尤其是周私自調動武警。周的罪行還包括貪污腐敗、濫用職權、目中無人,以及周的生活腐化奢靡、淫亂、用人失察等。

自中共 18 大後,政法委被降級,中共高層整肅「獨立王國」政法系統、問罪懲治前中央政法委書記周永康的跡象和信號日益明確。在現實生活中人們也看到,周永康的親信死黨被逐一剪除,從四川省委副書記李春城被查,到周永康「鐵桿中的鐵桿」的原湖北省政法委書記、省委常委吳永文被中紀委帶走。特別是 2013 年 6 月 23 日,跟隨周永康 18 年的心腹大祕、原四川省委常委、副省長郭永祥被調查,再到 7 月周永康家族的「管家」、「白手套」川商吳兵被抓,這些都非常清楚的把矛頭刀鋒指向了周永康。據說吳兵聽到風聲後,企圖逃離北京,在北

京西站被抓，隨後吳兵交代了很多周永康的罪行。

有媒體曾說，若是抓了周永康，就首次打破了中共「刑不上常委」的慣例，其實中共早在 1976 年審判「四人幫」時，被抓的王洪文、張春橋就是中共政治局常委。那次的所謂公審，開了中共用法律形式解決黨內政治紛爭的先例。毛澤東雖未將劉少奇送到審判台上，但想方設法把他折磨死，甚至用「生日禮物」的方式氣死劉。過去 30 多年，中共前總書記趙紫陽也因政治問題遭軟禁 15 年之久，雖未動大「刑」，但也算受到了「懲罰」，失去了很多自由。

2013 年 8 月 12 日，《大紀元》報導說，迫於中國社會的巨大壓力和民憤，中共被迫立案調查周永康。黨魁習近平和現任其他常委已都同意，內部對周永康進行立案調查。儘管官方尚未公布此消息，但據北京消息稱，周永康已被在內部立案調查，這是很確實的事實。周永康掉進十面埋伏，已成事實。

「第二權力中央」的血腥

周永康被英國《每日郵報》評為中國十大黑領人物之一。周在政法系統長達 10 年，承襲羅幹政治局常委兼政法委書記兩職，在掌握警察體系的同時又獲得了對武警部隊的掌控。從江時代起，政法委書記就高調成為政治局常委。江澤民因鎮壓法輪功成立的臨時權力中心「610」通過政法委控制中共的公安、法院、檢察院、國安、武裝警察系統，有權調動中共外交、教育、司法、國務院、軍隊、衛生等資源。政法委對中共在財政、軍事和外交上三位一體的控制，使得「610」成為了第二個中共中央。

周永康的「第二權力中央」政法委在中共體制內外都陷入了萬夫所

指的境地。據調查顯示，在周永康任內，民眾抗爭事件不減反增，而且是猛增，從每年幾萬起發展到每年幾十萬起。

中共體制內也不乏反對周的聲音，在羅幹之前的前中共中央政法委書記喬石，曾寫信給胡錦濤和習近平痛批政法委與周永康，並要求約束其權力。2012 年 5 月，雲南省 16 名中共老黨員亦聯名致書中共中央，要求免去周永康的政治局常委和政法委書記兩職，並交由中紀委查處，《炎黃春秋》雜誌在中共 18 大前就提出廢除政法委。

不過很多人不知道的是，周永康的「第二中央」直接指揮了對法輪功的迫害，特別是活摘法輪功學員器官的惡行。

明慧網的資料顯示，自周永康擔任中共公安部長以來，不到三年的時間，經確認被迫害致死的法輪功學員人數就由 700 名左右上升至 2940 名。非政府組織「追查迫害法輪功國際組織」針對中共中央政法委參與活體摘取法輪功學員器官的罪惡進行了特別調查，他們報告的眾多證據證明，活摘法輪功學員器官「這個星球上前所未有的邪惡」，就是在周永康、羅幹直接操控下進行的。

2006 年 4 月 1 日，追查國際的一份報告確認「瀋陽存在龐大活人器官庫」，並公布了幾個大陸移植醫生的原始電話錄音。有些醫院公開承認他們移植用的器官來自於活著的法輪功學員，這其中包括東方器官移植中心、上海中山醫院、河南鄭州醫科大學第一附屬醫院、湖北省醫科大學第二附屬醫院等。廣州軍區武漢總醫院的那位醫生甚至說道：「法輪功該用就用唄，管他法不法輪功！」

同年 4 月 8 日，《大紀元》披露了「盜法輪功學員器官黑幕一直在勞教所」。調查顯示，大陸 300 多家勞教所裡關押著數十萬法輪功學員，許多勞教所強行抽取法輪功學員的血樣，用以建立活體器官庫。一旦有病人需要某種類型器官時，就反向匹配，將該學員害死以盜取器官。目

前國際上普遍公認,至少有四萬個器官來源不明,他們很可能就來自被害死的法輪功學員。

周「管家」吳兵揭網路戰之謎

據港媒披露,有周永康「管家」之稱的吳兵被捕後,周薄集團核心黑幕之一的政變密謀開始被揭開。吳兵稱,周永康豢養了中國最大的網路黑社會團伙,用來打擊政敵,並幫他們團伙的人馬上位。過去數年80%的中國網路風波,都是周薄犯罪團伙幹的。

這個報導再次證實了一年多前《大紀元》的獨家披露。2012年4月,《大紀元》報導說,2010年3月,周永康、薄熙來先後接見百度總裁李彥宏,按中紀委有關口供筆錄的說法,他們做出了「相當縝密的攻擊胡錦濤、溫家寶和習近平接班的網路宣傳計畫」。大陸網民經常在半夜之後檢索到胡溫習的醜聞,諸如胡錦濤的兒子胡海峰、溫家寶兒子溫雲松的經商腐敗信息,習近平女兒習明澤涉嫌性醜聞等,通過百度貼吧、知道、空間等大量傳播,有意在中國國內網民中抹黑和搞臭對手。作為報酬,周永康幫助百度把谷歌逼出了中國市場,使百度一家獨大。百度重慶業務主管後被中紀委控制調查後,供出了大量驚人內幕。

到了2012年10月,《紐約時報》拋出抹黑溫家寶家人積累巨額家產的消息。其實這也是周薄系統在海外運作的結果。台灣媒體評論說:這形同一顆震撼彈,具有相當的殺傷力,這顆炸彈引爆的效果或者意在「圍魏救趙」,有人要最後保薄。當時薄熙來被取消人大代表資格,而溫家寶是薄熙來主要敵人。

據《蘋果日報》報導,吳兵是四川商人,周斌的「鐵哥們」,是為周家搞錢的主要人物之一。吳涉嫌為周家侵吞數百億國有資產,其

中包括用 9000 萬元買下每年利潤 27 億元的陝西榆林中石油的油田；用 4000 萬元收購總價值 80 億元的企業項目，包括五糧液、國窖等公司股份。

周永康曾在石油行業任職 30 多年，並曾擔任中國石油天然氣公司總經理。《大紀元》曾報導，原中共公安部副部長鄭少東被「雙規」後交代，周斌利用其父周永康的影響力，在周永康曾任職的石油部門及地方上大搞權錢交易，其中包括插手四川大型工程項目，插手中石油的石化項目，通過國土資源部大肆倒賣土地、賣官鬻爵。

有消息人稱，中石油四川石化是有史以來最黑的項目，380 億元的投資至少有 300 億進了個人腰包，整個項目就是一個徹頭徹尾的「豆腐渣」工程，但因為中石油和相關的供應商大都有通天的能力，所以無人敢查、無人敢問，最後只能是一堆廢鐵。

周的年輕後妻撈錢黑幕

原中國公安大學法律系資深法學專家、中國問題研究專家趙遠明曾披露，從 1999 年到 2002 年，周永康擔任四川省省委書記期間，就有很多人舉報其玩弄婦女、強姦婦女。據信，其妻就因此事與他鬧翻、分居。在此期間，曾慶紅就把周永康介紹給江澤民太太王冶坪的外甥女賈曉燁認識。周永康最後以製造車禍的方式將髮妻謀殺後，跟賈曉燁結婚。周就這樣進了江家門，成江外甥女婿。周也以此炫耀自己是江澤民的人。

據港媒報導，賈曉燁在中共喉舌中央電視二台做編輯，比周年輕 28 歲。她通過幫別人升官撈了驚人巨額錢財。已經被捕的前公安部長助理鄭少東在廣東時，為了升遷，通過黃光裕和連釗送給賈數以億計賄款，鄭、連兩人對此已經供認。在過節、假日和賈曉燁的生日，薄熙來

和王立軍都送過賈天價現金和珠寶作為禮物。

另據港媒曝光，周永康長期接受薄熙來提供的女人，其中 28 名已經確認，包括歌手、女演員以及大學女生。周永康光是在北京，就有六處「行宮」可以淫樂。知情者稱，周早期從事石油工作時，便因性好淫樂被外人譏為「百雞王」。

甚至被中共官方吹捧為「中國時尚民歌天后」的湯燦也被曝出係薄熙來和周永康二人「共用的情婦」。據悉，王立軍交給美國駐成都領事館的記錄中，有薄熙來和周永康與女性淫亂的內容，這些女性則是徐明安排的。

周永康兒子囊上百億一年三次外逃

據多方報導，周永康兒子周斌已在中共 18 大召開前、2013 年中共兩會後，還有後來風聲最緊這三個時期，三次攜太太長期離境避風頭。輾轉於香港、新加坡與馬來西亞之間。2013 年 9 月底被押解回北京，軟禁家中，接受調查。

多年來，周斌利用其父在政法系統的影響力，在石油和政法委系統大搞權錢交易、賣官鬻爵，收取巨額「保護費」，已集聚至少 200 億財富。

薄熙來被免職後，《蘋果日報》曾報導，周永康長期與薄熙來存在利益交換關係。周永康兒子周斌僅在重慶就取得近 400 億人民幣的工程項目，其中 100 億皆中飽私囊。

周斌在北京一地就有 18 處房產，包括東、北、西郊區的宮殿式豪宅，其中一處豪宅，未裝修就價值高達兩億人民幣。周斌也因「投桃報李」，大力促成了中石油系統、重慶和四川眾多官員的升遷。

把槍口對著自己 中國的貝利亞？

　　很多評論表示，周永康在任的角色相當於前蘇聯的克格勃頭目貝利亞。斯大林時代，前蘇共內務部長貝利亞暴力鎮壓異己；赫魯曉夫接替斯大林上台後，1953 年 12 月 24 日，貝利亞被祕密槍決。

　　很多人認為，周永康將成為中國的貝利亞。關於周的下場，他昔日的一張照片很能說明問題。那是 2007 年 4 月 4 日至 7 日期間，時任公安部部長的周永康在廣西南寧市公安局女子巡警隊考察時所拍。當時的周永康正「細心」地查看女子巡警中隊配備給女巡警的左輪手槍。不過，這支槍的槍口卻是正對著自己的腦袋。

　　2013 年 1 月 2 日，「最火微博記」發出了這張照片並說，這是中國最高階執法官員的一張極為著名的新聞照，它曾在輕兵器網站廣為流傳。「如果美國某個警察高官如此檢查下屬的手槍，而被媒體拍下來，將造成政壇『大地震』。」不過大陸民眾很高興看到這張照片，「槍口正對著自己，這就是『康師傅』的結局」。

　　7 月北京獨立學者高瑜曾透露，「聽說 18 大後高層已對周立案，後來有前朝老人反對不了了之。現在看來要重新來過。」

第五章

中石油的一窩四小虎落馬

2013年8月26日，就在薄熙來庭審結束的同日，中紀委接連兩天橫掃中石油四名高管落馬。9月3日原中石油集團董事長、國資委主任蔣潔敏被免職，中石油「勝利系」全線坍塌，黨媒並強調這是一個幫派的窩案，矛頭直指「石油幫」後台周永康、曾慶紅等。

第一節

一桶油倒出「石油幫」老虎窩

原中石油集團董事長、國資委主任蔣潔敏（左）是周永康（右）一手帶病提拔，蔣腐敗的金額估計「天量」，可想而知其上手周永康「富可敵國」。（AFP）

少見的高速貪官落馬窩案

2013年8月26日，就在濟南中級法院結束庭審薄熙來的同日，中共媒體宣布中紀委通報，中石油副總經理兼大慶油田有限責任公司總經理王永春正在接受審查，緊接著第二天27日，官方又通報三名中石油高管涉嫌嚴重違紀被查，他們是中石油集團副總經理、昆侖能源董事會主席李華林；中石油股份副總裁兼長慶油田分公司總經理冉新權；中石油總地質師兼勘探開發研究院院長王道富。

對於中石油而言，大慶油田、長慶油田和昆侖能源的業務是其核心，大慶油田和長慶油田是中石油旗下產量最大的油田，昆侖能源是中石油集團旗下在香港單獨上市的公司。

人們驚訝兩天四名高管落馬的速度，這在中紀委的「反腐紀錄」中

也是最快的,而且都是要害部門。在 2013 年中國企業 500 強排行榜上,中石化及中石油這兩桶油依然稱霸前兩名,其中九聯霸的中石化以年營收 2.83 萬億穩居龍頭,緊跟在後的中石油年營收 2.68 萬億人民幣。

9月1日,中石油最大的工程承包商華邦嵩被查,這個身家億萬的石化企業家成了一周之內第五個遭調查的中石油業內巨頭,據說他擁有的惠生公司的實質持股人是周永康的兒子周斌。

就在人們議論紛紛之際,海外又傳出原中石油集團董事長、現國資委主任蔣潔敏被查,9月1日中紀委通報蔣潔敏涉嫌嚴重違紀被查,9月3日中共組織部宣布,「國務院國有資產監督管理委員會主任、黨委副書記蔣潔敏涉嫌嚴重違紀被免去領導職務」,這離蔣潔敏升任該職不到半年。蔣潔敏成了中共18大後第一個落馬的正部級高官。蔣的被抓意味著中石油知名的「勝利系」(勝利油田)的全線坍塌,蔣也成為國資委成立10年來首位接受中共反腐機構調查的國資委主任,更是中共高層宣稱打擊黨內腐敗後落馬的首位中央委員。

半年前就開始調虎離山

2013 年 3 月 18 日蔣潔敏升任新職時,《新紀元》就在 4 月 4 日出刊的 320 期周刊中,以《獨家!中石油出大事了凶殺・洗錢・貪腐中南海震怒》為封面故事,報導了這一不尋常的調令。當時官方公布蔣的職務變更是先上任後辭職,而且和蔣一起調入國資委的張毅是中紀委副書記,蔣擔任國資委正主任,但只是副書記,正書記由副主任張毅擔任,這種交叉式官位讓人意識到,中南海要調虎離山,採用明升暗降的辦法來徹查中石油。

《新紀元》文章介紹了蔣潔敏與周永康的緊密關係,以及蔣捲入

中石油廣西石化公司副總經理王學文 2010 年的交通事故「滅口」案、2012 年 3 月 18 日的令計劃兒子的車禍死亡案、中石油董事王立新的「被自殺案」等等，並預測蔣的調動會給中石油官場帶來大地震。僅僅不到半年，這場風暴就來了。

2013 年 9 月 1 日，新浪認證媒體人徐靜波在微博上透露，中石油此波被調查的官員超過 300 人，由於不斷有官員被紀委「約談」、「失蹤」，以致集團內部人人自危。徐靜波透露：前幾天遇到中石油一幹部，說現在公司開會，誰都提前到，一是證明自己還沒進去，二是擔心今天見了，明天怕見不著！

據港媒透露，由於人心惶惶，中石油集團內部近日向屬下各公司發通知，要求全體員工在「思想上、政治上、行動上同中央保持高度一致」，要求員工「規範政治言行，不犯自由主義，不議論、不瞎傳」，並警告「任何人不可逾越政治紀律的底線」。

據財新網報導，當局對一般中央企業領導人離職的審計年期都是離職前五年，但有關蔣潔敏的審計卻被延長到十年。藉這個審查，中石油四名高官，包括被視為蔣的接班人的集團副總經理、候補中央委員王永春相繼落馬。外界評論，中共組織部這步引蛇出洞、調虎離山的提拔任命是步不錯的棋。

9 月 1 日宣布蔣潔敏被撤職的是中組部常務副部長陳希。陳希雖然是副部長，但屬於正部級官員，他是習近平在清華大學化學系的同班同學，而且同一宿舍，關係莫逆。1979 年 3 月陳希與習同時畢業，當年夏天陳希即考取清華研究生，後來習近平到清華讀博士，據說就是陳希牽線搭橋。在習主政浙江時，還與時任清華大學黨委書記的陳希多次合作，並創建了浙江清華長三角研究院。

據可靠消息，中石油蔣潔敏身價已過百億，在任期間包攬所有中石

油基建工程,包括中石油多個海外工程項目,國內多個石化項目,年入十億以上。並從中石油帳內為周永康直接提供迫害法輪功的資金,恐嚇部下,而且手頭握有多宗命案。

蔣潔敏,道地石油人,從山東勝利油田一名修井工人,短短時間,就權掌中國最大石油公司。有人認為,蔣潔敏的「貴人」是與他同年進入勝利油田、目前已被調查的四川原副省長郭永祥,但從兩人在中石油的履職史來看,其實都是周永康一手帶病提拔。

蔣潔敏華麗轉身於1999年,正是這一年,在周永康的「欽點」下,他晉身中石油的核心陣容。1999年2月,蔣潔敏任中石油集團公司總經理助理兼重組與上市籌備組組長,11月,升任中石油股份董事、副總裁。2000至2004年曾任青海省副省長一職。在2004年4月重回中石油,出任集團總經理、黨組書記、董事長等副職開始,蔣潔敏實際掌控中石油集團與股份公司至2013年3月。一位石油行業的資深分析師說,這幾年下來,蔣潔敏腐敗的金額估計「天量」。如果下手蔣潔敏都爆「天量」,那可想而知上手周永康「富可敵國」。

黨媒稱要揪出「老虎窩案」

與往常不同的是,9月3日蔣潔敏被免職,中共黨媒不是強調這是個別貪腐分子的個人問題,而是高調強調這是一個集體、一個幫派、一群人的窩案。《光明日報》以《中石油案是史無前例的「老虎」窩案》為題撰文稱,中石油「涉事官員位高權重,當事人權傾一時;涉事官員牽連成串,腐敗成窩」,是史無前例的「老虎」窩案。文章強調中共腐敗團體日益形成利益聯盟,「射人先射馬,擒賊先擒王」,要不斷揪出潛伏的「大老虎」,敢於將腐敗一窩端。

新華網也透露，這次中南海不僅要查中石油舊帳，而且調查還涉及到一些傳聞中的以及海外報導出來的「敏感事件」。人們分析官媒說的「敏感事件」，除了「AV 女優門」、「俄羅斯豔女門」等網路熱門話題外，或許包括此前消息人士披露的中石油將 1000 億的資產轉移給周永康和其兒子周斌，特別是，蔣潔敏掌管中石油時期支付周斌妻子王婉的父母超過成本一倍的價格。

據北京政界人士透露，周永康在中共 18 大卸任常委後，外出參觀的第一個地方就是大慶油田。周永康在大慶也見了心腹王永春。王永春是周永康在大慶油田工作時的得力助手。2011 年 4 月以來，王永春被任命為中石油集團副總經理、黨組成員，同時仍兼任大慶油田總經理，據悉王在大慶油田有「一言九鼎」之權。然而周永康剛走不久，王永春就被查。周永康去那可能就是去安排後事的。

《華盛頓郵報》報導，一連串的逮捕可能是試圖夾住周的翅膀。「這次行動的目標是把周永康從目前的政治布局當中割開。」「這不是打老虎，但是意味著把老虎變成貓。」有海外中文媒體透露，通過中石油的利益輸送，周永康和他的兒子得到了近 1000 億人民幣好處。

周永康曾擔任正部級高官並掌管石油系統 13 年（1985 至 1998 年），據維基解密透露，周永康升任中共政法委書記後，他對石油系統的控制依然沒有一點減弱，因為那些掌權者都是周永康一手栽培、並收錢後提拔上來的。誰給他「進貢」得多，誰就被提拔。周掌管中石油期間，是中石油官場最腐敗時期之一。1998 年，周永康被任命為首任國土資源部部長，但隨著其官位越來越大，中石化、中石油為其家族進貢的利益也就越多。

據四川和中石油的人透露，周永康的兒子周斌積聚了數百億人民幣的個人財富，很多是薄熙來協助獲取的。周斌控制著多數中石油系統以

及四川和重慶的高層官員的提拔任命，薄熙來在重慶則給了周斌400億人民幣的項目，周斌從中撈取近100億人民幣的利益。

為何先拿中石油開刀

2013年3月，李克強曾公開點名央企五巨頭：中石油、中石化、中海油、中電信、中移動，說他們搞任人唯親、公款超度揮霍、官商勾結、另立門戶，搞「家屬業務」；李表示：「不整頓、不大改變，會出大事情，誰都負不了責。」早在2012年9月和2013年4月，曾兩次傳出蔣潔敏被雙規失蹤的消息，但隨即蔣潔敏公開亮相闢謠。這次蔣被公開拿下，說明蔣背後的靠山已經保不住他了。

為何此時蔣潔敏等人被拿下，原因是多重的，一是與中共18屆三中全會有關，二是與反腐和薄熙來案有關。

薄熙來被審判後，大陸媒體引述消息人士稱，蔣潔敏與落網的大老虎薄熙來多有交集，薄熙來任職遼寧省長和重慶市委書記時，蔣潔敏在這些地方通過新建石油煉化項目等方式，幫助薄熙來提升政績。有知情者向《燕趙都市報》透露，「薄在遼寧省任省長時，蔣潔敏就推動中石油在遼寧擴建或興建原有的石油煉化項目；薄後來去了重慶，蔣又如法炮製。」

中石油在遼寧有兩個千萬噸級的煉油廠，即大連石化和撫順石化。2007年11月，薄熙來就任重慶市委書記。中石油方面很快即表示在重慶市長壽區投資近150億元，建設一個具備生產成品油650萬噸能力的煉油廠。2009年，中石油又宣布將這一煉油項目的產能提升至1000萬噸級。

薄熙來仕途中從未與石油系統有過直接交集，蔣潔敏為何會一路資

助？原因就是因為周永康。周永康與薄熙來的政變同盟，促使中石油在重慶撒錢。

長期以來，中國石油系統是類似於鐵路系統的「獨立王國」。比如中石油在遼寧等地的眾多石油城，裡面有自己的公安、醫院、學校等，他們全都隸屬於石油部，假如誰要舉報哪個煉油廠的幹部違法亂紀了，告到公安局、紀檢委、派出所等，最後又都回到石油系統，讓人不敢舉報。

有報導稱，周永康也因為掌控了中石油和中石化，在經濟政策上一直與溫家寶搞對抗。溫的宏觀調控政策下達後，「兩桶油」根本不動，甚至反方向動，致使石油行業貪腐驚人，油價飛漲。周永康家族的公司也因此獲得了上百億的利益。

中共在「文革」時期樹立了兩面旗幟，「工業學大慶，農業學大寨」，大寨倒了，但大慶還沒倒。「王鐵人」就是大慶油田的，當時中共灌輸給工人們的口號是，「先生產，後生活」，動不動就搞「大會戰」，用打仗的精神來搞建設。不過，幾十年過去了，油田工人的生活相對於其他行業工資高，但條件依舊比較艱苦，而油田的幹部在周永康、蔣潔敏之流的帶動下，卻成了中國最富有的一群人。

據中石油內部人士介紹，以前油田工人和幹部收入差不多，每月1000多元，但最近十多年幹群差距越來越大，工人的工資還是每月1000多，但幹部、特別是上層領導，每月收入一兩萬、一年20多萬的是常態。

中石油的獨立腐敗王國由來已久，特別是曾慶紅上位國家副主席後，「石油幫」的巨額貪腐已經成了公開的祕密。

曾慶紅、周永康掌控的石油幫「印鈔機」

從官方簡歷上看，曾慶紅在石油部門工作時間只有兩年多，1982年至1983年在石油部外事局聯絡部工作，1983年至1984年中國海洋石油總公司聯絡部副經理，石油部外事局副局長，南黃海石油公司黨委書記。但擅長拉幫結派、精於算計的曾慶紅，看準了石油部門是塊大肥肉，是個未來的印鈔機，於是他一直暗地裡扶持和操控石油部，外界也把曾慶紅稱為「石油幫」的幕後龍頭。

海外媒體普遍認為，「石油幫」緣起於曾擔任共和國第一任石油工業部部長的「獨臂將軍」余秋里和官至副總理的康世恩，下承陳錦華、盛華仁直至今天的周永康、蔣潔敏，但是被認為真正讓石油系統出身官員作為中國一股政治力量登上舞台的，是曾在16大上當選常委的曾慶紅。

太子黨出身的曾慶紅，曾作為余秋里的祕書而洞悉整個石油系統的遊戲規則和人事脈絡，他利用自己的太子黨身分以及後期與江澤民之間的密切關係，推薦了大批石油系統出身的官員。陳錦華、盛華仁官至全國政協副主席和全國人大副委員長，據傳就是曾慶紅當時以江澤民的幕僚身分而推薦的，此外更是留下現任海南省長的原中海油總裁衛留成、現任工信部部長的原中石化總裁李毅中等後備梯隊。甚至可以說，曾慶紅才是中國「石油幫」第一代掌舵人。

至於說周永康為何在此番中石油高層集體落馬的事件中被認為是幕後的「大老虎」，也是源於他和石油系統的「絕對密切」關係。

1942年出生的周永康畢業於中國石油學院。後在石油領域工作多年，在經歷短暫的擔任四川省委書記的經歷後，在2002年被調回中央擔任公安部部長，2007年進入政治局常委會負責政法事務。

在其執掌政法委期間，經濟快速發展的中國也面臨著因貧富差距、環境惡化、非法徵地和官員腐敗而導致群體性事件急劇上升，期間周永康採取高壓政策，暫時維持了中共的統治，在大陸坊間，周被稱為「政法王」，這一個「王」字的意思是突顯其橫行霸道與權勢滔天。

雖然其政壇生涯後期看似脫離了石油系統，但是種種現象表明周直到進入中央最高層後仍保持著與石油工業的密切聯繫。比如近些年來，中國同中亞鄰國包括土庫曼斯坦和哈薩克斯坦的油汽項目中，不論是協調各方還是促成合同簽約，周永康都在其中扮演了角色。

特別是江澤民上台後，曾慶紅一手將「石油幫」的政治勢力推至顛峰，除了他自己是中共16屆政治局常委外，曾在石油系統工作逾30年的周永康，和曾在茂名石化工作多年的張高麗，也分別出任第17屆及第18屆政治局常委。最近這20多年，以江澤民、曾慶紅、周永康及紅二代太子黨陳元等為主線，江派通過國開行、中石化、中石油、發改委這個體系的運作，攫取了巨量財富。

據知情人披露，這個石油幫的運轉模式是：劉鐵男所在的發改委是裡面的協調機構，並最終制定國內油價價格，陳元通過控制的國開行給委內瑞拉送錢；然後委內瑞拉給中石油、中海油低價出口石油，但蔣潔敏等石油巨頭把這些低價油拿回中國賣給大陸百姓的，卻依舊價格非常高。

聯合國統計顯示，大陸人均收入是全球平均人均收入的一半，只是美國人的十分之一，但用的汽油價格淨值卻是美國人的1.3倍，還不算相對價格比例了，由此可見江派掌控的中石油等壟斷巨頭是多麼的黑心，百姓負擔高油價的根本原因是江派等利益集團獲得超乎尋常的利潤和貪得無厭的盤剝。

比如蔣潔敏掌舵中石油期間，他最愛標榜的「政績」就是股票上市

和走向海外,但前者造成大陸股價狂跌,後者讓大陸油價狂飆,這兩點都令中國股民與消費者心如刀割。蔣潔敏雖然高喊中石油要「走出去、國際化」,但在他帶領下,中石油卻是最「閉鎖」的央企,不要說民企,就算其他國企、央企也分不到中石油的半杯羹,尤其在北美、非洲、中東等地廣建自己的基地。蔣潔敏號稱「中石油是亞洲最賺錢的公司,不是之一,是第一」,但外界評論這句話的真實含義是:「中石油是全球最腐敗的公司,不是之一,是第一」。

正是由於江派周永康和曾慶紅與石油系統都有千絲萬縷的關係,中石油隱藏了江派核心人物的巨大罪證,周永康、曾慶紅、江澤民都是薄熙來政變謀反的後台大佬,習近平陣營首先通過調查中石油貪腐來打擊這些大老虎,一抓一個準,這些石油蛀蟲都貪腐非常嚴重,民怨很大,從政治和穩固權力的角度,相對比較安全。

李克強改革越受阻 王岐山反腐就越積極

習近平陣營先拿中石油開刀的一個更關鍵的原因是中共面臨的經濟危機,大廈將傾,迫使他們不得不對蛀蟲做點什麼。

自從中國實行經濟改革開放30多年來,中共一直把其執政的合法性寄託在所謂的經濟快速發展上,但是由於中共政治體制的制約,注定中國的經濟改革和發展是不可持續的。特別是江澤民執政時開啟的官員共同貪腐機制,使中國的經濟病入膏肓,中國的大型國企幾乎成為了江澤民、曾慶紅、周永康等家族的私有財產。

習近平、李克強上台後,面臨隨時可能崩潰的經濟,嚴重影響到中共政權的穩定。因此,經濟改革成為重要課題。李克強計畫在上海實行的自由貿易實驗區,其實就是要對國企和政府壟斷經濟進行改革,是動

大手術的實驗，由於要動蛀蟲的乳酪，就必然要先處理蛀蟲。

《新紀元》在薄案開審之前一兩周，相繼發表了系列報導，如《獨家：北戴河會議李克強得闖三關》（第 339 期 2013 年 8 月 15 日）、《獨家：習李不背黑鍋 GDP 恐落到 3%》，以及《李克強經濟受阻 習李王三權結盟成型》（第 340 期 2013 年 08 月 22 日）等，分析習李要想擺脫政治經濟困境，就必須形成一個牢不可破的整體，李克強想推動經濟改革，王岐山就得嚴厲反腐，只有用反腐清除那些障礙改革的既得利益者，才能為經濟改革鋪路。

而中石油作為央企的老大，是最頑固腐敗的既得利益的代表，不打掉這些大老虎，李克強的「克強經濟學」就無法實施。因為被反腐觸動的恰恰是周永康、曾慶紅、江澤民這些人的家族利益，他們掌控了中國的經濟命脈。2013 年 8 月就有學者評論說，新生的「克強經濟學」，還未滿百日就面臨夭折，在這樣的環境下，習李陣營用前所未有的高速度打擊「石油幫」，也是必然的結果。

傳「周永康已被軟禁」中紀委女官督查

2013 年 9 月 3 日，蔣潔敏被免職的當天，A 股上市公司四川明星電纜再度停牌，因為繼董事長李廣元於 7 月 25 日被帶走後，又兩名掌管業務及財務的高管失聯。

此前 2013 年 4 月，周永康任職四川省委書記後發家的一批民營企業老闆，如成都會展旅遊集團董事長鄧鴻、郎酒董事長汪俊林，四川金路集團及漢龍集團董事長劉漢等川商相繼被抓被查，到了 2013 年 8 月 1 日，被稱為周永康家族「白手套」的管家吳兵在北京西站出逃時被抓，然後就是 8 月 22 日審判薄熙來，26 日、27 日兩天就抓了四個中石油高

官，9月3日又撤職了蔣潔敏，這一連串的變動，都牽扯到周永康、周斌父子的貪腐問題。

比如，周斌利用信託人出面持有的美國公司與中石油進行各種綿密的商業往來，得手至少百億美元（折合人民幣上千億）的不法獲利。媒體報導，僅一個油田項目，中石油就支付了高於成本價八億美元之譜的「手續費」給周斌。若以中石油的海外機構數十家，海外投資專案40多個，再加上中國國內有150多個二級機構所延伸的標案、承包、代理、經銷等等利益鏈，周永康家族的貪腐金額超乎想像。

王岐山這一輪的川商和中石油反腐，非常明確的是針對周永康這個中共最高權力層的大老虎。9月2日，港媒和海外中文媒體紛紛報導稱，前政治局常委、中央政法委書記周永康已失去自由，被軟禁了。8月30日港媒曝出消息，中共在北戴河會議上敲定對周永康展開調查；習近平親自下令對腐敗官員要「徹查到底」。

據《德國之聲》9月2日報導，8月5日至13日，中共舉行了八天的北戴河會議，會上習近平集中談反腐，談到中共中央準備立案的具體案例，講得十分嚴厲，表示一定要打掉腐敗惡性膨脹的勢頭，情緒很激動。回到北京，習近平在他主持的常委會上繼續布署反腐，他授權王岐山進行反腐，提出要交「尚方寶劍」給王岐山，習近平的提議已經形成常委決議。

9月2日，《蘋果日報》等港媒援引消息指，中共中紀委已經開始執行北戴河會議決議，對前政治局常委進行專案調查。周永康已被軟禁。據悉，負責周永康專案的是前中紀委駐財政部紀檢組組長、中紀委二室主任劉建華，她和負責調查薄熙來案的前中紀委副書記馬馼一樣，都是女性。

9月2日，《紐約時報》援引知情者稱，「中紀委已經成立了處理

周永康事件的專案組」，對四川的腐敗案進行了調查，並對周永康的兒子周斌進行了訊問。

「美國之音」也以《國資委主任蔣潔敏落馬 周永康羽翼幾被剪光》為題，對此進行報導。英國媒體「路透社」則以主題《蔣潔敏落馬 習近平劍指利益集團》對此進行報導。

如今外界都在靜觀王岐山下一步棋怎麼走。不過，大陸媒體披露的周永康貪腐罪行，只是周永康罪行的表層。周永康最大罪行，和薄熙來一樣，是犯下了反人類罪。

周薄案的核心內幕是政變密謀和活摘器官罪惡。江澤民、曾慶紅、周永康、羅幹等鎮壓法輪功的元凶，14年來犯下反人類的群體滅絕罪，其中包括前中共政法委書記羅幹用暗殺方式製造「天安門自焚偽案」、政法委系統下的全國勞教所與黑社會、貪官勾結形成活體摘取法輪功學員器官的殺人網等驚天罪惡，不審判懲罰這些反人類罪惡，只在貪腐淫亂上走走過場，那終將後患無窮。

第二節
揭祕惠生工程幕後的兩隻大老虎

在香港上市的上海惠生工程,公司主席華邦嵩只是代人持股。惠生背後股東個個是江派心腹,該公司與江澤民家族淵源深厚,而幕後真正的老闆實際是周永康的兒子周斌。(大紀元合成圖)

惠生幕後是周永康之子周斌 在「AV 女優門」曝光

　　2013 年 9 月 4 日,《蘋果日報》報導,在港上市的惠生工程技術服務有限公司(下稱惠生工程),與周永康的兒子周斌有密切關係。周斌夫婦在美國生活多年,周永康出任中共公安部部長的 2002 年,周斌夫婦取得港澳通行證,在港設立公司。

　　惠生工程是來自上海的民營企業,2012 年底在香港上市,2013 年中傳出消息說,公司大股東兼主席華邦嵩(47 歲)只是代人持股,幕後真正老闆實際是周斌,然該公司曾經發聲明否認。不過,2013 年 9 月 2 日中石油四名高管被查後,當天惠生工程周一早盤開市後一個多小時左右突然停牌,停牌前股價急瀉逾 16％。公司晚間發聲明稱:「公司控股股東、公司主席華邦嵩目前正協助中國有關機關進行調查工作。」

惠生工程是中國最大的私營化工服務商（EPC 設計、採購及施工管理），成立於 1997 年的上海。公司成立不久，即獲得中石油旗下蘭州石化改擴建訂單；隨後又陸續獲得了大慶、吉林、遼陽、大連、新疆獨山子、廣西欽州等多地石化工程項目訂單。公開資料顯示，2009 年、2010 年、2011 年該公司來自中石油及其附屬公司的總收益分別為 11.89 億元、39.85 億元、29.42 億元，分別約占總收益的 63.1%、80.1%、58.4%，由此可見，中石油對該公司的重要性不言而喻。

2012 年有人在網路上曝光了上海惠生公司在中石油四川石化乙烯項目（彭州）的建設過程中，採購人員接受日本公司性賄賂的「AV 女優門」色情醜聞，事件引起中國社會的震動。民眾都知道曝出醜聞的大公司背後的後台很厲害，原來這些「大人物」正是前政治局常委周永康的兒子周斌與中石油董事長蔣潔敏。當年周永康在四川主政期間極力推崇此項目，四川當局對民眾的抗議採取了血腥的鎮壓。

消息人士還稱，中石油四川石化是有史以來最黑的項目，380 億元的投資至少有 300 億進入了個人的腰包，整個項目就是一個徹頭徹尾的「豆腐渣」工程，但因為中石油和相關的供應商大都有通天的能力，所以無人敢查，無人敢問，最後只能是一堆廢鐵。

有知情人對《大紀元》透露，中石油調查組在四川石化發現其中的腐敗程度遠超公眾的預測，但涉事的日本島津公司及其代理商北京華爾達公司在中石油高層背景深厚，調查只好半途而廢，改為在網上高價刪帖以降低影響。為此中石油花費的刪帖費高達 100 多億。

「AV 女優門」醜聞被熱炒時，正是周永康被傳失勢下台之際。現在回頭來看，這很可能是中紀委故意安排人在網路上曝光「AV 女優門」，否則，這樣的「國家機密」，一般人哪能得知呢？也就是說，從那時起，中共高層就已經在調查周永康家族的貪腐罪行了。

惠生與江澤民也密切相關

從惠生公布的公司管理層名單來看,這個民營企業後台非常硬。其管理層包括獨立非執行董事吳建民,劉吉、蔡思聰、執行董事、高級副總裁劉海軍、陳文峰,執行董事是華邦嵩。

惠生網站介紹說,吳建民,73歲,曾擔任毛澤東、周恩來的法語翻譯,在逾40年的外交生涯中,曾擔任中共常駐聯合國代表團政務參贊、中共駐比利時、歐共體、法國大使,外交部新聞司司長和發言人、外交學院院長、全國政協副祕書長兼新聞發言人等職位。

劉吉,77歲,1958年畢業於清華大學動力機械工程系,上海內燃機研究所工作20年,1983年後先後擔任上海市科協副主席、上海市委宣傳部副部長,上海市經濟體制改革委員會主任、中國社會科學院副院長、中歐國際工商學院的院長等職務。劉吉還出任過第一上海投資有限公司與環球實業科技控股有限公司(均在聯交所主板上市)的獨立非執行董事,以及在納斯達克上市的O2micro國際公司的二級董事。

蔡思聰,香港人,53歲,曾獲得英國威爾斯大學紐波特分校商業管理研究生文憑,和澳洲商業法律碩士學位。蔡思聰1995年至2002年在湧金有限公司任職交易主管兼總經理,2005年後出任中潤證券有限公司的副主席兼負責人,他是香港證券商協會有限公司主席,英國財務會計師公會資深會員,有逾16年的專業證券交易經驗。蔡思聰還是大陸多家聯交所上市公司的獨立董事,包括成都普天電纜股份有限公司(股份代號:1202)、招金礦業股份有限公司(1818)及耀萊集團有限公司(0970)。人們很驚訝,一個小小的民營企業,怎麼能有這麼大的能量,請到這個高階層的人。

《蘋果日報》在《京城密語:江家周家聯手榨乾石油業》一文中透

露,劉吉是江澤民的智囊,上海起家的惠生公司,跟江澤民、江綿恆很有聯繫,而且周永康的第二任妻子賈曉燁據說就是王冶坪的外甥女,因此惠生公司背後的大老虎,不只是周永康家族,還有江澤民家族。

獨家:周斌尋歡作樂照片曝光

周斌與十名澳洲男女澳洲賭城的遊艇上的歡飲取樂,照片中是典型的西澳天鵝河風景,坐在照片正中的唯一亞裔男子就是周永康的兒子周斌。(新紀元)

《蘋果日報》還介紹說,周斌行事低調,有曾與周斌夫婦接觸過的人士形容,周公子的樣貌與父親相似,但是臉部沒有父親那麼方,個子則長得比父親還高,頭頂上的頭髮還有點稀落,至於周妻子王婉,東北人,樣子一般。當時周斌夫婦居住在北京亞運村一帶,他的名片上寫著美國某某公司的工程師。單看他們的打扮和談吐,難以發現兩人的背景大有來頭。

不過《新紀元》收集到了一張周斌在澳洲賭場尋歡作樂的照片,這可能是媒體公布的周斌第一張照片。

2013年正月初五,周斌像往常一樣,到澳洲西部的珀斯皇冠賭場遊玩。這次他帶領的豪賭客隊,來時就已經從香港帶了20名「小姐」,

抵達珀斯後，皇冠又為他們雇傭了十名健碩性感的澳洲男女陪侍左右。據悉，被僱傭來陪侍的這些澳洲青年男女每人每天可獲得兩萬澳元的報酬，相當於澳洲當地一個快餐店廚師半年的工資。據傳有時還會僱傭按小時付費的「名角兒」，付費高的達兩萬澳元一小時。

《新紀元》獨家獲得的這張照片，是周斌與這十名澳洲男女在遊艇上的合影，照片中的風景是典型的西澳天鵝河風景，坐在照片正中的唯一亞裔男子就是周永康的兒子周斌。（詳情請看《新紀元》339期獨家報導《周永康兒子在澳洲賭場的享樂祕聞》）

第六章

蔣潔敏貪腐數百億

2013年9月1日,前中石油董事長、周永康的心腹幹將蔣潔敏被調查,爆出驚人內幕:蔣涉嫌利用執掌中石油權力,向周永康家族輸送利益,獲取逾百億美元暴利。「石油幫」被調查,矛頭指向幕後龍頭江澤民及其大管家曾慶紅。(AFP)

第一節
蔣潔敏「一路騙到國務院」

溫家寶被騙睡不著覺

2013 年 9 月 1 日,中共國資委前主任、周永康的心腹幹將蔣潔敏,隨著周永康失勢而跟著倒台。9 月 5 日,大陸媒體曝光蔣潔敏在擔任中石油高層時,弄虛作假,誇大新開發的油田總儲量,欺騙時任總理溫家寶。不過當時的蔣潔敏沒被該事件影響,日後反而在仕途上更上一層樓。

陸媒曝光,曾任中石油董事長的中共國務院國資委主任蔣潔敏,2007 年時還是中石油副總經理,為了誇大政績,對外稱發現冀東南堡油田油氣總儲量超過 10 億噸,探明儲量逾四億噸,相當約 30 億桶原油。當時國際原油價格暴漲,中國油耗倍增,進口比重愈來愈大,中石油發現新油田的消息不僅引起舉國歡騰。媒體稱,時任國務院總理溫家寶被蔣潔敏這一謊報欺騙、「興奮得睡不著覺」。

據知情人士向搜狐財經透露，當時只是在原有油層上面發現近百米的油層，但為了誇大政績，蔣潔敏向高層報喜說發現大油田，並進行大規模建設。當時，冀東油田技術老總就反對說沒有那麼多儲量，結果被直接拿下，至今還沒有恢復職位。

報導稱，時任國務院總理的溫家寶於 2007 年 5 月 1 日視察了冀東油田，稱南堡這一「整裝優質油田」為「40 多年來中國石油勘探最激動人心的發現。聽到這個消息，我興奮得睡不著覺。」

但是短短數月後，當局證實實際儲油量遠遠少於此數，可採儲量只有約 6.35 億桶，僅及原先公布的五分之一。此後，關於冀東南堡油田的新聞逐漸了無音訊。曾經讓中國民眾歡呼雀躍的大油田漸漸被人遺忘。

而蔣潔敏已經因為「10 億油田」這份虛假的政績，在 2007 年 5 月被升為中國石油天然氣集團公司總經理。

「邊腐邊升，邊騙邊升」，是大陸大多數貪官共同的特點，而中共體制下這樣的貪官何其多，只因蔣潔敏傍上周永康。如今隨著周面臨倒台，蔣也被「大起底」。

蔣潔敏落馬直指後台：曾慶紅、周永康

蔣潔敏的落馬是在中石油四名高管王永春、李華林、冉新權、王道富剛剛被宣布調查後不久。多家媒體表示，此事明顯指向中共前政治局常委兼政法委書記周永康。

作為江派核心人物的曾慶紅和周永康，都是「石油幫」代表人物。目前蔣潔敏的被調查，爆出驚人內幕：蔣涉嫌利用執掌中石油權力，向周永康家族輸送利益，獲取逾百億美元（逾 780 億港元）暴利。

外界認為，習近平陣營對「石油幫」調查矛頭還指向「石油幫」和幕後龍頭、江澤民的大管家曾慶紅和江澤民自己。

之前，港媒《蘋果日報》報導，北京放風稱：江家也染指中國石油行業。江家周家聯手榨乾石油業。

前總理朱鎔基被蒙在鼓裡

石油系統造假不過是冰山一角，溫家寶也不是第一個被騙的總理。民間順口溜說：「村騙鄉，鄉騙縣，一路騙到國務院」，就是大陸官場光怪陸離的寫照。

2013年6月17日，中共官媒新華網報導，安徽原副省長倪發科日前因涉嫌嚴重違紀被調查。

倪發科15年前也涉及糧庫庫存造假，連一向精明的時任總理朱鎔基視察後也被蒙在鼓中，曾經表示滿意，雖然朱鎔基後來發覺被騙，怒斥貪官「膽大包天」，但無阻倪發科一路升遷至副省長，直至其背後靠山倒台才被秋後算帳。

《朱鎔基講話實錄》也提及該起事件。1999年中國新年前夕，朱鎔基到中共中央辦公廳、國務院辦公廳信訪局看望工作人員時說，「不久前我到安徽南陵縣去察看糧食倉庫，在我沒去之前糧庫都是空的，後來他們把一些糧站的糧都搬過來，擺得整整齊齊。連我都敢騙，真是膽大包天！」

但《朱鎔基講話實錄》並未明確，誰是「糧庫滿倉騙總理」事件的主要責任人，更未提到倪發科。

《羊城晚報》1999年2月8日刊登的一篇文章稱，朱鎔基視察前一天，作為前任南陵縣委書記、時任蕪湖市委副書記，倪發科確有驗收

行為。直至被調查後,新華網證實,倪發科承認曾參與造假騙朱鎔基,這是當局首次曝光此事件的實際情況。

對此,有民眾質疑:敢於欺騙朱鎔基總理的官,日後還被越級提拔;敢於提拔倪發科的人,此人肯定比總理的官要大,那肯定是慈禧江太后(指江澤民)欽點提拔的。而隨著老江的下台,被江提拔的倪發科也交上楣運了。

處理中石油腐敗案 美國或將介入?

2013年9月,就在中共高官的腐敗調查指向「石油幫」時,英國《金融時報》副主編約翰・加普(John Gapper)在博文中說,由於中共「石油幫」與在紐約上市的中石油集團直接關聯,對於美國當局來說,這似乎是一個介入調查的絕佳機會,當然,也可能不是。

此前摩根大通集團被指以雇用中共高官子女而涉嫌賄賂,美國證券交易委員會已經就此事準備對摩根大通進行調查。事實上,很多華爾街銀行和投資基金公司在中國都有類似的做法。

中共國資委主任蔣潔敏的被捕突顯中共腐敗現狀的嚴峻。國資委,全稱中國國有資產監督管理委員會,是負責監管諸如中石油一類國有企業的機構。調查鎖定對象涉及與中石油有連帶關係的高官,包括中共前公安系統頭目、政治局常委周永康。

由於周永康是現已落馬的重慶黨委書記薄熙來的後台,所以此次調查被解讀為是對薄熙來黨羽的打擊。另外,自從2009年中共採取經濟刺激政策以來,中國國有企業排擠私人企業,所以此次反腐調查也可視作對國有企業的一次整頓。

腐敗活動是否牽扯美國實體公司

引外界關注的是,美國司法部或其他機構到底想對中石油的腐敗調查參與到什麼程度。假如中石油是一家西方公司,那麼這些逮捕事件,對於那些實施美國《海外反腐敗法》的人員和機構來說,就是一個線索。

美國著名中國問題專家章家敦(Gordon Chang)在《福布斯》雜誌撰文分析,一些人士認為,北京方面反腐調查範圍之大,將促使美國對中石油進行調查。香港奧邁企業顧問公司(Alvarez & Marsal.)法律糾紛諮詢部門負責人凱斯・威廉姆森(Keith Williamson)說:「中國這次的腐敗案牽涉多家公司,這些公司與美國也有關聯。我猜測美國當局會做一個初步評估,確認這些被指證的腐敗活動是否牽扯在美國成立或上市的實體公司。」

翰羽國際律師事務所(Squire Sanders)的丹尼爾・路雷斯(Daniel Roules)提出,美國當局可以利用反洗錢法來挖出那些非法操作。

但是在這個問題上,中共政府不大可能與美國同仁合作。中共官員顯然認為:對周永康在其任政治局常委的五年中的行為進行調查,這事過於敏感。他們決定對周永康更早期的歷史進行追查,這樣對於中共的整體形象的損害將大大減少。

對周永康在中石油任期內的調查,倒是讓美國監管審查部門注意到了一個可能存在問題的中國大企業。

丹尼爾・路雷斯說:「我們只能期望美國政府有足夠的能力獲得在美上市公司的信息,畢竟,沒有什麼比保證自由市場的誠信更為重要。」

中石油隱瞞腐敗事實被控違反美國證券法

2013年9月4日,「彭博」新聞報導,已經有投資者指控中石油違反美國證券法,因為中石油未披露其腐敗事實,美國上市公司本應接受美國的調查和處罰。

比利時投資商約翰・布魯克斯（Johan Broux）向曼哈頓聯邦法庭提交起訴書,希望代表從2012年4月26日至2013年8月27日所有購買中石油股票的投資人。布魯克斯說,8月28日,在兩個中共政府機構對中石油高管進行調查的消息報出後,中石油的股票下跌率超過了3.5%。

除中石油外,同時被起訴的還有中石油董事長兼總裁周吉平、財務總監于毅波以及該公司兩名前任高管──前財務總監周明春和前董事長兼總裁蔣潔敏。布魯克斯沒有提出具體的賠償金額。

第二節
官網揭「領導人妹」涉中石油案

2013 年 9 月,大陸官方門戶網站新浪網旗下香港新浪以「領導人妹被揭涉中石油案」為題,矛頭直指周永康。顯示出中南海釋放強烈信號。(大紀元合成圖)

新浪報「領導人妹被揭涉中石油案」

2013 年 9 月 11 日,廣州《21 世紀經濟報導》發表題為《四川華油探礦權賤價入股鴻豐鉀肥暗藏中石油「貓膩」》的文章。中石油子公司在四川一家鉀肥企業的股權變動中,涉嫌造成國有資產流失,而兩名神祕商人周峰及周玲英,被認為是幕後的最大受益者。

報導指四川邛崍市鴻豐鉀礦肥有限公司,2007 年由北京鴻豐投資和中石油旗下的四川華油出資設立,註冊資本為三億元,隸屬中石油四川石油管理局。而鴻豐投資的第二大股東、北京宏漢的實際控制人為周玲英,周玲英百分百控股。報導又稱,周玲英只是代一個叫周峰的人持股,周峰是北京宏漢董事長。

新浪香港轉載《星島日報》報導稱,周峰和周玲英何許人也,近日在大陸網路引起關注。經「人肉搜尋」後,網民終於在江蘇龍成律師

事務所主任宗龍喜的官方網站中找到部分答案。這名律師在其「經典案例」中介紹說，他曾為周玲英辦過股權轉讓案，並稱周玲英是某政治局常委的胞妹。

宗龍喜接受《星島日報》電話查詢時確認，周玲英就是那位 2012 年退休的領導人的胞妹，至於周峰是誰，他稱不知道。《大紀元》記者連線江蘇龍成律師事務所宗龍喜電話進行求證，但電話無人接聽。

時政評論人士周曉輝質疑，身為北京宏漢公司董事長的周峰與實際控股者周玲英是什麼關係？與周永康又是什麼關係？是周永康兒子周斌的化名，還是周家另外的子嗣？有媒體報導稱，王晨、盧全生等都是周峰的人，周玲英只是代周峰持股。

四川華油出於何種原因放棄了這次國有資產保值增值的機會，而讓鴻豐投資成為新上市公司的實際控制人？周峰哪裡來的這麼大的能量可以獲得如此巨大的收益？

周曉輝認為，能讓周峰在四川、在中石油如踏平地的重要原因是其有著相當硬的後台，而這個後台顯然就是既掌管過中石油又當過四川一把手的周永康。除此而外，能將周峰與周永康串起來的還有他們的姓氏，以及周永康的胞妹周玲英。

中南海釋放強烈信號

周曉輝認為，無疑，這是中共高層繼此前拋出周永康的親家「王姓人家」後的又一步驟。從原四川省委常委副省長郭永祥到中石油「四小虎」，再到周家大管家吳兵被抓、國資委主任蔣潔敏的落馬，直至牽出「王姓人家」和「周姓自然人」周峰及周玲英，絞索緊緊迫近周永康。

此前，財新網披露，捲入中石油案的四川富商吳兵，其「中旭系」

關聯公司北京「中旭陽光」的神祕股東及董事曝光，包括兩任董事長周濱、黃婉。兩人被境外媒體指是一名前中央領導人的兒子及兒媳，而周永康的兒子周斌、兒媳王婉姓名發音與上述兩人雷同。

此外，北京知情人透露，針對周永康的調查已經全面展開，周永康已被軟禁。

中共紀委系統一位人士甚至透露，周永康家族涉及的腐敗數目，絕對可以創造歷史紀錄，涉及的面也是最廣的。

外界注意到，中共18大後，周永康勢力範圍的四川和政法系統餘震尚未平息，石油系統亦劇烈動盪，一向黑箱操作的大陸體制內外多家媒體以較為謹慎和隱晦的表達手法，將周永康推向前台。種種跡象皆顯示，中南海將不會放過周永康。

有分析認為，「拿下周永康，被指是習近平樹立權威的唯一方式。一方面周是政變主謀；另一方面他惡事做絕，名聲實在太壞。近期國際媒體密集報導周永康遭受調查，國內密集逮捕周的下屬和親信，實際上已經在國際和國內做足了周被逮捕的輿論和心理準備，甚至民間還可能會慶祝一番。」

周永康貪腐醜聞之外，最令公眾詬病的是掌控中共政法系統期間的表現。周於2002年12月接任公安部長；2007年10月成為中共政法委書記。在此期間他加強對維權人士、異議人士和媒體記者的打壓，也直接對法輪功學員，新疆、西藏等地的抗議者進行鎮壓。

香港《開放》雜誌主編金鐘早前接受德國之聲採訪時認為，周永康在任的角色相當於前蘇聯的克格勃頭目、斯大林時代的內政部長貝利亞，他認為周用「特務治國」方式打壓不同政見者，而其命運也會如貝利亞一樣，在斯大林時代結束後被赫魯曉夫處死。

《大紀元》此前報導，中共一直掩蓋周薄案的核心內幕：政變密

謀和活摘器官罪惡。江澤民、曾慶紅、周永康、羅幹等鎮壓法輪功的元凶，14年來犯下反人類的群體滅絕罪，其中包括前中共政法委書記羅幹用暗殺方式製造「天安門自焚偽案」、政法委系統下的全國勞教所與黑社會、貪官勾結，形成活體摘取法輪功學員器官的殺人網等驚人罪惡。

第三節

周永康家族兩大金庫曝光

前中石油董事長、國資委主任蔣潔敏（左）與周永康前祕書、中石油副總經理李華林（右，也已被捕）搭檔，把中石油變成周永康的大金庫。（Getty Images）

　　2013年10月12日，香港媒體援引知情者的爆料稱，中紀委已經開始執行北戴河會議決議，對前政治局常委周永康進行專案調查。目前，周永康已經被軟禁。負責周永康專案的是前中紀委駐財政部紀檢組組長、中紀委二室主任劉建華，是一名女性。

　　報導稱，那些當年依仗周永康升官發財的人，以及多年來一直向周家輸送利益的人，如今都在驚惶失措中等待中紀委調查人員來敲門，因為他們最清楚不過的就是，周氏父子近千億元的財富都跟他們密切相關。

　　消息人士披露，吳兵其實只是個馬仔管家。蔣潔敏與周永康的前祕書李華林（也已被捕）搭檔，才是真正的大金庫。

　　周家的另一個金庫在四川，也是由李春城與周永康的另一個祕書郭永祥聯手。兩大金庫將周氏家族變成了中國真正的首富。

蔣潔敏曝周永康「富可敵國」

薄熙來 8 月 22 日至 26 日全盤翻供後的兩天之內，中石油四大高管被抓。之後不久，原中石油董事長、國資委主任蔣潔敏亦被解職加「雙規」。消息人士披露，與已經落馬的幾位高官相比，蔣潔敏與周永康的關係更密切，蔣輸送給周家的利益肯定要比已被曝光的數目還大。收拾蔣潔敏，意味著進一步逼近周永康！

知情者說，蔣潔敏多年來藉他從勝利油田開始跟隨周永康的交情，通過周永康兒子周斌（也有稱周濱）的岳父母輸送百億美元以上利益。具體方式均在國外進行，或通過鉅價收購油田天然氣田，或壟斷油田設備採購，由蔣將中石油需求及收購採購對象確定後，告訴周斌的馬仔吳兵，爾後全通過周斌妻子王婉父母開設的由美國信託人出面持有的美國公司，在中間賺一道，利潤又全留在瑞士銀行以逃美國稅。

消息說，吳兵一進去，全盤供出。這一切貪腐均由作為中石油「獨裁者」的蔣親自指揮安排。吳兵是周家的「錢袋子」可能言過其實了，吳兵其實只是個馬仔管家，而周氏父子積攢了近千億元的財富。

此前《大紀元》報導，蔣潔敏身家已過百億，其在任期間包攬了所有中石油基建工程，包括多個海外工程項目，國內多個石化項目，年入十億以上。他還從中石油帳內為周永康直接提供迫害法輪功的資金，並恐嚇部下，而且手頭握有多宗命案。

蔣潔敏交代重大案情 「殺傷力」對周永康致命

近期海南省長蔣定之、環保部長周生賢的腐敗，都和周永康有關，但真正對周永康形成致命殺傷的還是蔣潔敏。

據海外中文媒體報導,已經被雙規調查的前國資委主任蔣潔敏交代,他指使中石油管理層向國資委報告,謊稱遼河油田已經沒有石油了,因此要廢棄。協助周永康之子周斌和吳兵(周家的白手套)的公司以 1000 萬人民幣收購遼河油田。在吳兵(周斌是幕後)收購遼河油田後,周永康家族第一年就獲利 17 億。到第三年,一共賺取了 40 億。

因為油田職工的示威和上訪,國資委派去審計調查,發現遼河油田還有 3000 億的石油儲備。爆發如此驚天的腐敗大案,周永康仍將蔣潔敏提拔到國資委主任。

蔣潔敏案金額巨大 中南海震驚

《大紀元》在 2013 年中共兩會期間獨家報導:蔣潔敏因其涉嫌驚人貪腐和幾宗命案,早被中紀委盯上,兩會後拋出蔣案,作為打擊周永康的前哨戰。

消息稱:原中石油董事長蔣潔敏不僅命案纏身,又牽連洗錢大案,引中南海高層震驚。調查顯示,中石油大型項目、高額投保採購等都有洗錢公司涉入其中,觸角遍布中石油上下,案情複雜,涉案金額巨大。

證據表明蔣的洗錢公司改頭換面組成圍標團,裡應外合將工程發包給特定招標商,陪榜商都屬蔣控制的圍標集團,藉此收取回扣而採購商品高於市場平均價數倍,資金浪費極其嚴重,洗錢受賄金額太大。蔣的涉黑程度、涉貪數目、令人咋舌。

消息稱,蔣潔敏個人財富已達數百億,將中石油將所有石化項目都非法承包給自己人,個人年入數十億,目前最引人注目的就是他將多個上百億的巨型石化項目違規發包給上海惠生公司,而惠生公司正是周永康兒子周斌的公司。

中石油四川石化是有史以來最黑的項目，380億元的投資有很多進入了個人腰包，整個項目就是一個徹頭徹尾的「豆腐渣」工程，但因為中石油和相關的供應商大都有通天的能力，所以無人敢查，無人敢問，最後只能是一堆廢鐵。

蔣潔敏涉數宗命案

《大紀元》此前報導，蔣潔敏涉驚人貪腐和多宗命案。特別是在中石油帳上，中紀委查出有大筆資金流向周永康，供其用於迫害法輪功。

據中紀委消息人士說，中石油吉林石化、廣西石化、撫順石化，項目資金挪用虧空數目驚人，問題堆積如山，一查就倒。而中石油八個石化項目，無一例外，全部有問題。中石油廣西石化公司副總經理（掛任欽州市人民政府副市長）王學文於2010年突發交通事故被滅口，也直接與蔣潔敏和周永康有關。

2012年3月18日北京四環路發生法拉利車禍，正是周永康對倒薄推手的政治謀殺，死者是前中央辦公廳主任令計劃的兒子。當時BBC等多家消息稱，蔣潔敏因捲入令計劃兒子車禍案被調查。

據先前中石油內部人士透露，曾有負責資訊安全工作的員工，在維護領導的電腦時，發現領導貪污受賄等嚴重腐敗的證據，結果該名員工就在公司大樓內被偽裝成「不慎墜樓」的滅口謀殺事件。

眾所周知，周永康曾經掌握的公安系統，除了迫害法輪功，還有另一任務即恐嚇部下、殺人滅口。

第四節
蔣潔敏賤賣油田
周斌受賄六億撈人

2013 年 12 月 13 日，就在傳周永康被中紀委帶走的十多天後，海外網路流傳一個消息稱，中石油總裁蔣潔敏以 0.1 億的低價，把遼河油田賤賣給了聯合能源集團的董事長張某。張某之所以能得到這個優惠，是因為他賄賂了周永康的兒子周斌。周永康家族因此一年就賺了 17 億。

蔣潔敏賤賣遼河油田 周永康獲利 17 億

遼河油田雖然當時已是 30 年的老井，但 2009 年地質勘探時發現有巨大的新油流，本來應該賣個非常高的價錢，但由於蔣潔敏是周永康的心腹，蔣僅僅以 1000 萬就把遼河油田賣給了私人老闆張某。2009 年遼河油田的東昇油區每天生產原油 600 噸，但到了 2013 年增加到每天 1716 噸。周永康家族和其附屬賺的金滿缽滿。

消息還說，有次在香港，張某一次就付給周斌八億人民幣，「其中

六億元是周斌幫助張某找周永康去上海（2009年6月20日），擺平在上海雇傭黑社會暴打維權律師嚴義明的撈人費。張某雇傭的打手，其中兩名主犯被周永康命令上海市公安局長張學兵以證據不足為名釋放，從犯輕判三年、二年、一年不等。」

　　知情人還說：另外的兩億元是張某付給黃炎買遼河油田高升新井區的私下介紹費。周斌通過舅父——遼河油田管理局副局長的運作，將高升油田新勘探、擬開發的價值千億的石油資源賣給張某。國有資產就這樣流失。

　　1954年出生在哈爾濱農村的張某，最初靠蓋房子起家。東方集團最早是個鄉村建築隊，但憑藉吃苦和認真，張某一步步坐大，後來的東方公司成為一家投資控股型企業集團，是大陸首家上市的民營企業，張某還曾在民生銀行擔任副董事長，亦是聯合能源集團主席。他擁有近百億人民幣資產，在2011年福布斯中國富豪榜中排名第61位，還先後當過兩屆全國政協常委和兩屆全國工商聯副主席。

　　早前有海外媒體報導稱，2009年張某通過周永康的「大管家」吳兵認識了周的兒子周斌後，利用他們的影響力，於2010年從中石油董事長蔣潔敏手中得到了本來屬中石油談判收購的成果——巴基斯坦油田。為了討好周斌，張某還不惜與其共用心愛的女人。

　　2012年張某又經周斌、劉鐵男介紹，認識了剛從北京調到香港的國家開發銀行香港分行行長劉浩。張某行賄劉浩給聯合能源集團貸款50億美金，後中紀委及時發現劉浩的違法行為，請開發行把劉浩調回北京，劉浩回京後馬上被雙規。此外，張某和女兒張美英以及周永康的小姨子、中石油加拿大加爾鐵里分公司的實際控制人賈曉霞也互有洗錢來往。賈曉霞實際控制著中石油高達百億美金的資產。

證券維權第一人遭黑社會暴打

為何張某要花六億賄賂周永康呢？這涉及到張某起家時一起創建東方集團的原始股東。

2009年4月14日，被稱為「中國證券市場中小股東維權第一人」的嚴義明律師，在上海徐家匯民生大樓的辦公室裡遭到三名歹徒襲擊，造成其右肩胛骨骨折，並有多處外傷。消息傳出，一時間在證券市場掀起巨大波瀾。4月24日四名犯罪嫌疑人被逮捕帶回上海。但不久兩名嫌犯被保釋出來了。

2009年5月《新京報》等媒體紛紛報導：東方集團上市前的兩名原始股東王鴻林和褚景春，實名向上海市公安局徐匯分局遞交了舉報信，稱原東方企業集團書記、監事會主席遲某的司機韓某，勾結黑社會對嚴義明律師採取了暴行。

事件起因要追溯到19年前的1990年2月，東方企業集團獲准發行股票3500萬股，其中內部職工股310萬股。部門經理王鴻林分到14.88萬股的職工資產股，司機褚景春分到4.35萬股。

1993年12月，東方集團發行4000萬股股票，並於1994年1月在上交所公開上市。王鴻林在舉報信中說，「上市後，現在的東方集團根本不承認我和其他原始股東的權益，東方集團的人說由於上市公司虧損，原始股東的股份不值錢。從2006年起，大概30位原始股東組成了維權班子，由嚴義明律師代理維權，韓某為維權班子的組織人和聯絡人，經費由各成員按持股比例的11%繳納。」2007年3月，以各原始股東為原告、以東方集團及其法人張某為被告的維權案件在哈爾濱市南崗區人民法院立案。

但在維權過程中，韓某一直不讓原告和嚴律師聯繫。法院立案之後

沒多久，韓某召集全體維權成員開會，稱東方集團嚴重虧損，這些股票根本不值錢，張某念大家一起創業的舊情，願以每股一塊錢收購股票，不轉讓的就是廢紙一張。在韓某的勸說下，幾位原始股東當時就跟東方集團簽了一份協議。很快人們發現被騙了，於是他們再次起訴張某。

　　據嚴義明回憶，那年中國新年前，韓某曾威脅他，如果繼續代理維權的話，就會找人做了他。「在我被打前三天，韓某又到上海找我，由於我提前說了不用再說威脅的話，韓某也就沒說什麼。」結果嚴義明在辦公室被暴打。

　　2009年5月5日中午11時中國新聞網和騰訊財經網發布了暴打嚴義明的兇手照片和文字說明，稱兇手已經交代了幕後黑手，但一小時後，中國新聞網就對此闢謠，稱兇手拒不交代委託人是何許人也，直到四年後周永康落馬，人們才知道這兩個黑社會人物背後的大靠山是中國最大黑領、政法委書記周永康。

周永康垮台全程大揭祕

第七章

18大前後
政法委遭降級肢解

近年來用於中國國內「維穩」的經費高達7017.63億元,超過了國防預算,「維穩沙皇」周永康把全中國人民都視為假想敵人,把普通百姓當成恐怖分子。(AFP)

第一節
江派再次反撲失敗
胡習聯手懲治政法委

國際知名學者焦國標 2012 年 9 月被政法委以涉嫌「煽動顛覆國家政權罪」遭刑事拘留，周永康故意製造一個有國際影響的人權案例，給初掌權力的習、李出一道難題。（AFP）

2012 年 9 月 12 日，就在王立軍案件提起公訴與一審開庭之間，北京市公安局海淀分局的國保警察把國際知名學者焦國標從家中帶走，並以「涉嫌煽動顛覆國家政權」的罪名對其刑事拘留。

9 月 7 日，焦國標在「致近平、克強兩位老哥」的信中寫道：「本不想給你們添亂，可是你們下面的北京市公安局的某些人，逼我向你們發呼籲，發抗議！今天下午海淀分局來人告訴我：他們今天向市公安局據理力爭焦國標出境參加國際筆會韓國年會的權利，可是市局有關部門的領導仍然堅持侵犯我的出境權，不許我參加此次會議。」

「請二位問問北京市公安局：他們究竟是想給你們的好事保平安，還是製造麻煩？北京市公安局某些人究竟是18大的保守者，還是添亂攪局者？我仍然堅持兩個要求：一、請你們命令北京市公安局立即停止對我的出境權的剝奪。」

「或者，二、拿出五萬元維穩經費，贖買我的這次參會權利。否則，明天我早飯時間開始絕食，直到15日會議結束！！！」

還沒等到習近平、李克強回覆，9月9日，面對大陸一部分人被故意煽動起來的反日情緒，焦國標又在網上發表了《致日本東京都執事石原慎太郎的公開信》，認為「非法侵犯公民基本自由和權利的政府，是邪惡透頂的流氓無賴集團，根本不配側身當代國家之林。」

不知這話冒犯了哪個人，有人「對號入座」，自認就是那個「邪惡透頂的流氓無賴集團」，於是公然違背《中華人民共和國憲法》第35條有「言論出版自由」和第41條規定的「公民批評建議權」，將焦刑事拘留。

於是，國際社會和大陸民眾馬上發起呼籲，要求釋放焦國標。很多人表示：所謂「顛覆國家政權罪」根本就是一個政治構陷的名詞。若說顛覆，必須有行動，僅僅出於激憤而說了幾句話，這個國家就被顛覆了？哪有這樣紙糊的政權？

習近平痛斥國保「無事生非」

早在2004年，北京大學新聞傳播學院副教授焦國標就發表了《討伐中宣部》萬言書，在海內外引起震盪，他最終失去了在北大的教職。他在文章中指斥中宣部實行愚民政策，列舉了中宣部14種「大病」，包括隨意下禁令不許媒體報導負面消息，焦國標說：「不報導才會積累

影響社會穩定的因素。」

他稱中宣部是當下中國「文明發展的絆腳石、邪惡勢力和腐敗分子撐起最大最有力的保護傘、是憲法法律的太陽照射不到的黑暗王國」，他稱中宣部得了 14 種「病」，包括「工作方式巫婆神漢化、權威程度羅馬教會化、日本文部省化、中宣部是殺手、共產黨民主理想的叛徒，是冷戰思維的衣鉢傳人，是中央精神的剋扣者和阻撓者，是冷血弱智者，是中國弱勢群體災難的二級製造者，是媒體老總們的是非感正義感文明感的殘殺者」，中宣部「庇護惡棍和腐敗分子，吃裡扒外、表面上的精神貴族，實際上的金錢奴隸、嫉妒賢德，誰冒頭就封殺誰，誰的正義感突出就『活埋』誰。」

這些話早就讓焦國標成為江派控制的中宣部和政法委的「眼中釘」。不過，奇怪的是，就在 2013 年 9 月 24 日王立軍案件宣判的當天下午，焦國標被海淀警方釋放並送回家中。

據《動向》報導，習近平親自過問了此事，並約見了公安部長孟建柱，孟建柱稱對此案並不知情，「北京公安局送的簡報和公安部的情況彙報都沒說到這個事情。」習對孟的說法非常不滿。

還有消息說，習近平在小範圍內表示了對祕密警察（國保）不斷製造事端行為的不滿，甚至說：「本來不是什麼大不了的事情，他們一參與，就非弄成個什麼『事件』不可。」據說，孟建柱與傅政華是在執行中央政法委的密令，試圖通過做大焦國標案來給民間右翼、異議力量以顏色。

周永康的意圖是，通過製造一個有國際影響的人權案例，給初掌權力的習李出一道難題。

不甘下台 江派不斷反撲

自從王立軍出逃、交代了薄熙來與周永康的政變密謀計畫之後,以周永康為前台、曾慶紅為後台的江家幫就開始慌了。

此前《新紀元》還報導了習近平失蹤14天的真相。與江派放風「習近平跟胡溫分歧巨大」不同的是,正是因為習近平與胡溫結成了緊密的政治聯盟,才導致了薄熙來案出現巨大轉折,從而也給18大的人事安排帶來「翻盤效應」,即以前預測的都被推翻了,重新洗牌。

2012年4月10日薄熙來被宣布停職的時候,官方報導的口氣很嚴峻,按照溫家寶的意思是「一定要審判薄熙來」,不過隨後幾個月卻出現了變動:8月薄谷開來的審判中隻字未提薄熙來,江派一再散布「薄熙來平安著陸」,「保留黨籍,免於刑事處罰」等。

原來在2012年5月胡錦濤意識到,一旦以政變罪懲罰薄熙來,必然牽扯到一大批人,這會給中共政權的穩定帶來巨大海嘯衝擊,而且會加劇百姓對中共的不信任。為了給民眾和外界製造一個「團結和諧」的假象,胡在京西賓館主持了一個祕密會議,宣布讓薄軟著陸,而且不追究周永康的罪行。當時的政策界定是盡量縮小打擊面,只要公開與薄切割、宣布效忠胡中央的都不會被追究,很多內部處理會留在18大以後再說。

胡錦濤這樣做的原因有三,一是江派人馬拚死要保薄熙來,因為只有留得薄這個青山、這個唯一的接班人,江派才能東山再起,哪怕薄入獄,只要不開除黨籍,其入獄效應就是把薄樹成捍衛毛澤東思想的「旗幟」,讓薄進一步變成「薄澤東」,於是江派給胡溫習李施加巨大壓力,要求他們從輕處理薄。

原因二,中共保守派元老們從毛左的角度出發護衛薄。第三個非常

重要的原因是經濟危機。

儘管官方稱中國經濟形勢一片大好,但真實數據顯示,2012 年中國經濟從 5 月份進入「硬著陸」,外貿、地方財政、中小企業等各項經濟指標出現嚴重警報,這逼迫中南海不得不「團結起來」,共同面對即將爆炸的「經濟炸彈」。

於是,哪怕在 9 月王立軍的審判中也沒有提薄熙來這三個字,全國人大代表會議也沒有踢出薄,周永康也依舊出席一些會議,展示九常委「團結一心」植樹等。

其實周的所有實權早已被剝奪,孟建柱已經全面接管政法委。周永康只等退休後回家養老,但不再享有過去那些退休常委在未來新人任命上的發言權。

周永康毀約 習近平辭職保實權

然而不甘失敗的周永康,在曾慶紅的鼓動下決定最後一搏。周永康在陳光誠事件上已經給了胡錦濤一個耳光。原本中美兩國經過判談協議,等風頭過後送山東盲人、維權律師陳光誠到天津讀書,然而周永康利用國保祕密警察攪局,在幾小時之內逼陳改變主意,從不想出國到要求馬上出國,令胡錦濤和奧巴馬在國際與國內「顏面盡失」。

2012 年 9 月,在串通日本右翼購買釣魚島、挑釁中國之後,周永康又下令各地公安國保變相鼓動民眾上街遊行,並讓便衣警察混雜其中大搞打砸搶,同時掛出「釣魚島是中國的,薄熙來是人民的」等標語,鬧得毛左蠢蠢欲動,甚至出現北航教授當眾打人,而且還理直氣壯辯護的醜事,以致舉國動盪。

江派還散布謠言說:「中日馬上就要打起來了」。想利用戰爭推遲

18大召開，企圖讓江派人馬繼續掌權，因為18大中共政治局、常委、軍委、中央委員中的江派人馬大多因為年齡到期而面臨被淘汰。

於是，習近平及其幕僚看出了局勢的關鍵：假如不徹底推倒薄熙來，而按照京西賓館協議，最後留給習的就是一個定時炸彈。而且從保薄、倒薄兩派的劇烈衝突中，習看到了中共內部分裂的嚴重性，各自在安插自己的人馬進18大，各派爭得你死我活。

於是習以身體原因提出辭職，言外之意，「我不幹了，看你們還爭什麼？！」

這一下，中共所有高層都慌了，無論是保守派、還是改革派。因為習近平不接班，這意味著中共就得立馬垮台，現在已經沒有其他人能代替習近平出任中共首席長官職位了。

於是各方不得不坐下來再談，連宋平、喬石、萬里等元老都出面來勸習，讓他挑起中共的破擔子繼續往前走。於是習提出幾點要求，其中之一就是把薄案做成鐵案，讓他絕對沒有東山再起的可能，而且還要反毛左，按照習的思路搞政改。

第二節
政法委被降級拆分
「維穩沙皇」下台內幕

　　2012 年 11 月 15 日，中共 18 大七個新常委亮相，四天後的 19 日下午四點半，新華網發表新聞，「日前，中共中央決定：周永康同志不再擔任中央政法委書記職務；孟建柱同志兼任中央政法委書記。」消息一出，再去點擊周永康的簡歷，馬上就發現已經變了：「2007 年－中央政治局常委（至 2012 年 11 月），國務委員、國務院黨組成員（至 2008 年 3 月），中央政法委員會書記（至 2012 年 11 月），中央社會管理綜合治理委員會主任。」

「維穩沙皇」興衰史

　　相比往年簡歷的更換速度，人們很驚訝這次新華社動作真快，不過更讓人驚訝的是，周永康是第一個被高調宣布下台的老常委。在中共 17 屆政治局九常委中，六個人有正規的政府職務：胡錦濤（國家主席）、

吳邦國（人大委員長）、溫家寶（總理）、習近平（國家副主席）、李克強（副總理）、賈慶林（政協主席）。他們將在2013年3月人大會議召開後才卸職，李長春、賀國強、周永康主要是黨職，不過，賀國強、李長春（中共中央精神文明建設指導委員會主任）的下台，都沒有周永康這樣備受海內外關注。

周永康當時保留的唯一職務是中共中央綜治委主任。官方定義其是協助中共中央委員會、國務院「領導全國社會管理綜合治理工作的常設機構，下設辦公室，但中央綜治辦與中央政法委是『一個機構兩塊牌子』。」由於孟建柱接手了政法委，這等於周永康的主任頭銜是虛的，周已經被徹底削去了權力。

《新紀元》此前報導了周永康這個被外媒稱為「維穩沙皇」的人，其疆土如何龐大。2011年10月，就在王立軍出逃的四個月前，周永康達到了其權力的顛峰：當時他把其管轄的「中共中央社會治安綜合治理委員會」改名為「中共中央社會管理綜合治理委員會」，由「社會治安」改為「社會管理」，雖然簡稱一樣，但新機構由原來40個變成了51個，從中共全國人大、全國政協，到最高法院、最高檢察院，從公安部、國安部到民政部、衛生部、財政部、鐵道部、文化部，武警和解放軍總政治部、總參謀部，再到國家發改委、國新辦、國家信訪局、全國總工會等，幾乎涵蓋了所有部門。

當時周永康的權勢無以復加，他一手掌控了每年高達1100億美元的維穩「安全預算」，該預算超過了中共的國防預算，也就是說，周永康的「維護穩定」，是把全中國人民都視為假想敵人，要把普通百姓當成恐怖分子那般「維穩鎮壓」。

2012年11月29日出刊的《新紀元》，在《政法委被降級拆分「維穩沙皇」下台內幕》一文中，預測18大後，周永康管轄的政法委將被

習近平拆分，也就是將政法委手中的「公、檢、法」中的「公」留下來，把「檢、法」抽出來交給人大管理。11月中旬的18大結果證實了《新紀元》的分析。

當時中共高層對政法委的處理方案是：一、將「綜治委」從政法委中拆分出來成為平級機構，2013年兩會後，可能成立「社會綜合管理部」，隸屬國務院管理；有可能綜治委合進民政部與人社部而為「大部制」的樣板，屆時軍方兩總部與武警總部會撤出。

二、由人大委員長監管政法體系，即將檢察院、法院系統交由全國人大直接管轄；三、政法委今後不再有權調動武警；四、與原有的政法委相比，將來的政法委只剩下公安和國安，或者只是公安，國安可能會由國務院直接管轄，但是最後這條最快也要到2013年才可能實行。

政法委「第二中央」被拆分的前因後果

中共首位政法委書記董必武在上世紀50年代初就斷言「政法委員會本身將逐漸被否定」，但到了周永康任政法委書記時，該機構卻成了「中共第二中央」。

《新紀元》出版的《中南海政治海嘯大揭祕》（上、下集），詳細曝光了政法委如何另立中央的過程。1999年江澤民為鎮壓法輪功而設立了祕密特務機構「610」系統，通過羅幹、周永康掌控的中央政法委，控制了整個公安、法院、檢察院和國安系統，實際上是控制了和平時期的暴力機器，從而為江澤民另立「第二中央」創造了可能。

為更有效的打壓法輪功，江澤民在當政期間強化了政法委系統，強行將政法委書記塞進政治局常委。江澤民下台後，因背負血債怕被清算，曾計畫在18大上推薄熙來上位政治局常委，取代周永康，繼續掌

控暴力機器，其後在兩年內針對習近平發動政變，奪取中共最高權力。

但在 2012 年 2 月發生的王立軍事件中，江澤民與周永康、曾慶紅、薄熙來等人政變奪權的計畫被曝光，結果不但薄熙來被抓，也讓胡溫習有機會將江系打散。於是周永康失去了在 18 大上人事布局的發言權。

政法委是不穩定的罪魁禍首

江澤民曾下密令：對法輪功學員「打死算自殺」，並強行要求各級政法委要從「名譽上搞臭、經濟上搞垮、肉體上消滅」法輪功，這些密令都從根本上顛覆了中共僅有的一點法制，於是，政法委在鎮壓法輪功過程中迅速黑社會化，並將對待法輪功的暴行，擴散蔓延到對待所有中國百姓。短短十年不到，政法委成為中共最黑暗的部門。

如今的政法委黑幕重重，官官相護，一再發生警方控制下的「躲貓貓死」、「鞋帶自殺死」、「睡覺死」、「摔跤死」、「洗澡死」、「喝開水死」、「滅蚊中毒死」等等。暴力、謊言充斥整個國度，民眾強烈要求廢除政法委，「六四」學生領袖王丹表示：政法委就是黨大於法、黨干涉法的代表，慶父不死魯難未已，政法委不除，中國不安。

自周永康 2002 年至 2007 年任職中央政法委副書記，公安部部長、武警部隊第一政委、黨委第一書記後，其近年來用於中國國內「維穩」的經費已經超過了軍費開支。據官方數據顯示，中共 2012 年公共安全支出預算高達 7017.63 億元，超過了國防預算 6702.74 億元。

如今，江澤民、薄熙來、周永康等 50 多名中共高官已經在全球 30 個國家遭到反人類罪、酷刑罪及群體滅絕罪的起訴，政法委直接參與和控制的摘取活人器官以牟取暴利的罪行已經在全球激起公憤，天怒人怨，政法委以及實施暴政的中共政權都將被歷史淘汰。

第三節

習「憲法夢」成政法委惡夢官員自殺頻傳

周永康下台後，包含法院、檢察院及司法局、公安局等中共政法系統，參與貪腐的惡警惡吏惶惶不可終日。（大紀元合成圖）

2013年1月7日，當中共中央政法委書記孟建柱宣布「今年停止使用勞教制度」後，1月8日廣州市公安局副局長祁曉林自縊身亡；9日甘肅武威市涼州區法院副院長張萬雄跳樓身亡。政法系統接連發生「強震」，公安系統多名廳官被免職或祕捕。而「南周事件」曝光江系控制的文宣部門挑戰習近平的「憲法夢」，以致習直挑中國最黑暗的勞教制度，點中江派死穴，周永康的政法系統人人自危。

廣州市公安局副局長祁曉林自縊身亡

2013年1月9日，中新社從廣州市公安局證實，1月8日18時許，廣州市公安局黨委副書記、副局長祁曉林自縊身亡，終年55歲。據廣

州市公安局稱，祁曉林生前身患疾病，有抑鬱症狀。

廣州市政府官方網站上公開的信息顯示，祁曉林生前主要分管廣州市公安局內部安全保衛支隊、交通警察支隊、地鐵分局等單位，聯繫單位為「天河區分局」。

目前，廣州金盾網上「廣州市公安局領導班子」名單，已經將祁曉林的名字去除，此前他排名第三。

涼州區法院副院長張萬雄夜晚跳樓自殺

蘭州媒體報導，據甘肅武威市涼州區法院的監控錄像資料顯示，1月9日，該院副院長張萬雄下班後沒有回家，一直滯留在辦公室。晚上八時左右，張萬雄從他所在的辦公室（五樓）走出後，先後在五樓和六樓電梯處徘徊了約半小時，後打開六樓電梯間旁的窗戶跳下，據監控錄像顯示的案發時間為當晚九時八分。

1月10日早晨八時左右，法院辦公樓下發現張萬雄的屍體，並移至醫院太平間。知情人透露，警方在張萬雄身上發現其自殺前留下的遺書，但未透露內容。自殺原因尚未知，目前警方正在調查。

據悉，張萬雄是涼州區中壩鎮人，1967年9月出生，終年45歲。張萬雄畢業於西北政法大學。在涼州區法院分管基層法庭。

江澤民撐不住了 政法系統官吏惶恐

據悉，自重慶政法委負責人「王立軍事件」後，中央前常委、政法委書記周永康失勢，江澤民的「老巢」政法委、公安局、勞教所系統人心惶恐，都能感到即將「變天」了，自己隨時可能被拋出來做替罪羊。

中國江蘇鹽城的政法委官員十分恐懼，他們正面對一起涉及二名高幹子弟（法輪功學員）的上訴，當事官員被訴非法勞教、濫用酷刑，事件震動中南海，胡錦濤在 2012 年 12 月底親赴鹽城調查此事。

中國江蘇鹽城公安局、政法委系統的官員說：「江青一死，跟隨毛鬧文化大革命的黨羽都被抓起來做替罪羊，我們現在就看江澤民，江若不行了，我們的日子如何啊！」

周永康下台後，中共政法委被降格，政法系統參與勞教所貪腐作惡的惡人、惡警和官吏都十分恐惶，之前這些部門都是「肥水部門」，賺錢快。但其引發的民憤太大，海外法輪功學員要求清算的呼聲不絕，加上習近平高談「憲法夢」，令這些部門的惡官酷吏驚恐萬分。

近期，中共政法委系統官員頻頻因「抑鬱」自殺。還有一些官員在職期間非正常死亡，但未標明是抑鬱症。據財新網報導，近年來，官員自殺並被歸因為「抑鬱症」的案例非常多，財新網對此作了不完全統計。

這些自殺的官員年齡大都在四、五十歲，按常理正屬年富力強的階段，卻紛紛患上抑鬱症最終選擇自殺，令人費解，其中一部分死者親友稱，死者生前情緒正常並沒有抑鬱跡象。

山西公安系統多名廳官被調換

近兩年來，山西公安系統多名廳局級幹部被輪換、調離、免職。《21世紀經濟》從一名山西省內部人士處獲悉，山西省公安廳原副廳長李太平已被調離山西公安系統，平調至其他部門任職。這是繼山西公安廳副廳長蘇浩、李亞力之後，第三位離開公安系統的廳級官員。

李太平最近一次以公安廳副廳長身分出現是在 2012 年 12 月 20 日，陪同山西公安廳廳長劉杰到山西公安廳交管局調研公安交警惡劣天氣應

急處置工作。按照公安廳黨委分工，李太平分管交管局等工作。

山西省內流傳的消息是，李之所以被調離，與 2012 年 8 月其司機鄭斌駕駛一輛武警牌照汽車當街殺死一名太原市民的惡性事件有關。

2012 年 12 月 6 日，山西省委和太原市委決定，停止李亞力的山西省公安廳副廳長兼太原市公安局局長職務，接受調查；免去其太原市公安局黨委書記職務，該職務由太原市委常委、政法委書記柳遂記兼任。

李亞力被免職與其子李正源涉嫌醉駕毆打執法交警相關。根據媒體報導，事發後，李亞力為使兒子逃脫罪責，利用職權徇私舞弊干預現場執法，軟禁被打民警，銷毀其子打人和醉駕罪證。

原太原市公安局長蘇浩被免職

一年之內，太原市公安局長三易其人。2011 年 11 月 22 日，原太原市公安局長蘇浩被免職，由李亞力接任。蘇浩隨後調任山西省司法廳黨委委員、副廳長。

2011 年 9 月，奧迪司機蘇楠、李雙江之子在北京海淀西山華府小區打人，蘇楠在派出所接受訊問時自稱是蘇浩之子。蘇浩也因此陷入輿論漩渦，於當年 11 月調離公安系統。

技術官員郭聲琨任公安部長 政法系統大地震

2012 年 12 月 28 日，中共 11 屆人大常委會第 30 次會議決定，免去孟建柱兼任的公安部長職務，任命郭聲琨為公安部長。

孟建柱不再兼任公安部長意味著政法委再被削弱，繼之前政法委從政治局常委中被踢出後，現任政法委書記孟建柱的權力和地位與前任周

永康相比已大打折扣。

郭聲琨是中共技術型官員，沒有在政法委和司法系統任職的經歷，其派系背景不明顯。用出身「外行」與政法委公安系統幾乎沒有瓜葛的郭聲琨掌管警察，這也顯露出中共高層對政法委和司法系統的不信任。

政法系統大地震搞得政法系統內部人心惶惶，思想混亂，士氣低落。最明顯的是許多監視異議人士的政治警察（國保）無心職守，上班時偷懶。

一位北京異議人士說，她發現監視她的國保上班時睡覺，對她的監視無精打采。而且國保對被監視者的態度也變得溫和很多。一位異議人士認為政法系統低層警察現在吃不準上面的動向，害怕自己不小心犯錯成了替罪羊。尤其是王立軍事件對中共公安系統打擊很大，很多人感到寒心，現在執行上面命令都要三思而行，為自己留後路。

中國民眾熱評和解讀

對於廣州公安副局長祁曉林之死，官方稱祁曉林生前患抑鬱症，網民表示「耐人尋味」；讓人浮想聯翩。

「死亡的意義」：是不是銀行存款太多了，手頭房子太多了，老婆孩子全出國了，所以抑鬱了？

「桎梏的鑰匙」：又是抑鬱症？為什麼有抑鬱症的人還能在副局長的崗位上？不禁讓人浮想聯翩。

「雲中看雲」：死了就抑鬱，活著就生猛。

「燕山小黃」：良心深受譴責？

「格藍維森」：當幹部不易啊，弄不好就「抑鬱」了。

第四節

453人被查 政法委大坍塌

2013年1月,北京消息人士透露:原政法委某位高官最近向胡錦濤等遞交報告,其中內容包括,過去三個多月以來,各級政法委官員被雙規、逮捕人數多達453人,其中公安局系統392人,檢察院系統19人,法院系統27人,司法廳(局)5人,非公檢法司系統的有10人。另外,還有12名政法高官自殺身亡。

政法委系統是習近平施政的主要障礙。許多基層幹部認為,最近這一波是北京現任當權者針對政法系統的「整肅」,許多公安幹警和政法幹部不清楚習政策的「精神」,導致政法委和維穩系統出現巨大震盪。這份類似私人備忘錄的報告表示,許多地方政法系統工作處於半癱瘓狀況,人心渙散,悲觀失望的情緒十分嚴重。

有來自北京的分析認為,政法委主要官員的背後,不但有政法系統支持,也有地方和部委的財團力撐,更有一些黨內大佬的全力支持。習近平想要扳倒這些人極為困難,除非拿出「非殺不可」的鐵證,否則未

來的鬥爭可能將充滿意外的血腥。但已經肆意了十年的政法委體系的全面大坍塌，恐怕無法避免。

據北京消息人士透露，中共 18 大後三個多月內，大陸各級政法委官員紛紛落馬甚至自殺。接近胡錦濤辦公室的人士分析認為，有關信件，顯然是希望引起江澤民和胡錦濤的高度重視，並對習近平和王岐山發出勸導之聲。據悉，胡錦濤對此信並未表態。他估計胡錦濤不會發聲干預現任當權者的政策，而江澤民的反應不得而知。

政法委成習近平施政障礙

北京消息人士對《新紀元》透露，政法委系統是習近平施政的主要障礙。他透露說，最近公安部某主要負責人在私下場合對習近平大表不滿。他也痛罵孟建柱是見風使舵的小人。孟建柱原為江派提拔的人馬，但在習近平上台之後權力向習靠攏，完全不顧過去的「老領導」和政法系統本身的利益。當時在座的人數不少，很多人對於這位人士的「勇敢」非常詫異。

消息人士說，當時習近平和黨內主要派別以及太子黨主要人物找到了「最大公約數」，即要恢復 50 年代「新民主主義」時期的中共執政模式，並提出「落實法治」。習近平提出劉少奇 1955 年的講話，制定憲法的意義是民眾晚上睡覺「不怕敲門」。

過去十多年以來，中國的法律條文成為虛設，中共政府走向法西斯化，其中以政法委領導的維穩政策「居功」最大。中共公檢法司各部門，為了達成某種目標，競相把對手妖魔化、境外勢力化，以便施展非法措施。這是過去十年以來中國社會矛盾激化以及中共信譽大幅下降的主要原因。

習近平上台後提出落實憲法落實法治，顯然有對上述問題「矯枉過正」的目標。不過現在看來，阻礙恰恰來自過去在這一領域的既得利益團體——政法委。事實上，政法委系統除了掌管公檢法司、武警之外，也協調宣傳、統戰、文化等 50 多個部門，儼然成為可以和中共最高領導人分庭抗禮的國中之國。

消息人士透露，北京對政法委下屬的眾多官員開刀，最終目標還是以反貪為手段，拆除政法委這個龐大的「法外帝國」。多數貪腐政法委官員被雙規逮捕，只是為了抓捕其中幾位最重要的關鍵人物作為掩護。

周永康垮台全程大揭祕

第八章

開刀政法委
釜底抽薪周永康

自從周薄政變密謀曝光後，以周永康為核心的政法委就開始被大清洗，政法委書記被踢出政治局常委，政法系統重要職位也悄然換上胡溫習李的人馬，政法委再不是江澤民權力的後花園。（大紀元合成圖）

第一節
周本順未獲選最高法院院長內幕

中共中央政法委祕書長周本順是周永康的鐵桿,被媒體曝光是謀殺「六四」英雄李旺陽的三名主犯之一。(新紀元)

胡錦濤的鐵桿周強「當選」為最高法院院長之後,原熱門人選中央政法委祕書長周本順被調離北京,其中原因與周本順涉「六四」英雄李旺陽之死有關。周本順是周永康的鐵桿,直接聽命於周永康、曾慶紅,在18大前夕局勢敏感時刻,製造李旺陽案件,震驚世界。

公檢法江派人馬被清洗

習近平沒讓中共中央政法委祕書長周本順當中共最高法院院長,並將周本順調離北京,空降到河北任省委書記,接替已升任中共政協副主席兼祕書長的張慶黎。

此前,有北京消息透露,最高法院院長、有「法盲首席法官」之稱的王勝俊將退休,繼任大熱門人選是周永康扶植起來的中共政法委祕書長周本順。

2013 年 3 月 15 日上午，在中共 12 屆人大一次會議第五次全體會議上，胡錦濤的鐵桿、團派周強「當選」為最高法院院長。自習近平接管中共最高權力以來，習在公檢法等核心部門的人事布局中大量清洗江派原有人馬。

周本順曾長期在湖南工作，曾任邵陽市委書記、湖南省公安廳長等職。周於 2000 年晉升為湖南省公安廳廳長，2001 年出任省政法委書記後，於 2003 到 2008 年出任中央政法委副祕書長，是當時祕書長王勝俊的助手。王勝俊在五年前空降最高法院後，周本順便出任中共政法委祕書長和綜治委副主任，甚獲前政治局常委兼政法委書記周永康的賞識。

周本順涉殺死「六四」英雄李旺陽案

中共官媒稱周本順是「打黑英雄」，其實當過邵陽市委書記的周本順對異議人士的打壓更為「出色」。此前海外民運人士郭保羅曾在推特上透露：涉嫌謀殺「六四」英雄李旺陽的三名主犯是：中共政法委祕書長周本順、邵陽市公安局長李曉葵、邵陽市公安局國保支隊長趙魯湘。

郭保羅表示，殺害李旺陽的命令來自中共政法委高層，目的是為了阻止李繼續向外媒說話，同時恐嚇香港眾多想為「六四」翻案的人士和異議人士，斷絕港人期盼「六四」平反的想法。

2012 年「六四」前夕，李旺陽接受香港有線電視記者林建誠採訪時表示，雖因長期遭受酷刑導致他疾病纏身、雙目失明、雙耳失聰、雙腿癱瘓，但他一點都不後悔投身民主運動，他說：「為了中國早日實現多黨制，我就是被砍頭，我也不回頭。」記者採訪時只能在他的手上或大腿上寫字問問題。

61 歲的李旺陽在 1989 年「六四」民運期間擔任邵陽工自聯主席，

在當地某監獄被關押了 11 年。2012 年 6 月 6 日在湖南邵陽市一間醫院被發現身亡，死前處於邵陽當局嚴密監控中。警方和醫院稱上吊自殺，但國際社會及家屬表示強烈質疑。

李旺陽之死激起港人群情悲憤，2013 年 6 月 9 日超過 2 萬 5000 人走上街頭，憤怒控訴中共當局又添血債，要求北京徹查李旺陽死因。

第二節
政法委震盪持續
遼寧、上海兩公安廳局長被撤

2013 年 3 月 28 日，上海市公安局長張學兵（左）被免去職務。3 月 29 日，遼寧省副省長薛恆（右）被免去遼寧省公安廳廳長職務。

2013 年 3 月 29 日，遼寧省副省長薛恆被免去遼寧省公安廳廳長職務。遼寧省官方消息稱，遼寧省委任命王大偉為遼寧省公安廳廳長。消息證實，薛恆在省政法委中以前分管政法、公安和國安的職責，改由剛剛升任遼寧省副省長的潘立國接管。

追查國際：薛恆迫害法輪功血債累累

薛恆身兼遼寧省副省長、政法委副書記、省公安廳廳長於一身，是遼寧省公安系統中迫害法輪功的主要責任人。

據追查迫害法輪功國際組織（追查國際）2012 年 3 月 17 日發出的「追查遼寧省撫順市迫害法輪功學員的責任人的通告」、「追查遼寧省

錦州市迫害法輪功學員的責任人的通告」、2012年6月6日發出的「追查遼寧省大連市迫害老年法輪功學員的責任人的通告」中，薛恆均是涉案主要責任人。

追查國際2012年3月17日報告顯示，自1999年7月以來，遼寧省錦州市公、檢、法和「610」系統對法輪功學員實施群體滅絕性迫害，作為執法機構，公然剝奪公民的信仰自由的權利，非法抓捕、關押、酷刑虐待、庭審、無罪判刑，造成眾多法輪功學員致傷、致殘。特別是以警察等執法人員身分公開犯罪，其性質已完全黑社會化。

據不完全統計，遼寧省錦州市被酷刑致傷、致殘、被非法判刑的法輪功學員至少有513人，其中71名被迫害致死，此外31人被迫害致殘，20人被迫害致精神失常，188人遭酷刑迫害。

盤錦警察強徵土地開槍殺死農民

據自由亞洲電台2012年3月30日報導，遼寧省政府辦公廳的一位知情人介紹，自從2012年9月遼寧盤錦警察在徵地過程中開槍殺死農民以來，其真相調查結果廣受社會各界質疑。

許多國內知名律師、學者發表文章對盤錦槍案及涉警拆遷提出制度性譴責；北京一些學者還公開聯名要求公安部重新調查。至此，時任遼寧省公安廳長的薛恆自覺時日無多，遼寧省公安系統內部也傳出薛將要被免職的傳聞。

上海公安局長張學兵被免職

2013年3月28日，官方證實上海市公安局長張學兵被免去職務，

其現職由公安部刑偵局局長白少康空降接替。

2013年1月底，上海人大會上，張學兵被免去上海市副市長職務。有微博消息稱張學兵被前妻舉報所以被迫辭職。

微博上另有消息稱，張學兵只是以退為進自己辭職。張學兵多年來追隨江澤民迫害法輪功，在上海政法系統沒少作惡。如今江派潰敗，上面沒有人力保自己，想以退為進換取從輕發落也未可知。

追查國際曾在2011年7月28日發布通告：上海市公安局局長張學兵是上海涉案迫害法輪功的主要責任單位和責任人之一。

據北京消息人士透露，中共現任當權者最近針對政法系統進行「整肅」，公安系統392人被雙規、逮捕，身為上海市公安局長的張學兵，或是自危而辭職也未可知。

新任上海公安局長白少康，陝西西安人，1962年生，北京大學法律系畢業。1984年7月北大畢業後，歷任陝西省公安廳刑偵處副科長、科長、副處長，刑警總隊副總隊長、刑偵局副局長、政委。2006年7月任陝西省公安廳黨委委員、副廳長。2010年3月任公安部刑偵局局長。

第三節

高層分裂 中紀委槓上政法委

正當外界關注因報導馬三家勞教所酷刑的《lens 視覺》雜誌面臨延期或暫時停刊之際，2013 年 5 月 7 日，張少龍在與另外多名負責信訪工作的中紀委官員一起做客中共新聞網視頻訪談時表示，各級紀檢監察機關要堅決杜絕一切「攔卡堵截」上訪群眾的「錯誤做法」，「嚴禁到來訪接待場所和公共場所攔截正常上訪群眾」。

參與訪談的還包括中央紀委信訪室綜合信息處副處長鄧集珣、中央紀委信訪室電話網路舉報處副處級紀律檢查員、監察員郭洪亮。

據 BBC 報導，有網友在訪談中提問，有的地方對上訪人員採取圍、追、堵、截的辦法，不讓他們到北京來上訪，有的上訪民眾甚至受到行政處罰和勞動教養。而張少龍則回答說，中紀委的態度是明確禁止這樣做的。

有媒體編輯「老鬼阿定」認為，這是中紀委已公開向各地政府亮出了紅燈，嚴禁截訪！同時也表明，上訪的綠燈正常開放。

時事評論員夏小強表示，中共對信訪群眾的攔截和非法勞教，是中共維穩系統的一部分，都是由中共政法委負責實施。現在中共的紀檢部門出面再次發出禁止截訪與勞教的聲音，說明中共高層內部不同力量在對待上訪和廢除勞教制度上的不同態度，顯示了中共高層分裂的現狀。

高層分裂 未來還會引發高層更大震盪

2013年4月7日，《lens視覺》雜誌刊登了兩萬字的《走出馬三家》，被很多大陸媒體轉載，撕開了勞教所驚天黑幕，稱其為人間地獄，也引起大陸各界震驚，為廢除勞教制度奏響了前曲。但很快該文在網上遭到刪除，中共中宣部下達密令：一律不報導馬三家事件。

後官方宣布成立調查組，並很快在4月19日給出結論說：「報導嚴重失實，在社會上造成惡劣影響」，指責該文用了大量境外法輪功媒體的用詞云云。

《lens視覺》雜誌後來被延期。夏小強認為，該雜誌是因報導馬三家勞教所罪行，觸動了江澤民使用勞教制度迫害民眾以及迫害法輪功這些不能碰觸的底線，面臨延期或暫時停刊，都是習近平與江派殘餘勢力激烈博弈的結果。

他進一步分析說：「近日胡錦濤和江澤民的死對頭李瑞環公開露面或出書，發出力挺習近平的姿態，也證實了這一點：勞教所隱藏了江澤民、周永康政法委系統犯下的驚人罪惡，停止勞教制度點中了中共迫害法輪功的血債幫的死穴。為避免罪惡曝光被清算，江派殘餘勢力做出了激烈的阻撓和反抗，這種反彈的態勢也是江派本能的反應。」

中共江派殘餘勢力對停止勞教制度的抵制，已經造成中共高層公開

分裂的態勢,他預計未來還會引發中共高層更大的震盪。

民間抗議質疑聲浪大 中共撒謊流氓本性再曝光

由於中共政權給老百姓餵了這麼多年空心湯圓、好話說盡壞事做絕,現在再說什麼很多老百姓都不信了。大陸著名律師陳有西在自己微博上推出了這則中紀委的最新規定後發現,該條微博下跟帖幾乎全部是負面的,他感慨的提出三種設想:一、公權公信力不堪?二、人心不古?三、事實如此?

新浪的「小豬 Relax」回應表示,官方話說再好聽也只是一句口號。我們政府已經喊了幾十年的口號了,聽多耳朵會長繭,最關鍵的是沒有人去落實文件精神,文件好比一張白紙,毫無意義!

作家謝朝平也說,不要真以為官員們會堅決杜絕一切攔卡堵截上訪群眾的錯誤做法,他們講的是不得在公共場合攔截,還要求不要越級上訪——如果不是在公共場所,如果是越級上訪,他們會不會攔截?

遼寧瀋陽的「唱三唱」質疑,何為正常上訪?何為公共場所?誰來攔截?為什麼要攔截?為什麼怕上訪?誰怕上訪?如果正常訴求能得到回應,誰願意去上訪?這些問題都沒有搞清楚,何談其他?

四川成都的楊自強律師說:「嚴禁到來訪接待場所和公共場所攔截正常上訪群眾,那在就去上訪的路攔截好了。中紀委這個規定,怎麼看起來像是在教唆地方如何截訪一樣。」

第四節
政法委再洗牌 要職悄然換人

汪永清取代周本順

2013 年 4 月 22 日,據中共中央政法委網站長安網消息,在當天召開的政法委機關大會上,汪永清被任命為中央政法委員會委員、祕書長。此次大會中,國務委員、公安部部長郭聲琨也第一次以兼任政法委副書記身分出席該會議。

汪永清,1959 年 9 月生於江西貴溪,吉林大學法學院畢業,研究生學歷,法學博士學位。1987 年開始在國務院法制局研究室工作,1996 年任國務院法制局辦公室副主任,2008 任國務院副祕書長,2012 年 6 月任中央國家機關工委副書記(主持常務工作,正部長級),8 月兼中央國家機關黨校校長、中央黨校中央國家機關分校校長,2012 年 11 月至 2013 年 4 月任中央機構編制委員會委員、辦公室主任,2013 年 4 月任中央政法委員會委員、祕書長、國務院副祕書長、機關黨組成員。

此前政法委祕書長是周永康的親信周本順。從汪永清2012年後的晉升路徑來看，汪深得習近平與李克強的重用。習李上台後推行大部制改革，廢除了江澤民派系占據的鐵道部和衛生部，而具體參與此項工作的中央機構編制委員會辦公室主任就是汪永清。

有趣的是，半年內中央機構編制委員會辦公室（中編辦）三易其主。2012年11月，中編辦原主任王東明空降四川，接替劉奇葆出任四川省委書記，中編辦主任一職由汪永清擔任。王東明2000年任中央組織部副部長，跟李源潮等團派人馬關係不錯。王東明到四川後，相繼傳出周永康任四川省委書記時與周有不明關係的三大富豪被查，他們是劉漢、鄧鴻、汪俊林。（詳情請見321期《新紀元》週刊）

2013年3月，當周本順從政法委祕書長一職被調任河北省委書記後，汪永清履新僅半年，就轉赴中央政法委任祕書長，其留下的中編辦主任一職由原中組部副部長張紀南接任。汪永清大學畢業後一直在國務院工作，2008年汪永清任國務院副祕書長期間，一直負責保障配合時任國務委員、公安部部長孟建柱的工作。

綜治委主任位置依然空著

報導還提到，中央政法委機關4月22日召開全體幹部大會，會議由「中央政法委副祕書長、中央綜治辦主任陳訓秋主持會議。中央政法委副祕書長王其江、姜偉出席會議」。據人民網報導，陳訓秋是2011年11月9日，首次以中央政法委副祕書長、中央綜治辦主任一職出席活動。

陳訓秋1955年10月出生於湖南沅江，在職研究生學歷，團派出身。1981年先後任共青團咸寧地委副書記，1985年任共青團湖北省委副書

記，1993年任湖北省體委主任，1998年任湖北省委政法委書記，省公安廳廳長，2002年任武漢市委書記，2005年任湖北省委副書記（分管常務），2006年任司法部副部長，2011年任中央政法委副祕書長兼中央綜治辦主任。

也就是說，陳訓秋在2011年11月接替陳冀平掌管了綜治委辦公室主任的實際運作工作。2011年時，綜治委主任還是周永康，2013年，誰是綜治委主任呢？原政法委書記周永康退下後，綜治委主任的職位，官方網站始終沒明確說法。

綜治委作為一個非常設機構起自江澤民時代，最早叫「中央社會治安綜合治理委員會」，至周永康與薄熙來密謀出「第二中央」雛形時，才將「治安」二字更改為「管理」，並大幅擴權，將總參、武警等部分權力歸並其中。

中共設立綜治委的最初主要目的是「清理『六四風波』造成的社會治安後遺症」，預計到中共15大召開前撤銷，但15大時，臭名昭著的羅幹進入政治局並任書記處書記，反而擴大了綜治委，特別是羅幹賣力地配合1999年江澤民發起的對法輪功的打壓，由於「鎮壓有功」，16大時羅幹被江澤民推進政治局常委，並繼續擔任政法委書記兼綜治委主任。17大召開前，江澤民又把親信周永康換上羅幹，繼續推行其不得人心的打壓政策。綜治委在周永康手中全面坐大，最後形成了一個與胡溫中央抗衡的「第二中央」。

習李掌權後，政法委不僅被降級而且遭到大規模整肅。據說習將進一步分拆政法委，並把綜治委從政法委中分離，拆分成與政法委平級的機構；軍警也會撤出綜治委。不過到目前為止，人們還在關注中南海的進一步動作。

第五節

習「借毛打周」正式開刀政法委

政法系統對法輪功大搞「打死算自殺」的「法外施法」，徹底踐踏了法制。習近平此次推動「楓橋經驗」，意在借毛打周，徹底否定周永康十多年的高壓維穩政策。圖為法輪功學員遭警察暴力毆打。（明慧網）

2013年10月11日是毛澤東作出「楓橋經驗」批示50周年，中共在浙江杭州召開大會，黨魁習近平做了重要指示，中央書記處書記楊晶主持會議，中央政法委書記孟建柱出席並講話，全國人大副委員長王晨、公安部部長郭聲琨，最高法院院長周強，最高檢察院檢察長曹建明，中國法學會會長韓杼濱等出席會議，官媒對此進行了高調報導。

被毛澤東偷梁換柱的「楓橋經驗」

所謂「楓橋經驗」，最早是1963年毛澤民針對浙江省諸暨市楓橋鎮處理「四類分子」（地主、富農、反革命分子、壞分子）的經驗而做的批示。據北大賀衛方教授的博士生諶洪果在《「楓橋經驗」與中國特色的法治生成模式》一文中介紹，當時中共強調階級鬥爭，按人口5%

的指標對四類分子「關一批」、「判一批」、「殺一批」。起初楓橋地區政法委也是採取這種鬥爭方式，但效果不好，於是他們針對「武鬥好還是文鬥好」進行大討論，最後一致認為，「武鬥鬥皮肉，外焦裡不熟；文鬥擺事實、講道理，以理服人」，由此創造了「充分發動和依靠群眾，開展說理鬥爭，沒有打人，更沒有捕人，就地制服四類分子」的所謂「好經驗」。

這一經驗得到了正在杭州視察的毛澤東的肯定，當時毛澤東正在與劉少奇惡鬥爭權，需要有地方發言來展現自己的權威，於是毛把楓橋經驗歸納為「矛盾不上交，就地解決」，並要求把它作為「教育幹部的材料」，要「各地仿效、試點、推廣」。

不難發現，楓橋經驗其實違背了當時中共奉行的暴力鎮壓政策，而是用讓人精神屈服的方法維穩，不過卻被毛澤東偷梁換柱，說成了「矛盾不上交」的有利中共統治的方式。不難看出，楓橋的「好經驗」，和毛看中的「就地解決」，是不同的兩件事，毛卻故意攪和在一起，為其所用。

「楓橋經驗」各自解說

作為中共樹立的司法典型，楓橋經驗也在不斷變化。1978 年 4 月起，楓橋地區又在全國為「四類分子」摘帽，1979 年 2 月 5 日，《人民日報》還發表了《摘掉一頂帽，調動幾代人》的長篇通訊加以宣傳。直到那時，楓橋經驗都是針對所謂「階級敵人」的，到了 1980 年，官方文件才正式確定將「楓橋經驗」的重點轉向對違法犯罪人員的幫教改造，於是「改造對象」從「敵我矛盾」變成了「人民內部矛盾」。

1993 年，中央政法委、公安部、浙江省在諸暨召開楓橋經驗 30 年

紀念會，又把「楓橋經驗」樹立成為社會治安綜合治理的典範。1998年，浙江省公安廳、紹興市委和諸暨市委又組成聯合調查組，總結出「黨政動手、依靠群眾、立足預防、化解矛盾、維護穩定、促進發展」的「新時代楓橋經驗」。

2002年中共16大提出「建設小康社會」的目標，需要穩定的治安環境，「楓橋經驗」再度引起公安部的關注。2003年4月，「楓橋經驗」又被總結為「小事不出村、大事不出鎮，矛盾不上交」的核心理念，並以所謂「四前工作法」，建立了一整套由基層參與的「群防群治」維穩體系。

假大空的「楓橋經驗」

同中共搞的眾多政治運動一樣，「楓橋經驗」也充滿了黨八股式的各種口號標語，表面功夫做得很足。基本上司法系統各部門涉及的工作，他們都歸納成幾句順口溜來加以宣傳推廣。比如對公安要求：「人民公安為人民，社會治安眾人管」；對幹警風貌和態度：「人要精神、物要整潔、說話要和氣、辦事要公道」；對信訪崗位要求是：「一張笑臉相迎、一句您好問候、一把椅子讓座、一片真誠辦事、一聲再見送行，讓群眾少跑一趟路、少排一次隊、少等一分鐘」；「三個一樣」的要求：「外地人與本地人一個樣，幹部與群眾一個樣，法人與公民一個樣」；「四要四不要」的紀律：「要以理服人，不准以勢壓人；要耐心疏導，不准強迫粗暴；要調查研究，不准主觀臆斷；要廉潔奉公，不准營私舞弊」；「三勤一不怕」：「腳勤手勤嘴勤，不怕得罪人」；三訪工作機制：「變群眾上訪為幹部下訪，變坐等來訪為主動走訪，對疑難信訪實行聯動息訪」；「三幫三延伸」工作方法：「思想上幫心、生活上幫扶、

經濟上幫富；事先向監獄延伸、事中向生產生活延伸、事後向鞏固提高延伸」，等等諸如此類的假大空口號，不過實際上實施了多少，那是上報宣傳材料不會提及的。

比如楓橋經驗裡面談到，「為了健全信訪工作，楓橋鎮普遍推行『一日、一會、一卡、一表、一活動』的工作制度。一日即每月10日為領導信訪接待日；一會即鎮每月11日為聯繫會議日，黨政成員、辦事處書記、辦公室主任、派出所、法庭等有關職能部門領導參加彙報情況，研究工作，落實責任；一卡即建立信訪工作一案一卡制度；一表即《城關鎮社會矛盾糾紛和不安定因素登記匯總表》，一活動即建立為民解憂活動日制度，為每月12日和17日，並要求各部門聯合下基層接受群眾投訴，同時建立了民間糾紛和社會不安定因素排查調處工作制度。」

不過在現實中，訪民有冤屈，製造傷害的往往是政府官員。民告官，哪怕有「一日、一會、一卡、一表、一活動」的工作制度，也是難以解決問題的。何況大陸內部有統計說，在民眾上訪的案例中，70%以上都與政法委的錯誤有關，換句話說，正是由於政法委知法犯法，才促使官民矛盾如此對立，如此尖銳。楓橋經驗能把政法委自己管好嗎？

習近平的「平安浙江」

2002年習近平調任浙江後，在維穩方面提出重新推廣「楓橋經驗」，建設「平安浙江」。2013年4月大陸媒體報導說，「在『平安浙江』建設的近10個年頭中，民眾安全感滿意率達95.93%，被公認為中國最安全省份之一。僅2012年，該省刑事發案同比下降了1.07個百分點，其中各類生產安全事故起數、死亡人數和直接經濟損失分別下降4.3%、5.3%和6.8%，連續九年實現三個『零增長』目標。」

習近平任浙江省委書記時，還讓諸暨市楓橋法庭當選為「中國十佳法庭」，其法庭庭長、1966年出生的張學軍，2005年還被評為「全國先進工作者」。

到了 2013 年 10 月 11 日楓橋經驗 50 年紀念活動中，習近平在全國範圍內要求各級黨政部門在社會綜合治理過程中認識「楓橋經驗」的重大意義，繼承優良傳統，創新群眾工作方法，貫徹好中共的群眾路線。習說，50年前浙江楓橋幹部群眾創造的「楓橋經驗」就是「依靠群眾就地化解矛盾」，現在要根據形勢變化不斷賦予其新的內涵，使其成為全國政法綜治戰線的一面旗幟。

官民矛盾到了不可調和的程度

很多人認為，現在的中國社會和50年前已經完全不同了，首先是共產黨變得更壞了。50年前的中共官員還有點所謂「共產主義理想」，推廣這些假大空的東西還有點作用，如今共產主義徹底破產，那些動聽的謊言已經沒人信了，現在的中共官員唯利是圖，無惡不作，而且如今的老百姓也變了，整個社會風氣都敗壞墮落了，說服教育也不起作用了。

最關鍵的是，現在中共和民眾的矛盾已經到了不可調和的程度了，比如政府搶劫了老百姓的土地，拆了老百姓的房子，這些矛盾哪是基層官員能夠調解得了的呢？就以浙江為例，2013年10月10日，溫州市永嘉縣甌北鎮龍橋夜市上，城管暴力執法砸攤打人，遭到上千民眾圍堵抗議，溫州當局派出防暴警察鎮壓，場面血腥。官方出手打人，這是楓橋經驗嗎？

外媒評價說，習近平重提毛澤東的「楓橋經驗」，似乎再次強調了

中共新舊領導層的延續性,再次呼應了習近平上台出提出的「不能用後30年否定前30年」的提法。習此舉會「再次給批評者口實,說習近平具有毛澤東色彩,推行反民主和自由的政策。中國的自由派人士近來不斷批評習近平走沒有薄熙來的薄熙來路線,甚至還有人指責習近平是新版的毛澤東。」

不過,懂中共政治的人也從習近平這番表面的「推行毛語錄」中,看到了習的真實意圖:借毛打周,目的要在政法系統徹底否定周永康搞了十多年的高壓維穩政策,從根上廢除這個「維穩沙皇」。

借毛打周 全盤否定周永康

江澤民1999年鎮壓法輪功以來,在政法系統對法輪功大搞「打死算自殺」的「法外施法」,徹底踐踏了法制。十多年下來,這些違法行徑已經擴散到對待普通民眾身上。2003年大學生孫志剛因為沒帶暫住證就被派出所警察活活打死;楊佳因為一輛自行車就被打得喪失男性尊嚴,這些都源於江澤民對法輪功的非法鎮壓,導致公檢法系統徹查墮落。

在周永康主管政法委期間,動不動就用武力鎮壓民眾,根本談不上任何楓橋經驗,每年武警出動數百次,耗資巨大。據財政部公布,奧運後的2009年、2010年、2011年,中共公共安全支出分別為4744.09億元、5517.70億元及6293.32億元,年增幅在700餘億元左右。

《新紀元》曾報導,周永康在接到一些地方群體事件報告時,故意拖延時間,等待事態激化後,才向中央軍委要求調動大批武警,並謊稱是法輪功搞事,以此騙取調動大規模武警部隊的軍委批示,同時騙取巨額維穩經費,並讓政敵背黑鍋。著名的「甕安事件」就是一個例子。

18 大前，有外媒稱周永康手下有 250 萬公安，還有調動武警的權力，而時任中共總書記的胡錦濤掌控的軍隊有 200 多萬。周的權勢對中央早就造成威脅，當時武警受中共中央軍委與政法委雙重掌管，不過 2013 年 1 月 29 日，習近平視察武警部隊，其具有警告性的講話被認為是正徹底收繳江派手中所有武裝力量。

　　2012 年 4 月 24 日，新華社高調刊登了政治局常委、政法委書記周永康 3 月 26 日的一篇文章，該文章取自當時周在全國政法委書記首期培訓班上的講話。

　　人們發現，這篇講話實際上都是在重複胡錦濤的觀點，如「切實維護黨的執政地位」，「穩定是硬任務、第一責任」等，但據華府中國問題專家石藏山透露，「這個講話不僅與 3 月 19 日周永康在北京主持召開中央政法委員會第 22 次全體會議的講話內容完全不同，而且文章在為政法委全面重新定位，還徹底地否定了周永康過去所做的一切。」「周永康其實是在被講話，講話的信息全部是胡溫的內容，政法委的工作被全盤否定。」

公安一把手輪換 政法委將遭「斧劈」

　　習近平從胡溫手上接過權力後，繼續對政法委進行開刀手術。

　　2013 年 1 月 7 日，孟建柱在政法會議上提出，將在 2013 年底停止勞教制度，但隨後相關報導均遭詭異刪除。2 月 6 日，雲南首先提出勞教制度改革；兩會前的 3 月 3 日，湖南也對外宣稱已停止勞動教養審批，隨後全國各地勞教所都在悄悄放人，只出不進。

　　2013 年 10 月 10 日，中共政法系權威媒體《法制日報》刊登《22 位省級公安一把手跨省異地交流任職占比已超七成》的報導，透露中共

公安體系一把手官員的大整頓。

文章稱，大陸31個省、自治區、直轄市中，異地交流任職的省級公安廳局長已達22人，占比超過七成，而此前從2007年周永康任職政法委書記以來，大陸各地公安廳（局）一把手變動44人次，其中2008年後的四年間，變動只有19人次。2012年達九人次，而2013年1月至10月，則高達16人次。

近兩年來，中共省級公安部門「一把手」異地交流任職頻率明顯加快。分析認為，周永康在公安系統中的勢力再次遭到清洗。

《新紀元》2013年9月的345期封面故事中，率先獨家報導了18屆三中全會改革內容，其中一條就是各地法院、檢察院將脫離地方政府和地方政法委，受中央垂直掌管。撥款、人事都由最高法院決定。

據說習近平將效仿美國組建中共「國家安全委員會」，即在中央國家安全小組基礎上，「把公安、武警、司法、國家安全部、解放軍總參二部三部、總政聯絡部、外交部、外宣辦等部門，全部揉併在一起，成立一個大的國家安全委員會」。

據稱「中共中央、國務院、全國人大、全國政協，然後就是『國家安全委員會』，其後是法院和檢察院。」即最高法和最高檢最後將脫離政法委，同時政法委也將消亡。

地方政法委層面已經出現部分被清洗的徵兆，中央政法委方面也有被「斧劈」的痕跡。

周永康塌台全程大揭祕

第九章

周永康垂死瘋狂的反撲

2013年10月28日發生震驚國際的天安門車撞爆炸案,江派迅速定性為「東突」恐怖襲擊,不過,據北京消息稱,此為江澤民派系所為,以死亡來威脅正在人民大會堂舉行會議的習近平,並讓習在新疆問題上騎虎難下,承擔國際壓力。(AFP)

第一節

為保周永康 江派不惜搞核恐嚇

在國際聚焦江派周永康隨時會被逮捕的傳言下,江澤民集團內外交困,被迫亮出底牌:江派才是北韓背後的真正老闆。圖為周永康於 2010 年 10 月出訪北韓時,接受北韓前獨裁者金正日「款待」。(AFP)

在國際聚焦江澤民血債幫代表人物周永康隨時會被逮捕的傳言下,2013 年 7 月 3 日,被公認為中共香港喉舌「大公網」公開為周永康站台,藉刊文《揭祕周永康訪朝內幕》恐嚇習近平陣營和美國及國際社會。

分析稱,江澤民血債幫顯然藉此來威脅國際社會:若逮捕周永康,江派會不惜再利用北韓金家搞核武器來恐嚇美國、攪局國際。江澤民集團在內外交困的情況下,被迫亮出底牌:江派才是北韓背後的真正老闆。

大公網故意渲染周與北韓關係密切

自從王立軍出逃,周永康夥同薄熙來欲政變推翻習近平的消息傳出後,逮捕周永康的呼聲不斷,周的親信紛紛落馬。2013 年 4 月 29 日,周永康好不容易藉回母校露露面,但並無正規媒體報導,只有該中學的

校友網（還不是該中學的官方網）上面有兩篇短文，7月2日大公網剛披露此事，校友網馬上被大陸官方緊急刪除。

7月3日，大公網又罕見的用了51張圖片來刊登《揭祕周永康訪朝中共首次公開給金正恩的神祕禮物》一文。其中有些圖片並不是周永康訪北韓時所攝，而是周在北京接待北韓官員，很多內容重複，放那麼多圖片反而讓人覺得奇怪。

文章稱，2010年9月30日，金正恩首次在北韓媒體上公開亮相。「幾天後中國共產黨派時任政治局常委的周永康率團訪朝，成員包括王家瑞和孫政才等人，名義是慶祝勞動黨成立65周年。周永康此訪給了金正恩一個首次公開參與外交活動的機會。」

10月10日上午，平壤金日成廣場上舉行盛大閱兵式，金正恩被確立為第三代領導核心後再次公開亮相大型活動。周永康是唯一登上閱兵式主席台觀禮並與金正日全程同行的中國代表團成員。金正日還拉起周永康的手一同向人群揮手致意。

周永康在三天訪問中四次會見金正日，並與其他北韓領導人廣泛接觸，大公網稱「可見中朝關係再掀高潮」，但是媒體並沒有透露，周永康和金正恩是否有多次會晤，特別是交流過什麼問題。報導還加一句：「外界也關注到，周永康率團訪問北韓時，孫政才和金正日以及金正恩也有過接觸，這或許成了此訪的又一大看點。」言下之意是周永康多次單獨會見金正日及金正恩。

圖片中還介紹了周永康在北京人民大會堂會見北韓勞動黨中央書記太宗秀，周特意談到能源問題，稱自己長期在石油行業工作，深知能源對一個國家的重要性，中方願意和北韓加強交流合作云云。金正恩上台後，太宗秀就被調任北韓勞動黨咸鏡南道黨委責任書記，而北韓核試驗基地正位於咸鏡道。

北韓核武受中共控制

　　中共與北韓的關係,「文革」時可以說是兩個共黨嘍囉之間的關係,而最近幾十年,中共先是違背核不擴散協議,私下傳授和支持北韓搞核武器,然後在背地裡利用北韓在前台演雙簧,用核武器威脅國際社會,從而讓西方國家不得不邀請中共充當調停者,從而在人權方面對中共採取妥協態度。「北京六方會談」多年來毫無進展,就是因為陷入了中共的圈套。

　　而在中共內部,負責聯絡北韓的大多是江派人馬。人們從最近一次北韓核試驗就可看出端倪。

　　2013年2月11日,美國國務院網站在當地時間11日晚,正式公布題為「防止向伊朗、北韓和敘利亞擴散法」的聲明,對多國企業和個人實施制裁,其中包括保利集團、深圳市倍通科技有限公司、中國精密機械進出口公司、大連盛輝公司等中國企業和個人。保利集團由王震的兒子王軍控制。為了報復美國的制裁,中共下令北韓採取行動,結果第二天2月12日,北韓進行了第三次地下核試驗。

　　人們發現,往往北韓有意通過核試挑釁美國的時候,大多涉及中共內部強硬派對美國的威脅行動,或出於中共內鬥需要來捆綁中南海政治對手。

　　除了周永康跟北韓親近外,江澤民的「軍師」曾慶紅也曾與金正日打得火熱。2001年3月曾慶紅為江出訪打前站去北韓時,受到了金正日的熱烈歡迎,北韓後來還特意發行了曾慶紅與金正日在一起的郵票小型張。

北韓捲入中共高層內鬥

維基解密 2011 年 8 月 30 日公布一份資料透露，2010 年 2 月美國駐首爾大使館發回美國華府的祕密電報稱，南韓外交部次長千英宇 2010 年 2 月 17 日告訴大使，中共高層對北韓的態度有分歧。北韓的經濟已經崩潰，其政治將在金正日去世後「兩到三年內」崩潰。

中共高層對北韓態度的分歧，可體現在 2013 年 4 月的博鰲論壇上，剛剛上任的習近平第一次在國際社會面前亮相時表示，沒有一個國家應該被允許因為「一己之私」而擾亂世界和平。雖然習沒有直接點名北韓或提及核威脅，但《華爾街日報》4 月 8 日報導認為，這是中共公開責備平壤的一個重大動作，文章還稱，習近平這樣說話，不得不擔當很多國內政治風險，因為中共解放軍內部對北韓強烈支持，習對北韓的譴責，等於戳到了有些軍人的痛處。不過大陸輿論越來越反對北韓，一些學者公開呼籲中共拋棄這個曾經被宣傳為「唇齒相依」的社會主義鄰國。

4 月 13 日，中共國務院總理李克強在中南海紫光閣與美國國務卿克里見面時也表示：「在朝鮮半島和本地區挑事生事，會損害各方利益，也無異於搬起石頭砸自己的腳。」李克強力挺習近平態度明顯。

周永康親信均被查

2012 年底以來，與周永康關係密切的人紛紛落馬，最早的是四川省委副書記李春城，接下來是湖北政法委書記吳永文，然後是跟隨周永康 18 年的大祕書郭永祥。

7 月 9 日，中共《人民日報》下轄《環球人物》將筆墨聚焦到原四川省副省長、省人大常委會副主任，後轉入閒職的四川文聯主席郭永祥

身上,稱他是「農家子弟的官場沉浮」。文章質問為何郭永祥在閒職上落馬,暗示問題出在郭永祥背後的靠山上:「有人認為是『出手打老虎』」。

文章還披露郭永祥曾傳出與其他女性關係曖昧,在其任四川省委辦公廳主任時,曾將四川某市接待辦兩名美女調入省委辦,因上級過問才將她們轉其他部門。郭永祥 2009 年 2 月轉入文化領域後,在省文聯成立了藝術團,專門招一些年輕漂亮的女孩,黨刊稱這也和他的個人喜好有關。

周薄政變 北韓是退守地之一

2012 年 2 月 6 日,王立軍出逃美國使館時上交了很多祕密材料,其中包括薄熙來夥同周永康搞政變推翻習近平的陰謀。這個政變陰謀從 2008 年左右開始實施,計畫安排得很周密,連「新政府」誰當什麼官都做了安排。比如,司馬南出任中宣部長、趙本山任文化部長等。不過外界一直沒有得到消息,假如政變失敗,薄熙來與周永康是否安排了退路?應該退到何處才能留得青山在不怕沒柴燒,等待機會再度「鬧革命」呢?

就現有情報分析,周、薄準備了三條退路:

一是退守四川和雲南,利用成都軍區和昆明軍區的人馬,憑藉蜀道難的地理優勢抗衡中共中央。二是退守新疆,新疆一直是周永康的地盤,而且近年來薄熙來的密友王軍從中信退休後,也不斷在新疆發展,從王震時代起新疆就是左派的領地。薄熙來出事後,第一個帶頭營救薄的太子黨就是王軍。三就是退守北韓,王軍通過保利為北韓提供核武器,自然能夠使之聽命於自己,利用核武器威脅中南海,中南海沒有不讓步的,否則魚死網破,同歸於盡。

第二節

離奇！中央巡視組重慶遇襲

中央巡視組在重慶巡視時遇襲，分析稱，此舉是利益集團在挑釁宣稱「蒼蠅老虎一起打」的王岐山，豪賭王是否敢揪出背後的「大老虎」。（Getty Images）

在中共總書記習近平高唱反腐、中紀委書記王岐山「老虎」和「蒼蠅」一起打的號召下，中央巡視組高調巡視查貪。然而，中央巡視組在重慶巡視期間遇襲。事後，中共官方稱此次遇襲是針對巡視組而來。

2013年7月14日晚間，正當中共中央巡視組長徐光春在重慶市南岸區南城大道區委、區政府查看官員考勤紀錄、空餉情況時，停放在區委、區政府的兩輛吉普車突然起火燃燒。

事後官方稱，有人利用遙控技術點燃車上燃料焚燒，是針對巡視組。

早前消息指，以大型國營企業及省市來看，多事之秋的重慶是中央巡視組該次巡視的重點。據中共已公布的信息顯示，中央巡視組已進駐中儲糧、重慶、江西、貴州等。

據悉，中央第五巡視組抵達重慶，組長徐光春講話中稱，此次巡視工作的重點是查：貪污賄賂，腐化墮落；習八條是否存在形式主義；買官賣官，違規用人，搞團伙等。

北京大學政府管理學院教授汪玉凱在媒體上表示，從該次巡視對象的選擇上看，「選擇的巡視地點，應該都是非常有針對性的。」他認為，此次巡視對象的選擇，可能有一部分是常規性的巡視，但是「有的放矢的成分更大」。

地方利益集團豪賭王岐山

2013年5月27日，中央第一巡視組進駐中儲糧總公司，隨後，中儲糧黑龍江林甸直屬庫於5月31日發生火災，儲量達4.7萬噸的78個儲糧囤表面過火，據稱經濟損失達一億之多。

雖然官方媒體當時稱這場離奇大火是自然起火，但引發質疑，為何剛好發生在巡視組進駐中儲糧，而且從畫面看著火點不止一處。質疑稱中儲糧背後的縱火者是為了掩蓋貪污罪行，銷毀證據，阻止巡視組的調查。

也有海外分析稱，此舉是利益集團在豪賭王岐山，因為事件特別大，而且又是威脅到中共穩定的糧食問題，利益集團賭其不敢揪出背後的「大老虎」。

另外，中共黨媒6月發表了一篇文章，內容令人吃驚，稱原中紀委常委、中央第二巡視組組長祁培文曾在某省巡視時收到過恐嚇信，信上只有一句話：「這個地方沒有你做的事，玩一玩回去吧。你要是不回去，沒有好下場。」

第三節

三中全會前 習近平遭死亡威脅

北京天安門城樓前 2013 年 10 月 28 日發生吉普車撞人事件後，官方戒備明顯升級。（AFP）

2013 年 10 月 28 日，北京有人開車衝撞天安門金水橋護欄，車輛起火燃燒，事件震驚國際。事件發生當時，中共七名政治局常委正在緊靠天安門廣場的人民大會堂舉行會議，習近平等人聽到事件後極為驚愕。

負責破案的江派北京公安局負責人傅政華很快將此案定性為涉「東突」恐怖襲擊。這樣的把戲又是要欺騙老百姓，但知曉中共政治惡鬥的人都說，這如同令計劃的兒子被政治暗殺一樣，官場之人一看就明白：這顯然是對習李政權的一種恐嚇和製造難堪。

自從薄熙來事件後，江澤民派系利用赤裸裸的公開恐嚇方式早已不是第一次，從李旺陽事件開始，江派多次採取這類毫無顧忌的恐嚇手段，不但要殺人，而且故意讓人看出破綻，從而讓人知道這是故意殺人。江派這麼做的目的就是特地做給習近平看的，讓習知道假如不顧江派恐嚇再繼續幹下去，自己的生命隨時會發生類似險情。

李旺陽事件 江派警告不許為「六四」翻案

2012 年 6 月 6 日,「六四」民運人士李旺陽在湖南邵陽市一間醫院被發現「上吊」身亡,但當時失明失聰、行動極為不便、被嚴厲看管的李旺陽是如何走到窗戶邊上?如何往鐵柵欄上繫繩子?如何能雙腳站在地上讓自己上吊死亡的呢?明眼人一看就知道他是先被害死之後再被製造出自殺假象。

此前周永康控制的湖南政法委和國安警察,還故意暗中允許香港有線電視記者林建誠採訪到了李旺陽,等「六四硬漢」的消息傳遍全球後,江派又故意把李旺陽害死,結果導致民怨沸騰。特別是香港人,直接把矛頭對準了前來香港主持回歸紀念的胡錦濤。

在那之前有消息說,胡錦濤可能會在 23 年後平反「六四」,經過江派這麼一折騰,胡錦濤哪怕有這個心也不敢為了,因為民眾無法原諒中共當局依舊在 23 年後害死了「六四硬漢」,無論李旺陽是誰殺的,這筆債都會算到胡錦濤頭上,誰讓胡是中共一把手呢?江曾一手製造的李旺陽事件產生了極為流氓的效果。

「馬三家事件」與「習近平打的」 江派發死亡威脅

接下來是 2013 年 4 月 18 日,香港《大公報》發表獨家新聞《北京「的哥」:習近平總書記坐上了我的車》,「新華網」官方微博先證實「確有其事」,幾小時後又宣布此報導為虛假新聞。

據北京消息告訴《新紀元》,「習近平打的」事件是以曾慶紅和劉雲山為首的江派殘餘勢力對習近平發出的死亡威脅,習近平根本就沒有坐過出租車,劉雲山等江派的真實意圖是藉此威脅習近平不要再「越

界」碰觸法輪功問題。

消息稱，以曾慶紅和劉雲山為首的江派陣營，借助偽造習近平打的新聞的相關題字的意圖釋放信息，對習近平陣營傳遞「死亡威脅」。「一帆風順」幾個字，故意被寫成了類似「八 b（寶）山風順」的字樣。同時「帆」這個字，上面還故意多了一橫，更是暗示習近平再這麼搞下去，八寶山就會再多躺一個人。

為何江派要搞出這個假新聞呢？目的就是為了給「馬三家勞教所」的報導扣上假新聞的大帽子。2013年4月7日，與習近平、王岐山關係密切的大陸《財經》雜誌旗下的《Lens視覺》發表《走出馬三家》一文，揭露了部分馬三家勞教所的黑幕，引發國際對法輪功受迫害的關注。之後此文在大陸媒體上被刪除，然後再出現，出現「拉鋸戰」。接下來就發生了「習近平打的」事件。

光大事件 江派威脅搞垮中國經濟

再接下來是2013年8月16日，中國股市意外暴漲，一分多鐘內滬指突然升100點，暴漲逾5%，交易額達78億元。這個被國內外稱為「8·16光大烏龍指」事件導致大陸股市暴漲暴跌，引發中國證券史上最大錯帳交易糾紛。此時距離8月22日薄熙來出庭受審僅幾天。

此前薄熙來的哥哥薄熙永公開恐嚇說，他們（江派）能讓股市暴漲暴跌，他們有能力控制中國經濟從而影響中國政治，藉此威脅習近平陣營，給習近平下馬威，讓習派「見識」江派勢力在極端情況下可不惜毀掉中國經濟來「同歸於盡」。

天安門爆炸案旨在恐嚇習近平

薄熙來 2012 年 3 月 15 日被免除重慶市委書記職務後，3 月 18 日出現了轟動北京的令計劃兒子被謀殺的「法拉利事件」，接著 3 月 19 日周永康「警變」。天安門爆炸事件，也是在薄熙來 10 月 25 日被終審判無期後的三天左右。

北京消息稱，將事件升級為東突恐怖襲擊的目的是為了恐嚇國際社會、撕裂和分化中國社會及脅迫習近平。新疆一直是周永康的老巢，新疆很多衝突是周永康一夥因應其政治目的的需要而挑動發起的。「這起事件，圖片全部被封鎖，但是唯獨維族人涉案的風聲在第一時間內被放出，這其實已經都很明白了。」

江派在中共最高層失去權力，進而恐懼法輪功真相全面曝光。這次故意升級天安門案，製造民族撕裂，目的是為亂中奪權。此前有報導稱，曾慶紅列席港澳協調會時曾說：「香港出現政治混亂，要害是『奪權』、是搞『政治獨立體』……，越亂越好辦，按既定方針解決……」

江派把此事定性為「東突恐怖襲擊」，另一個目的就是給美國造成壓力。美國是新疆維權人士的支持者，給這起事件安上「東突恐怖襲擊」的名頭，會讓習近平在新疆問題上騎虎難下，並可能使得美國對此做出反彈，增加習的壓力。

江澤民吹捧與恐嚇 雙管齊下

令人奇怪的是，爆炸案兩天後的 10 月 30 日，海外有媒體稱，江澤民要給習近平「核心地位」。胡錦濤執政十年，江澤民一直也沒有給胡「核心地位」，人們只聽說「江核心」，胡上台後江派把持的官媒強調

的是「集體領導」，九個常委各管一攤，很多事胡錦濤都插不上話。

江派此舉完全是「此地無銀三百兩」，一邊對習近平進行恐嚇和撕裂中國社會、製造漢人和維吾爾族的衝突，一邊給習戴高帽子。類似的手法在人們關注薄熙來案時也曾經出現。

2013年7月22日薄案開審前，新華社轉發中共外交部網站的消息，稱江澤民與美國前國務卿基辛格會面，江在會面中給習近平戴上高帽稱，「習近平是一位非常能幹、有智慧的國家領導人。」但江澤民同時又奇怪地提到「中國新疆發生了暴力恐怖襲擊事件⋯⋯」希望習能更強硬。

當時中共官媒對江澤民的大尺度報導，曾被認為是江在薄熙來案開審之前，吹捧習近平，做姿態與薄熙來進行切割。但是江澤民話語中也被認為帶有威脅的成分。在隨後的8月22日到26日，薄熙來一審期間，薄當庭翻供，抵賴所有指控，玩弄中南海。江澤民的高帽加恐嚇手法表現露骨。

第四節
周永康政變暗殺內幕

《大紀元》獲悉，周永康曾策劃發動政變，刺殺習近平，兩年之內用薄熙來替代，但沒有成功；而且對胡錦濤也刺殺未遂。中南海高層的生死搏擊越演越烈，中共陷入前所未有的危機。（大紀元合成圖）

BBC：周永康被「雙規」

2013年12月4日，BBC中文網引消息稱，12月1日傍晚，中共政治局委員、中央辦公廳主任栗戰書帶著中央警衛局的人到中南海周永康家中宣布，對其進行立案調查，對他的行動實行比之前更嚴密的監視。與此同時，周永康的秘書、警衛員和司機，都被中紀委的人帶走了。

《大紀元》此前報導，周永康在18大前就已交出所有權力，並被調查和「軟禁」，之後周永康所有的露面都是為了平衡局勢，是被「安排」露面的，完全是中共為了保政權而營造的團結假象。

周永康的心腹、親信在18大後紛紛落馬。從周永康老巢四川省擴展到石油系統、政法系統。周永康的親信李春城、吳永文、郭永祥、蔣潔敏、李華林等相繼被調查。周永康家族的「錢袋子」和「大管家」、

四川商人吳兵也在 8 月初被抓。消息稱，周永康的兒子周斌已被逮捕並從海外被押解回北京。預示習王「反腐」在逐步逼近周永康。

海外推特有大量評論認為，周永康的主要罪行：謀殺、計畫發起針對一些關鍵國家領導人的刺殺政變，以及巨大的腐敗，結局應該比薄熙來壞。一名已退休的前政治局常委看了有關周永康案件的調查報告說，周永康是中國過去一百年來最大的暴徒、罪犯和組織犯罪頭目。

與此同時，周永康家族貪腐醜聞再次被大陸媒體大量曝光。財新網獨家報導《白手套米曉東》，稱周永康家族白手套——原中國海洋石油總公司幹部米曉東被帶走。12 月 2 日，台灣《聯合報》再次掀起「逮捕周永康」的報導高潮，海外媒體紛紛跟進。

百度驚現「周永康被控謀殺習近平」

2013 年 12 月 6 日凌晨，《大紀元》記者在百度搜索引擎輸入英文「zhouyongkang corruption（貪腐）」，不僅出現相關的英文報導，而且出現少數中文報導，內容是中央社的《陸網路可搜尋周永康涉貪報導》，甚至第三條還出現該社的《報導：周永康被控涉謀殺習近平》。

中央社報導中也證實了此現象，並表示，這是否顯示中共中央對於周永康可能涉及貪腐的消息管控有放鬆跡象，引起注意。

新浪微博也有網民隱晦地討論周永康可能近期要「出事兒了」的訊息；還有大陸媒體人在新浪微博表示，習近平設立一個特別小組調查周永康。

《大紀元》獲消息稱，網路再次瘋傳「周永康被抓」都是中共高層有意放風，只是以何種方式正式宣布，一直爭議不下，無法達到共識。也有北京公安局的人說，周永康被抓了，只是不知道官方什麼時候宣布。

周永康曾策劃刺殺習近平

海外中文媒體報導，據來自接近中南海的消息，在 2013 年北戴河會議前後，周永康至少兩次試圖暗殺習近平：一次是在會議室置放定時炸彈，另外一次是趁習近平在 301 醫院做體檢時施打毒針。

2012 年 2 月習近平訪美期間，美國副總統拜登曾明確告知習近平，在王立軍交給美國的材料中，有江澤民、周永康、曾慶紅和薄熙來等人密謀發動針對他的政變奪權的計畫，而且早已開始實施。

當時正是前重慶市委書記薄熙來馬仔王立軍 2 月 6 日出逃美國駐成都領館，揭發了薄熙來貪腐、勾結周永康謀反、一整套計畫整垮習近平，並曝光「活摘器官」黑幕之際。

2 月 14 日，美國媒體《華盛頓自由燈塔》證實此消息，稱王立軍交給美領館的材料中有關於薄熙來、周永康聯手圖謀發動政變、最終廢掉在中共 18 大接班掌權的習近平的計畫。

《大紀元》早前也報導，周永康和薄熙來在北京、重慶和成都五次會面，策劃薄熙來晉升政法委書記，並在上位兩年內強迫習近平下台。為此，周永康協助薄熙來和王立軍從德國購買最先進的竊聽設備，對九常委和其祕書、家人的機密資訊及很多談話進行監聽。

3 月 15 日中共兩會後，薄熙來被胡溫解職並遭控制，3 月 19 日夜突然傳出「北京出事了」，城內一度響起槍聲。消息稱，當日夜裡周永康動用京城能控制的武警發動政變，胡錦濤則急調 38 軍進城護衛，而後周永康政變失敗，反而被胡溫內控。

隨後《大紀元》獲悉，「3・19」政變後周永康即失去了權力，權力移交給時任公安部長孟建柱，只等著 18 大後下台。之後。胡錦濤將警衛局派駐的貼身警衛全數「炒魷魚」，遠遣至大牆外圍防守。然後換

上 38 軍調來的一個加強排，防止江澤民、周永康的人馬滲透。

此期間的 3 月 18 日，傳出令計劃兒子令谷的「法拉利事件」，令谷在這場車禍中身亡。後據《前哨》報導，令曾向中央提出申訴，要求對其子車禍死亡展開調查，揪出幕後殺兒凶手，並稱真相一日不大白，愛兒冰屍便一日不解凍。

有北京高層消息人士曾透露，2012 年 3 月 18 日的「法拉利事件」實質是「令計劃的兒子遭到政治謀殺，曾慶紅、周永康藉此施放恐怖，威脅高層其他人對薄熙來案『收手』」。令計劃是胡錦濤的「大內總管」、江澤民的眼中釘，江派對其恨之入骨，令和江之間的激烈對陣，開始於令計劃協助胡錦濤打掉江的隔代接班人陳良宇，讓江系大傷元氣。

2013 年《大紀元》曾獨家報導，在薄熙來發動的重慶打黑運動中，被判刑、裸身受訊的武漢億萬富商徐崇陽，曾被周永康密令北京政法委系統與湖北政法委聯手多次刑訊逼供，逼其承認三點：一、接受胡錦濤的「大內總管」令計劃的密令；二、自己是法輪功學員；三、同時接受美國情報部門的指令。

江派的目的是要把徐案辦成一個針對時任中央辦公廳主任令計劃、法輪功、美國政府的「鐵案」。徐崇陽向《大紀元》透露，其案是江派政變、打擊胡錦濤、溫家寶、令計劃嚴密策劃的一部分。

此外，在胡溫 2011 年底暗中調查王立軍、薄熙來之際，11 月底，胡錦濤的團派幹將、中共政治局委員、時任中組部長的李源潮到上海調研。據海外媒體《博訊》報導，當天下午二時左右，李源潮在中央警衛局貼身保鏢護衛下抵達上海市政府指定的衡山賓館。

電梯啟動上升後突然停電，卡在三樓和四樓之間。目擊者稱，約 20 分鐘後，電梯再次恢復工作，一下竄到四樓停下。電梯門打開後，只見李源潮手扶電梯壁，處於半癱狀態，而且臉色慘白，滿頭是汗。此

後，四名保鏢和警衛將李扶上擔架急速離去。沒隔多久，四名高大的軍人押著李源潮先前的兩個貼身保鏢，架著胳膊離開。幾個月後，當時的上海市政法委書記、公安局長、江澤民親侄吳志明被解除上海市政法委書記職務。

鑒於拜登對習近平亮出周薄奪嫡篡位的鐵證，以及江派安排的一連串「奪權暗殺」行動，習近平如夢初醒，不再理會自己是被江派大佬推入最高層的傳聞，加入了胡溫的「倒薄」聯盟，在當時九人制常委中，習近平投下的倒薄一票舉足輕重。

中南海內鬥加劇 習近平保安升級

隨著中南海內鬥越來越激烈，習近平的保安也在升級。2013 年 12 月 3 日，海外中文媒體報導，近日，在美國召開的研討會上，有學者披露習近平上台之後將自己的貼身警衛「大換班」。與此同時，旅德政治學者彭濤博士也撰文披露，習近平改革觸動到權貴們的根本利益，因此形勢波譎雲詭，習近平曾一度移居西山軍事指揮中心，以防不測。

習近平上台後，中央警衛局長依然是胡錦濤時期的曹清，但習卻將原有他身邊的警衛排全部換掉，由中央軍委從解放軍現役特種兵中重新選拔，歸中央軍委管，不歸中央警衛局管，而且直接聽命於習近平的親信中辦主任兼中央警衛局政委栗戰書，曹清實際上已無權調度習近平的貼身保鏢。

習近平出外的保安更是異乎尋常。2013 年 11 月 24 日晚習近平乘專機抵達山東臨沂市，並下榻陶然居。據海外茉莉花革命網站披露，有關人士爆料，山東省市縣共出動特警、武警、公安、消防機關人員達 9000 餘人，在陶然居，光狙擊手就 50 多人，街上便衣無數。當地所有

的訪民全都被控制起來。由於習近平要探訪朱村,當地政府事先給朱村撥款上億。

周永康刺殺胡錦濤 幾次都沒有成功

此外,消息還稱,周永康和江澤民還曾策劃、安排軍中的親信刺殺胡錦濤。

自 2002 年胡錦濤上台以來,胡江展開 10 年奪權的生死搏擊。2002 年,江澤民退休之際,心有不甘地交權給鄧小平隔代指定的接班人胡錦濤後,就一直在幕後干政,16 大暗控「軍變」,推羅幹進常委,自己賴在軍委主席位置上;17 大又推親信周永康進常委,擴大周永康政法委的權力,成為「第二中央」。

這是因為江澤民 1999 年發起鎮壓法輪功,遭到黨內外不同程度的反對,恐懼將來被清算的「奪權」行動。由此發生了多次暗殺胡錦濤未遂事件,海外媒體公開報導的刺殺行動就有三次。

一、 2006 年 5 月初,胡錦濤祕密來到青島視察北海艦隊。當胡乘坐中共一艘導彈驅逐艦到黃海視察時發生意外,同時兩艘軍艦向胡所在的導彈驅逐艦開火,打死驅逐艦上五名海軍,導彈驅逐艦立即載胡高速馳離艦隊演習海域,直到安全海域,胡換乘艦上的直升飛機飛回青島基地,未作停留,也未回北京,直飛雲南,一星期後,一切安排妥當才回北京。

二、2007 年 10 月 2 日,夏季特殊奧運會在上海開幕。胡錦濤出席開幕式,來自全世界 160 多個國家和地區的一萬多名特奧運動員、教練員共聚黃浦江畔。胡錦濤在上海西郊賓館宴請出席 2007 年世界夏季特奧會開幕式的國際貴賓。

據悉，保衛部門在胡錦濤下榻的上海西郊賓館地下車庫內發現，在食品專用車的司機坐墊下藏有 2.5 公斤裝有定時器的烈性炸藥。港媒稱，上海灘是江的老巢，從刺殺動機來看，係江澤民死黨所為。

三、2009 年 4 月 23 日，中共海軍史上規模最大的參與多國海上閱兵活動在青島海域舉行。閱兵開始之前，胡得到密報：江澤民的人馬準備在 23 日早上九時開始閱兵時，在 14 國海軍艦艇面前將胡擊斃，搞個震驚世界的「黃海謀殺案」。

胡因此突然改計畫，先會見 29 國海軍代表團團長。同時派軍中心腹將企圖「弒君」的海軍艦艇官兵搞定。12 時左右，胡身著西裝開始閱兵。儘管胡錦濤平安無事，但無法壓抑自己的憤怒。在青島出席海上閱兵活動，人們看到，胡身旁站著的軍委第一副主席、江澤民的親信郭伯雄行軍禮時，手瑟瑟發抖。

由於王立軍 2012 年 2 月出逃，使周薄政變計畫意外曝光，王立軍上司薄熙來隨之倒台，而周永康一直在力挺薄熙來。之後周永康殺人害命、淫亂、利用公權力買官賣官，其本人及家族巨額貪腐等醜聞滿天飛。不但政變刺殺計畫破產，周本人也被傳遭中共高層祕密調查，海外媒體聚焦其什麼時候被宣布下台。

薄熙來在 2012 年 3 月 9 日中共兩會時和 2013 年 8 月底的庭審中都透露，王立軍事件背後是政法委周永康。而周永康則是江澤民的外甥女婿，其進入政治局常委就是江澤民一手操辦的。

習陣營媒體刊「刑上大夫」

在全球聚焦「周永康被拘捕」的傳聞時，2013 年 12 月 2 日，被外界認為親習近平陣營的財經網發表署名冷眼的評論文章《封建社會真的

「刑不上大夫」嗎》,被指暗示意味強烈。此前,在「南周事件」之後,媒體拋出曝光馬三家黑幕的文章,震驚世界。

文中引述諸多學者的看法稱,歷朝歷代多有高官依律受刑,在事實層面否認了「刑不上大夫」。歷史學家錢穆曾表示,「刑不上大夫,禮不下庶人」,其實是說古代君主尊禮士人,對有罪者不施肉刑而往往賜其自盡。並列舉世人熟知的和珅被賜獄中自盡。

文中提到2013年8月出版的《朱鎔基上海講話實錄》。朱鎔基曾在1990年的一段講話中點明,由於中共官員與群眾不能在法律面前一律平等,總是「刑不上大夫」;對這個現象,人民群眾非常不滿。「薄熙來被公訴後,誰都不能心存『刑不上大夫』的僥倖。」

2013年6月,港媒曾刊出《習近平褫奪新舊常委「免死金牌」》一文說,習近平在一次中南海政治局常委擴大會議上表示與總理李克強一起草擬了一份反腐意見書。給「大老虎」的概念做了定位,只要舉報證據確鑿、國內外影響惡劣者,無論現職的還是退位的政治局常委,都必須接受立案調查。

周永康案涉三名前政治局常委

隨著習近平褫奪新舊常委「免死金牌」,江派鐵桿曾慶紅、羅幹及江澤民都有可能擺上台。

曾慶紅是江澤民時代的二號實權人物,號稱江的「大內總管」。據悉,江澤民身體越來越弱,曾慶紅已成為江澤民集團的實際掌門人。自2012年重慶事件爆發後,習近平與江澤民、曾慶紅就已決裂。

《大紀元》曾報導,中共前政治局常委、國家副主席曾慶紅作為中共「石油幫」幫主,被視為該幫的第一代「掌門人」,直到現在,他對

中國大陸石油行業仍有很大影響。石油系是維持江派生存的龐大資金的輸血庫,用於迫害法輪功。

為繼續迫害法輪功,江澤民以貪腐治國,中共央企和國企幾乎成了江派利益集團的搖錢樹,控制石油、電信、鐵道、金融等賺錢部門,作為迫害的經濟後援。江派等利益集團經過20多年的經營,早就盤踞、壟斷了中國的經濟命脈。

羅幹執行江澤民群體滅絕政策,採用的手段無所不用其極,對人的生命和人類尊嚴是極大的蔑視。在這個旨在鏟除法輪功的行動中,毒打、酷刑、綁架、死亡、洗腦成為迫害法輪功學員的「家常便飯」。

2001年羅幹炮製了「天安門自焚」驚天偽案,挑起大陸百姓對法輪功的仇恨。有知情人揭發,羅幹直接導演了這場自焚偽案。「國際教育發展組織」2001年8月14日在聯合國會議上,就「天安門自焚事件」,強烈譴責中共當局的「國家恐怖主義行徑」:所謂「天安門自焚事件」是對法輪功的構陷,涉及驚人的陰謀與謀殺。錄影分析表明,整個事件是「政府一手導演的」。中共代表團面對確鑿的證據,沒有辯詞。該聲明已被聯合國備案。

法輪功問題不解決 任何改革都枉然

被王立軍事件觸發的中南海激烈搏擊,實際上圍繞奪取18大將接掌中共最高領導權的接班人習近平的陰謀政變展開,被江澤民祕密選定接掌中共最高權力的是薄熙來,並非習近平,由於中共高層各種因素制約,江澤民被迫接受習近平作為18大中共最高層接班人。

江澤民、曾慶紅、周永康、羅幹等鎮壓法輪功的元凶,14年來犯下反人類的群體滅絕罪,前中共政法委書記羅幹用暗殺方式製造「天安

門自焚偽案」、政法委系統下的全中國勞教所與黑社會、貪官勾結，形成活體摘除法輪功學員器官的殺人網等驚人罪惡，為繼續掩蓋實事真相，江澤民、曾慶紅絕對不甘心讓出中共最高權力，這就是「江胡鬥」的核心，也是中共 16、17 大、18 大權鬥的核心。

當前中南海正發生的一切，不僅僅是中共高層權鬥的問題，而是涉及被掩蓋的重大真相將要昭然於世的大事。一個是中共當政者恐懼政變和活摘器官被曝光致政權倒台，一個是江派恐懼迫害法輪功被清算。

當局對法輪功學員的打壓，維持對一億人的鎮壓，涉及幾億人的家庭及親朋好友，花費巨大的財力。在沒有法律依據的情況下，法輪功學員打死算白死，財產可以任意被沒收，對這個社會的憲政和法制都畸形開口，很多人以這個名義為非作歹，社會陷入失控狀態。

最顯著的事就是活摘器官，因為利益巨大，法輪功學員可以任意被殺，人命毫無保障。延伸到各個層面，這類事就很多了：搶房子、搶土地，不是法輪功學員做的，也栽贓和陷害法輪功學員，只要扣上法輪功學員的名義就可以不追究，這個國家處於法律失控的邊緣，很多人以此牟取私利。

鎮壓法輪功讓法律失控了，國家就運行不下去了，習也走不下去了，不解決法輪功問題什麼也做不成，但如果要幹就會引起江派的恐懼。目前中共的政局就是僵局一盤，法輪功問題不解決，什麼事都解決不了，其他所有改革都不能解決根本問題。

第十章

周老虎掉進了十面埋伏

2013 年下半年，有消息稱，周永康已掉進十面埋伏。7 月底，連江派喉舌媒體也在報導周的罪行，並揚言要「絞殺周永康」；8 月中共北戴河會議上重點了討論如何處置周永康。

第一節

激戰！財新曝周家黑幕遭刪文

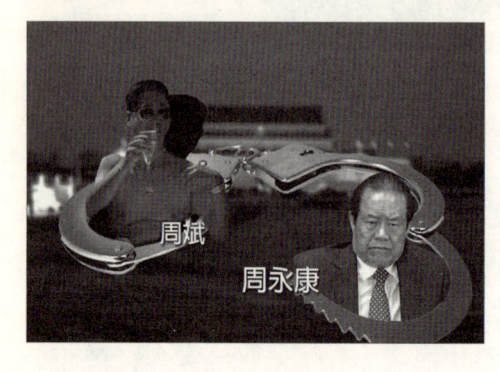

周永康兒子周斌被官媒財新網拋出，是薄案後中共向外界釋放的重大信號。（大紀元合成圖）

薄熙來案宣判後，周永康被外界公認是薄案續集的主角，習李陣營下一個反腐的大老虎。隨著中石油腐敗窩案的深度發酵，大陸媒體再度拋出重磅消息，將四川神祕商人吳兵背後更神祕的人物——周永康的兒子周斌、兒媳及岳父母一家推向公眾視野。

2013年9月25日，財新網首次批露周斌及其丈人一家在中石油系統的商業運作模式公司及內部關係。報導稱周斌在北京家中，證實此前外界稱周斌遭控制，被軟禁。周永康兒子被官媒拋出，這是薄案後中共向外界釋放的重大信號。根據中共官場潛規則，顯然大老虎周永康已出問題，間接證實此前外媒報導周永康被雙規或遭到專案組調查。

不過，這篇文章發布僅兩天的時間就被刪除，從中可看出中共高層博奕的激烈程度。財新網隸屬於財新傳媒，其總編輯胡舒立據傳與王岐山關係密切，一般被外界視為習近平陣營的大陸媒體，其屬下的財新網、新世紀等媒體通常帶有某種風向標的色彩。

2013年以來，財新網多次爆料周永康家族的醜聞，報導中提到周永康兒子周斌的名字也非首次，但這篇特稿對周斌和周永康管家吳兵經營公司的細節有更多的報料。分析認為，這篇特稿的目的可能是為了配合習近平陣營反腐打大老虎周永康做更多的鋪墊。

與此前一樣，報導採用半啞謎形式呈現：主角是周濱及其妻黃婉。

周濱與其岳父母被擺上台

財新網連續追蹤報導中石油腐敗窩案的背後利益鏈後，2013年9月25日以不起眼的標題《特稿：拉古娜海灘的黃家》，拋出了該案最重磅的信息。直接對準了周濱及其岳父母，將他們家族最隱祕腐敗的部分利益鏈公司做了詳細披露。

報導稱隨著中旭系吳兵等人被查「失聯」，已赴美20多年的黃渝生一家，因為中石油腐敗窩案也成為公眾人物。黃渝生夫婦是周濱的岳父母，黃渝生的女兒黃婉，英文名Fiona。黃渝生的父親黃汲清是中國地質史上重量級人物，也被官方稱為「中國的石油之父」。

1993年前後，21歲的周濱來到了美國德州一所大學，攻讀石油方面專業的研究生學位，即與黃婉生活一起。在2000年前後，周濱和黃婉的地址改為黃婉家人所居住的新澤西州，2000年後他們重心轉向國內，經常居住北京。

黃渝生的美國公司

據財新網報導披露，現年69歲的黃渝生，1986年來到美國，1992年他用英文名Steve Huang在新澤西註冊海斯科公司（Hysco

Corporation），2007 年底公司解散。

他們也從新澤西搬到加州，並在享譽全球的拉古娜海灘東北部的小城拉古娜伍茲處擁有兩處房產，屬於著名的養老勝地。2007 年 12 月、2008 年 4 月黃渝生註冊了兩間新公司，前者命名仍是海斯科，主要代理銷售井口設備，將外資的設備賣給中國油企。另一家「Newrun International」，但這兩家公司都在 2013 年 7 月 9 日全部解散。

黃家涉足中國境內商業中心

據財新網報導，黃家的商業重心早在 2002 年就開始轉移回中國境內，或許跟女兒、女婿回中國發展有關。

2002 年 6 月周濱岳母詹敏利在北京成立北京海斯科投資顧問有限公司，註冊資本為 10 萬人民幣。2004 年 11 月吊銷。

2003 年 8 月，詹敏利成立另一家公司北京中旭陽光科技發展有限公司，註冊資金 100 萬元，2006 年 7 月亦告註銷。

2004 年 4 月初，另一家中旭系的公司——北京中旭陽光石油天然氣科技有限公司在北京成立，註冊資金 500 萬元。詹敏利出資 400 萬元成大股東，趙明出資 100 萬元擔任法人，註冊地址在北四環中路華亭嘉園內。後該公司遷至北苑路 168 號中安盛業大廈。

2007 年註冊資金增至 2000 萬，其中詹敏利出資 1600 萬元。2010 年 2 月，該公司更名為北京中旭陽光能源科技股份公司。

據財新網之前報導，中旭系一直被認為是四川富商吳兵的產業，主要涉足水電、道路、房地產和文化娛樂。中旭陽光能源致力於石油天然氣領域信息化服務，成立三年後，即拿下中石油信息化大單，覆蓋旗下十多家省級分公司 8000 座加油站的零售管理系統。

周濱露面任中旭董事長

直到 2009 年 12 月 30 日，詹敏利將 1600 萬元股權轉讓給周濱，他才出現在中旭陽光的股東名單，法人和經理仍為趙明。2010 年 2 月，中旭陽光改制為股份公司，周濱持 2400 萬股占 80％，擔任董事長，岳父也進入董事會，岳母為監事。

2012 年 12 月開始，周濱突然不再擔任董事，由妻子黃婉出任董事長。目前北京中旭陽光能源網站無法打開，辦公室也不再掛牌。財新網報導稱中旭陽光能源只是周濱其中一個投資公司，他還有其他生意。

近日海外中文媒體披露，周永康的兒子從海外被押解回北京軟禁。財新網報導引用多位消息人士稱周斌已從境外回到北京家中。側面證實周濱在北京遭到控制。

周永康兒子、胞妹被拋出

此前，媒體多有報導，四川神祕商人吳兵被外界稱為周永康家的「白手套」，為周及其兒子非法所得的巨額黑錢進行漂白。自從 2013 年 8 月 1 日晚間吳兵在北京西客站被帶走，與外界失去聯繫。

8 月 30 日《南華早報》稱中共在北戴河會議上敲定對周永康展開調查，習親自下令徹查到底。隨後海外多家中文媒體稱周永康已經被軟禁，也有外媒稱其遭雙規。

9 月 11 日，《財經》雜誌副主編羅昌平微博發文稱，對吳兵的定性是周永康相關案件的風向標。9 月 19 日，捲入中石油案的上海惠生工程公司集團主席華邦嵩、財務部經理趙宏彬均在協助調查，被官方找去談話的人士向《紐約時報》披露跟周永康有關。

中國《21世紀經濟報導》披露，中石油子公司在四川一家鉀肥企業的股權變動中，涉嫌造成國有資產流失，而兩名神祕商人周峰及周玲英，被認為是幕後的最大受益者。據確認，周玲英即是周永康的胞妹。

2013年8月審判薄熙來案，在法庭內薄熙來當庭全盤翻供，江澤民集團勢力在法庭外運作給薄熙來「平反」，釋放各類假消息；與此同時，周永康在石油系經營30年的勢力，也迅速被習近平、李克強陣營給削除，四名中石油高管連帶前中石油董事長、現國資委主任蔣潔敏一起落馬，石油系遭到強震，至今沒有停止跡象。

第二節

被雙規前 周永康八次露面內幕

2013年10月。原本是秋高氣爽、登高遠望的好時節，不過這年的10月對中南海高官來說，日子並不好過。

首先是審判薄熙來出現了插曲，打大老虎運動遭到抵制，接下來準備11月召開的18屆三中全會，由於利益集團的阻撓，進展很不順利，加上習近平提出的「群眾路線教育活動」也被下面官員陽奉陰違，這些都讓習近平、李克強、王岐山心中憋了一大股火，偏偏10月1日所謂「國慶」時，號稱早已人工製造了無數晴天的氣象局，這次又當場露了餡，中共政治局常委七大佬出現在天安門廣場上時，傾盆大雨從天而降，中共官員們一個個身穿黑西裝、戴黑領帶、舉黑雨傘，加上默哀鞠躬，活脫脫的一個葬禮儀式。

中南海現任當權者不舒坦，卻不妨礙退了休的元老們趁金秋時節外出散心。不過懂得中共官場潛規則的人們都知道，那些退休高官們天天享樂，經常出遊，只是一般情況官方媒體都不報導，而報導出來的，都

是故意要求的,是要借其亮相露面的機會支持或反對某一政策,從而以曲線方式干預朝政。何況在 18 屆三中全會山雨欲來風滿樓之際,趁薄案二審還沒有確定之機,在這個空檔裡,舞台聚光燈暫時移到了政治老人身上。

人們發現,那段時間大陸網路報導了《胡錦濤遊黃山 再無人擋風景》的帖子,還有「江澤民剋星」李瑞環輕鬆觀球賽,推倒薄熙來的吳儀裸退後高調出席 2013 年 10 月 1 日中國石油大學 60 年校慶日,目的是反襯周永康的失勢。

周永康八次露面 「雙規只待習簽字」

不過周永康也沒有沉寂。自從周永康 2012 年 11 月卸任後,曾八次通過各種非官方渠道間接露面,暗示他的黨羽他還活著,下面的猢猻嘍囉不要亂來。有人稱,周永康的露面破了中共宣傳的潛規則:有問題的官員絕不會讓他出現在官方媒體的報導中,不過更早打破這個潛規則的是薄熙來。薄熙來在 2012 年 3 月 15 日被抓之前很長一段時間裡照舊能高調出現在官方媒體的「偉光正」報導中,哪怕 3 月 9 日還在全球媒體面前稱自己和家人如何清廉,薄谷開來這個殺人犯如何犧牲自己成全他的革命事業。

周永康最早露面是在 2013 年 4 月 29 日訪問了母校蘇州中學,江蘇書記羅志軍與省長李學勇全程陪同,但官方媒體沒有報導此事,隨後,四川多位與周永康貪腐相關的國企高管與民企富豪被調查;6 月 23 日,周永康視察山東中石化旗下的齊魯石化公司,只有「石油幫」的黨羽陪同,官媒不但沒有報導,反而在同一天,官方公布跟隨了周永康 18 年的前大祕書、原四川副省長郭永祥涉違紀被查。而在 9 月 18 日,山東

淄博市齊都公安局網站刊發 6 月 23 日周永康視察山東的舊聞，當天下午四點半，中共黨媒新華網即報導，薄熙來案將於 9 月 22 日 10 時公開宣判。

也就是說，周永康露面一次，官方對薄熙來與周永康案的調查和處理就升級一次。有消息稱，周永康去山東齊魯石化公司時，山東省委書記姜異康、省長郭樹清對周永康像躲瘟神一樣，避之大吉。周在濟南期間，兩人都按照慣例登門看望，但以工作繁忙為由，稱「不能陪首長到別的地方視察」，只找了省委祕書長代勞。

周永康 6 月到山東，但該新聞三個多月後才由齊都公安局網站披露。9 月 18 日，山東淄博市的齊都公安局網站刊發了《圓滿完成周永康同志視察齊魯石化公司警衛任務》的報導，並刊登兩張周永康 6 月 23 日視察時的相片。不過該消息被香港媒體曝光後，齊都公安局網站立即刪除該報導，而齊魯石化的官方網站上始終沒有報導周永康的來訪。與其相仿的是 4 月周永康回蘇州中學，7 月初香港媒體報導周永康這個露面後，蘇州中學校友網也緊急刪除，要與這位「著名校友」立馬切割。

究其原因，可能是因為最底層負責小網站的人信息閉塞，還不知道周永康被查的事，他們還像以往那樣把周的來訪當成新聞報導，但當海外媒體曝光此事後，小網站的上級馬上勒令下面趕緊刪除，於是出現兩次這種相同現象。

周永康的其他五次露面，是由官方報導出來的，不過都與「死人」、「悼念」有關，相當晦氣。如 7 月 7 日，周永康到八寶山公墓參加「石油幫」大佬陳烈民的告別儀式；7 月 22 日，在悼念中國工程院院士、「西南雜交水稻之父」周開達的名單中有周永康；8 月 2 日及 28 日，周永康以署名花圈參加了核子物理學家李正武、兩彈元勛劉西堯的葬禮；9

月4日,原中共廣東省顧問委員會主任王寧遺體在廣州火化,周永康的名字出現在悼念名單中。特別是北戴河會議後,多方消息都指證周永康遭到調查,「絞殺周永康」的說法在網路廣傳。有消息指周永康遭到軟禁。

周永康最近一次露面是在 2013 年 10 月 1 日,其回母校參加中國石油大學校慶。從周出行規格和接待規模看,身邊沒有北京官員陪同,只有中石油校方人員陪著,官方中央級媒體隻字未提;而第二天吳儀的露面,中共官媒卻高調報導。更是讓突顯周永康「被缺席」了應該參加的正式校慶大會,以及校友師生聯誼會,只是提前一天到母校走了一圈。

外界分析說,周永康之所以還能享有一定活動的自由,是因為他還處在中共中紀委調查階段。如何處理周,中共總書記習近平還在權衡之中,只差沒有在「雙規」周永康的報告上簽字。

其實周永康的每次露面,反而自曝其身處絕境,有消息說,周永康的次想露面,都得經過專案組批准,專案組每次也都在其露面後採取措施,進一步深入調查。於是,雙方你來我往不斷過招,不過那些還停留在以前官場潛規則的人,以為周永康露面了就平安無事了的基層官員,這次可能從薄熙來案中學到了經驗。

江澤民和兩罪犯合照曝光

除了周永康的主動露面外,江澤民也遭被動露面。薄熙來一審上訴消息傳出後,海外中文媒體曝光出兩張江澤民的照片:一張是薄熙來與江澤民的罕見合照,一張是薄谷開來陪江澤民唱歌的照片,如今薄谷二人都是階下囚了,而江澤民被曝光與囚犯的親密照,無疑有損「光輝形象」。

第一張照片上只有薄熙來和江澤民二人，江澤民身穿長袖白襯衣、黑色長褲，幾乎半躺著在一個沙發上，身邊的薄熙來則身穿短袖 T 恤衫、黑色長褲蹲坐在江的左側，面帶畢恭畢敬的微笑。從兩人表情上來看，關係很親密，照片上的薄熙來看起來才四十多歲的樣子。

　　第二張照片是薄谷開來陪江澤民唱歌。據《風聲雜誌》報導，1999 年大連建市百年，薄熙來進京求江去「視察」，江欣然應諾，薄熙來一家三口躬身陪伴遊玩，甚至一道入房唱 K；江還與薄谷開來一起深情對唱，所唱的是江最喜歡的義大利民歌《我的太陽》。

　　從這兩張照片看，很可能是江澤民 1999 年 8 月到大連時所拍，而且很可能就是薄熙來和薄谷開來拍的，因為這兩個畫面都是私人場所，外人根本無法得到這樣的鏡頭。薄熙來被查後，中紀委或專案組的人收繳了這些存放在薄家的照片，等薄提出上訴後，他們拿出來釋放到網路上，目標當然是針對江澤民了。

　　《新紀元》曾報導，1999 年 8 月 10 日，江澤民到遼寧，薄違背「活著的領導人不豎紀念碑、不掛巨幅畫像」的規定，在大連掛出了江的巨幅畫像。等江一到大連，看到自己的巨幅照片赫然懸掛在大連市中心的人民廣場，忍不住心花怒放，手舞足蹈起來。

　　事後僅一個多月，薄熙來便由大連市市長被提拔為大連市市委書記，隨後又很快竄升至遼寧省省長和商務部部長的職位。七年連升數級，從大連市長官至中共中央政治局委員，成了「黨和國家領導人」。

　　在大連期間，江澤民告訴薄熙來：「你對待法輪功，應表現強硬，才能有上升的資本。」江澤民一走，薄熙來立馬就開始殘酷鎮壓法輪功。

　　不但大肆抓捕大連法輪功學員，還把全中國各地到北京上訪被抓、而又無處可遣送關押的法輪功學員拉到大連和瀋陽。最令人髮指的是，根據江澤民的密令「打死法輪功學員算白死」，薄谷開來還「發明」了

一個新的「處置」法輪功的辦法：活摘法輪功學員器官用於移植手術，從而賺取大量暴利。薄熙來的支持下，大連扶持了兩個屍體加工廠，活摘器官及販賣屍體成了大連最賺錢的行業。更多詳情，請看《新紀元》出版的《薄谷開來案中奇案》與《王立軍、薄熙來案被掩蓋的內幕》。

2013 年 8 月 27 日，《大紀元》獲知情人鮑光授權獨家披露的錄音證實，2006 年 9 月 13 日時任中共商務部長的薄熙來隨同時任中共總理溫家寶訪問德國漢堡時的一段錄音文件中，親口承認了「江澤民下達了活摘法輪功學員器官的命令」。鮑光表示：「薄熙來雖被公審，但鑒於中央高層至今仍掩蓋薄熙來真正罪行，令人氣憤！」

薄熙來最終會把江澤民賣了

2013 年 10 月 9 日 15 時，山東省高級法院發布公告稱，「被告人薄熙來受賄、貪污、濫用職權一案，山東省濟南中級法院於 2013 年 9 月 22 日一審宣判。閉庭後，在上訴期限內，薄熙來不服一審判決，通過山東省濟南中院向本院遞交上訴狀。10 月 8 日上訴期滿後，本院予以受理。」

此前《華爾街日報》及《紐約時報》都透露，薄熙來早在 9 月 30 日即已向山東省高級法院提出上訴，但山東高院一直不願回應此事。這次山東高院的公告也沒有提及薄熙來是何時提出上訴的。法國廣播電台分析，可能是因為外媒率先透露薄熙來的上訴，官方才被動對外宣布上訴消息。

有人評論說，王立軍與薄熙來的勾結與反目，會再次出現在薄熙來與周永康，和薄熙來與江澤民的關係上，因為他們當初的結合都是出於私利，如今為了自保，必然會相互揭發，相互出賣。

在一審自辯時，薄熙來就提到：「和我密切的人我能數出 100 個來。」暗示他手中握有這 100 多個中共高官的「黑材料」。一審中薄熙來被控侵占公款 500 萬元所牽涉的「機密公共項目」，據說就是薄熙來為江澤民修建的別墅。而且在一審判決書中，也公開提到薄熙來的死黨、江澤民的外甥、現任遼寧省政協主席夏德仁。

由此可見，不但周永康處於絕境，江澤民也陷於泥潭了。這就是最近中共退休高官們頻繁亮相背後傳遞的政治啞謎。

第三節
習近平「辱敵」風格與手法

習近平對付政敵頗具風格,周永康露面同一天宣布其前大祕書郭永祥(左一)被查處;劉雲山亮相新職前一天宣布解職其心腹衣俊卿(左二);將蔣潔敏(左三)調任國資委再清查其在中石油的問題,以及讓周永康的親信傅政華(右一)負責調查周永康,步步逼宮,讓江澤民無棋可走。(新紀元資料室)

港媒:習近平讓傅政華負責調查周永康

中共18大習近平上台後,江派大員的鐵桿親信、心腹相繼落馬。

2013年10月,習近平成立特別工作組調查中共前政治局常委、政法委書記周永康的消息被多家外媒刊載。香港《南華早報》10月21日引述三名消息人士稱,習近平已經成立了特別工作組負責調查周永康。這一特別工作組由北京市公安局局長兼公安部副部長傅政華主導。

「習近平委派傅政華統籌近期關於周永康案的調查,而王岐山則負責總攬案情和反腐全域。」

北京公安局長傅政華,是江派大員原北京市委書記劉淇一手提拔的,也是江派鐵桿,為中共鎮壓法輪功的「血債幫」的重要成員。

此前,大陸全國範圍內的「打擊網路謠言」如火如荼,官媒披露幕

後推手正是新近兼任公安部副部長的北京市委常委、公安局長傅政華。

2012年10月，以中共召開18大為藉口，揚言要嚴打網路言論自由的傅政華，違反中共憲法，要求部下懲罰敢於向北京市公安局叫板的焦國標教授，遭到高層警告。中辦主任栗戰書和公安部長孟建柱給北京市市委書記郭金龍打招呼：希望北京市公安局不要給18大添亂。

傅政華是周永康的親信，參與周薄政變。

分析人士認為，習近平的這一安排是把傅政華擺在火上烤。海外評論人士羌天明認為，周永康曾經是中共公安系統的最高頭目，這就形成中共警方馬仔查中共警方前老大的局面；習近平指定傅政華為該小組的負責人，其實同時給傅政華、周永康和江澤民下了一個套，江澤民只能是啞巴吃黃連——有苦說不出。

習近平表面上是信任公安警方，重用傅政華，實際上則是暗藏殺機，步步逼宮，讓江澤民無棋可走。

蔣潔敏被調離中石油「擺在火上烤」

習近平對付傅政華的手法此前用在對付蔣潔敏身上。

2013年3月，《大紀元》獨家曝光中石化蔣潔敏被中紀委立案調查的消息，中共國資委於3月25日在其官方網站上更新國資委領導名錄：蔣潔敏任國資委主任、黨委副書記。

當時黨媒人民網發消息表面上為蔣潔敏「闢謠」，而所發的另一篇評論文章讓蔣潔敏成為熱議的焦點，並直接點明他目前的處境「能源類央企的壟斷地位向來備受社會詬病，會否拿自己的老東家中石油開刀，或將成為蔣潔敏不得不面對的一大難題。」

華府中國問題專家石藏山認為，前中石油董事長蔣潔敏被調離中石

油後,中紀委更方便介入和深入調查中石油,作為中石油的上級主管的國資委主任蔣潔敏將被放在火上烤,面對不斷曝光的中石油系統的貪腐實況,進退兩難,前後都是死路。

半年後,9月1日上午,中共中紀委宣布,蔣潔敏涉嫌「嚴重違紀」接受調查。

中共18大後,江系核心人物、前中共政治局常委周永康的心腹、親信紛紛落馬。從四川省擴展到石油系統、政法系統。

近期,海南省長蔣定之、環保部長周生賢的腐敗,都和周永康有關,但真正對周永康形成致命殺傷的還是蔣潔敏。

蔣潔敏是周永康在石油系統的心腹。據海外中文媒體報導稱,已經被雙規調查的前國資委主任蔣潔敏「全供出來了」,包括其背後「大老虎」前政法委書記周永康和前政治局常委、中共國家副主席曾慶紅。

劉雲山亮相新職前夕 公布解職衣俊卿

2013年1月18日,中共中央政治局常委劉雲山以中共中央精神文明建設指導委員會(簡稱,中央文明委)主任身分主持召開第一次中央文明委會議。

在前一天,官方發布了劉雲山的心腹、中央編譯局局長衣俊卿的副部級職務被解除的消息。這種安排被外界解讀為習近平選擇在劉雲山就任此職位的前一天給其來個下馬威,令其處境尷尬。

1月17日,中共黨媒發消息稱,中央編譯局局長衣俊卿因為生活作風問題,不適合繼續在現崗位工作,已被免去職務,由賈高建擔任中央編譯局局長。

前大陸國家新聞出版署署長、曾是習仲勛手下的杜導正曾對《大紀

元》表示,「南周事件」是「劉雲山公開與習唱反調」,這是毛左勢力與江系對習李上任後的攪局。尤其是江系的前意識形態主管李長春在幕後操縱,現任常委劉雲山聽命於李長春,才掀起如此巨大的政壇風波。

衣俊卿是江系宣傳系統的馬仔。消息稱,李長春掌控宣傳口期間,衣俊卿是李長春的「右臂」,劉雲山是李長春的「左膀」;而在劉雲山掌控宣傳口後,衣俊卿成為劉雲山的「左膀」。此次衣俊卿被免職,二屆常委李長春和劉雲山都保不住他,顯示中宣口實權已掌控在習近平手中。

周永康露面 官方宣布其前大祕書被查處

2013年6月23日,中共官方媒體突然向外界宣布,原四川省委常委、副省長郭永祥因涉嫌嚴重違紀,接受組織調查。

而郭永祥的另外一個身分是周永康曾經的大祕書,由石油系統、國土資源部到四川省,一路緊跟周永康。他是中共18大後落馬的第二個四川大員。

2013年9月28日,齊魯公安局官方網站發消息稱,6月23日,原中央政治局常委、中央政法委書記周永康來齊魯石化公司視察工作。即周永康露面的同一天,官方公布其前大祕書、原四川副省長郭永祥涉違紀被查。

據港媒報導,已經風雨飄搖的周永康6月23日到山東視察齊魯石化公司,山東省委書記姜異康、省長郭樹清避之大吉,以工作繁忙為由,只找了省委祕書長陪周到齊魯石化。

消息人士透露,姜異康和郭樹清之前已經聞到火藥味,對周永康像躲瘟神一樣,遠遠避開。

耐人尋味的是，周永康在齊魯石化露面的舊聞9月18日被香港媒體曝光之後，齊魯公安局網站立即刪除這一消息。而齊魯石化的官方網站，始終沒有報導這一消息。

與其相仿的事件還發生在2013年4月底。周永康回母校蘇州中學露面的消息於7月初被香港媒體披露後，同樣遭到蘇州中學校友網的緊急刪除，似有意要與周切割。

而中共部分媒體近期報導周永康「露面」的新聞多與死人有關，大部分是給已故中共高官送花圈的消息。

第四節
習與江派翻臉 廢除勞教內幕

中國勞教所發生許多慘絕人寰的罪惡，包括活摘法輪功學員器官的滔天罪行。圖為香港一法輪功真相點，向市民和大陸遊客徵簽制止中共活摘器官。（大紀元）

中共長達半個多世紀的勞教制度，飽受國內國際輿論的鞭撻，臭名遠揚。迫於海內外民意的巨大壓力而被廢除的勞教制度是中共整個政法委的核心，其中對法輪功學員「打死算白死」的無法無天、慘無人道的迫害，是江派最懼怕曝光的部分，也是中共至今仍舊繞開的最關鍵真相。

廢除勞教制度 習近平與江派翻臉

2013年11月15日，中共官方公布18屆三中全會《決定》，其中一項是廢除勞教制度。《大紀元》獲悉，為廢除勞教制度，習近平陣營與江派展開激烈搏鬥，習近平拍桌子與江派劉雲山翻臉。

此前，江派劉雲山，借助其所主管的宣傳領域不斷給習近平攪事，以一種戲弄的方式在官媒上報導習近平的「奇聞軼事」，使習近平變成茶餘飯後議論的話題，降低習的威信。

最嚴重的是2013年4月18日，香港《大公報》發表「習近平打的」的獨家新聞，被大陸媒體紛紛轉載，中共新華網官方微博也證實「確有其事」。幾個小時後，官媒新華社卻突然宣稱這是一條假消息，《大公報》為此公開道歉，大陸已經轉載的消息全部刪除，引起轟動和混亂。

有來自北京的消息稱，「習近平打的」事件，是以曾慶紅和劉雲山為首的江派殘餘勢力對習近平發出的死亡威脅，威脅其不要「越界」碰觸法輪功問題。

北京團河勞教所改名監獄 換湯不換藥

在中共公布「廢止勞教」的第二天，2013年11月16日，大陸傳來消息，北京團河勞教所悄然換牌，已改名為監獄。事實上，早在2013年年初，中共就已經開始在各地悄悄關閉勞教所，釋放被關押人員。

但同時，還有很多法輪功學員依舊沒有獲得自由，他們或是被轉移到法制學習班、洗腦班、黑監獄，或是被直接判刑，也就是說，迫害依舊持續。

因此，中共企圖掩蓋核心真相的廢除勞教，只不過是「換湯不換藥」的做法。

姍姍來遲的「新年禮物」早被悄悄換牌

2013年11月15日，中共18屆三中全會通過的《關於全面深化改

革若干重大問題的決定》內容正式披露，在其第九部分中，正式提出「廢止勞動教養制度」，並提出要「健全錯案防止、糾正、責任追究機制，嚴禁刑訊逼供、體罰虐待，嚴格實行非法證據排除規」，要「讓人民群眾在每一個司法案件中都感受到公平正義」。

11月16日，《法制晚報》報導稱，15日中央全面深化改革決定全文公布，勞教制度廢止的消息確認，有人這樣形容中央推進法治中國建設的這項舉措，「這是姍姍來遲的新年禮物。」

然而在團河勞教所，這處北京市最著名的勞教所，已於2013年7月改名換牌為北京市監獄團河二監區。

有消息人士稱，北京市勞教所的勞教人員於2013年夏天開始陸續釋放，目前本市已沒有勞教人員。

但同時，16日上午《法制晚報》記者在天堂河勞教所發現，大門口掛著兩塊牌子，一塊是「北京市天堂河勞動教養所」，另一塊是「北京市天堂河強制隔離戒毒所」。

留意勞教「變種」外媒關注法輪功

2013年11月19日，包括江天勇、唐吉田、滕彪、王成等數十位中國律師，聯合發表對中共當局「廢止勞教相關問題」的聲明，認為從1957年開始實施的勞教制度，是特定時空環境下的非法治產物，在中國的多個特定歷史階段，均不同程度的成為踐踏人權、破壞法治的工具。聲明強調：尤其是1999年以後，為打壓某一特定群體，勞教措施更加泛濫。

德國之聲援引大陸知名維權律師梁小軍的採訪表示，本次聲明重點在於提出「1999年以後，為打壓某一特定群體，勞教措施更加泛濫」；

國際特赦組織報告，中共當局自 1999 年 7 月後對法輪功學員進行打壓，其中即包括對該群體的勞教措施。

正如北京著名維權律師律師浦志強的擔憂一樣，梁小軍還表示，此次參與聲明的律師也關注到中國各地不斷建起的「法制教育中心」、「法制教育基地」等，很多「黑監獄」依然存在，律師們認為這是勞教廢止後，公權力依然可以不受約束任意限制公民自由的「變種」形式：「這些法律教育中心雖然現在主要針對的是法輪功，我們擔心將來會針對更多的公民，我們提醒大家注意『勞教』的變種，就是像『法制教育中心』的地方。」

法廣 11 月 17 日報導稱：中國長達半個多世紀的勞教制度飽受國內國際輿論的鞭撻而臭名遠揚。迫於海內外民意的巨大壓力而被廢除的勞教制度是中共整個政法委的核心，也是對法輪功學員迫害的場所之一。法輪功方面的消息說：「還有很多法輪功學員依舊沒有獲得自由，他們或是被轉移到法制學習班、洗腦班、黑監獄，或是被直接判刑，也就是說，迫害依舊在持續。」

11 月 19 日，德國之聲中文網報導稱：針對勞教制度廢止，大陸律師們建議中國人大常委會明文廢止《關於勞動教養問題的決定》；對勞教人員提出的國家賠償等依法辦理；及對一些法律制度之外運行的法制教育中心、法制學習班、訓誡所、各類「黑監獄」等變相勞教，進行取締和清理，並追究責任人的法律責任等。

勞教所紛紛解散 中共仍在犯罪

早在 2013 年年初，中國大陸的一些勞教所陸續解體，如北京新安勞教所、北京市女子勞教所，遼寧省朝陽市西大營子勞教所等等近期都

在釋放被關押的人,包括被非法關押的法輪功學員。

據明慧網報導,14年來勞教所是中共用來非法關押、酷刑、奴工迫害法輪功學員的主要機構,而這些年來中共對於法輪功的迫害手段、方式也在延展向社會的其他人群。下面略作分析。

法輪功學員遭改送洗腦班或判刑

■ 2013上半年全國被判刑、送洗腦班人數是勞教的45倍

勞教所的解體並沒有說明中共停止或減輕了迫害法輪功,近期關押到洗腦班、判刑的法輪功學員遠遠高於被勞教的法輪功學員,根據明慧網《2013上半年法輪功學員遭迫害統計》顯示,2013年上半年被判刑(包括非法庭審)445人,送洗腦班186人,兩者之和631是勞教人數14人的45倍。這說明中共僅僅在放棄勞教所這個形式,而其想抓的人不過換個場所關押而已。

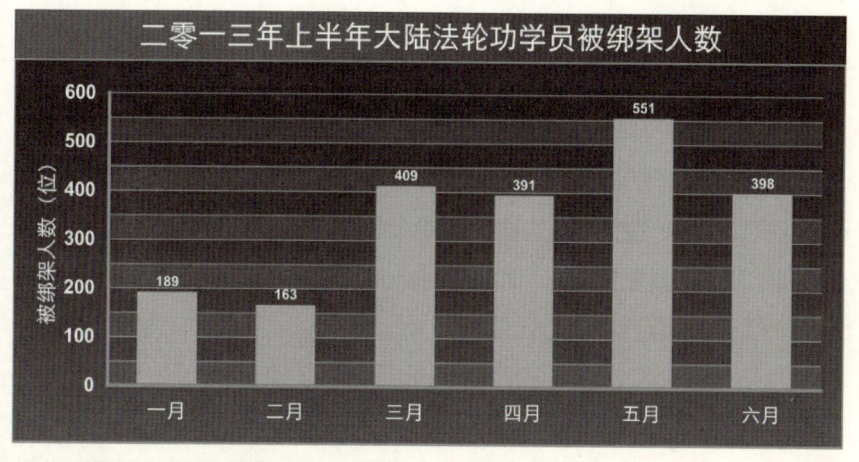

二零一三年上半年大陸法輪功學員被綁架人數

月份	被綁架人數(位)
一月	189
二月	163
三月	409
四月	391
五月	551
六月	398

2013年上半年大陸法輪功學員被綁架情況。(明慧網)

■**廣東省 2013 年 1 月至 7 月被判刑、非法庭審數遠大於勞教人數**

2013 年 1 月到 7 月，僅有兩名法輪功學員被勞教，九人被投入洗腦班，有十名法輪功學員被非法判刑，最高刑期八年，甚至 80 歲的老人還被非法判刑。而毫無證據、一拖再拖的非法庭審案例急遽增加到 22 人。

■**過去四年判刑及洗腦人數與被勞教人數比率一直上升**

以石家莊市為例，2008 年至 2012 年判刑加洗腦的人數與被勞教人數的比率一直在上升。

從全國、省、市數據分析看，中共對法輪功學員的迫害已經開始轉向洗腦班、監獄，勞教所迫害的形式變了，但是迫害的實質沒變。

活摘器官疑雲：法輪功學員頻被採血

2013 年 11 月 11 日，「明慧網」報導，被非法關押在北京市女子勞教所的法輪功學員，都有過這樣的經歷：大約每隔半年不到，就被強行抽血及做胸透檢查。所有法輪功學員在整個非法關押期間，被強行抽血次數高達八至十次之多。這種大量的、頻繁的靜脈採血及胸透，任何一個具備常識的人都會明白是極為反常的。

據勞教所警察表示，他們所用的汽車式移動胸透設備，是中共當局花巨資購買的。在抽血過程中，參與人員完全不按正規操作程序進行，不但傷口不進行消毒處理，且每次抽血量高達一針管。而抽血和胸透的結果，從來不會告知本人。

有哪一個具有正常思維的人，會把這些舉動看成是勞教所對法輪功學員的「關懷」？特別是勞教所正在用酷刑、用奴役把法輪功學員逼向生死邊緣。

中共活摘法輪功學員器官牟取暴利的滔天罪惡被曝光後，這一切就有了合理的解釋：採集法輪功學員身體、器官方面的信息，以備摘賣人體器官之需。那些檢查都是為邪黨活摘法輪功學員器官以牟取暴利的人體庫做準備的。

勞教所的驚天黑幕依舊被中共掩蓋

違憲、違法的勞教所是中國的「法外之地」，當局不需要經過任何司法程序就可以剝奪普通公民人身自由。在1999年江澤民和中共掀起迫害法輪功的狂濤後，政法委掌控下的勞教系統就被廣泛用於關押、酷刑折磨、奴役和強迫轉化洗腦法輪功學員。

數幾十萬甚至更多的法輪功學員被非法關押在各地的勞教所中。在江澤民滅絕人性的「打死算白死」、「不查身源、直接火化」祕密政策下，勞教所發生了許許多多慘絕人寰的罪惡，包括活摘法輪功學員器官的滔天罪行。

隨著勞教所真相的被廣泛曝光，習近平上台後，迫於國內外的壓力，更是出於清剿阻礙自己執政的江系政法委的需要，在2013年年初即宣布要停止勞教制度，並在18屆三中全會落實了「勝利」果實。

可以說，習近平此舉擊中了江系的要害，但仍然回避了迫害法輪功的真相，因此在這種程度上的「廢除勞教」也只是換湯不換藥。

回避法輪功 廢除勞教之戰是中共內鬥

據港媒《明報》日前報導，促成官方下決心改革勞教制度的原因有二個：外界對勞教制度「不經法律程序剝奪人身自由」的批評不絕於耳；

其二，2013 年部分停用勞教後，「維穩」壓力並未明顯增加。

勞教制度是江派政法委的罪惡核心，勞教所正是江澤民、周永康之流最怕人觸及的地方，是違背憲法最公開、最惡毒的地方。因此圍繞著勞教制度的改革問題，從 2013 年初江派與習近平陣營一直進行拉鋸戰。

2013 年 4 月 7 日，圍繞馬三家勞教酷刑曝光以及隨之帶出的法輪功真相，成為中國局勢敏感點，中共高層公開加劇分裂，中南海衝突持續升級。

1 月 7 日，中共中央政法委書記孟建柱曾宣布 2013 年停止使用勞教制度。但報導很快被詭異刪除。

3 月 17 日，中共兩會閉幕，中共國務院總理李克強在新聞發布會上稱，勞教改革方案將在年內出台。

4 月 7 日，《財經》旗下雜誌《Lens 視覺》刊登過濾了法輪功真相的《走出馬三家》長篇報導，揭露出馬三家勞教所部分黑幕，比如：老虎凳、電擊、黑小號、縛死人床等酷刑，引起海內外大量的輿論譴責。

4 月 8 日，大陸各大網站轉載《走出馬三家》被刪除，同時中宣部的密令曝光，對馬三家勞教所的報導及相關內容，一律不轉、不報、不評。隨後 4 月 9 日《Lens 視覺》雜誌網站的原文也被刪去。

中國時事評論員周曉輝表示，習近平以「廢除勞教」抓住了江系的七寸，但卻沒有招死，這讓那些在迫害法輪功的過程中身負血債的中共政法系高官以及基層的馬仔們還有折騰的空間，因為他們賭習近平會為了保黨而回避勞教所的真正黑幕，回避關鍵問題——法輪功。

第十章　周老虎掉進了十面埋伏

周永康垮台全程大揭祕

第十一章

「610」頭子李東生 殺不見血

周永康的頭號馬仔李東生（圖左）是「天安門自焚事件」的媒體策劃者，這種超大規模的「殺人不見血」的思想謀殺，讓李東生血債累累。（大紀元合成圖）

第一節

周永康頭號馬仔李東生的升官路

李東生為周永康拉皮條,而成為周的馬仔,從宣傳系統轉入政法系統,官拜公安部副部長,並成為專職迫害法輪功的「610辦公室」頭子。(新紀元資料室)

　　周永康的頭號馬仔李東生是「天安門自焚事件」的媒體策劃者、實施者和傳播者;是江派血債幫負責反法輪功宣傳的黑手,操弄這超大規模的「殺人不見血」的精神欺騙和思想謀殺,讓李東生血債累累,最終走上通往地獄的毀滅之路。

　　2013年9月,繼周永康在「石油幫」的心腹蔣潔敏落馬不久,海外傳出周永康在政法委的心腹李東生、曹建明被拘查的消息。《新紀元》在343期報導此事後,人們一直在等待進一步的消息。三個月後的2013年12月20日,中共中紀委監察部網站發布正式通告稱:「中央防範和處理X教問題領導小組副組長、辦公室主任,公安部黨委副書記、副部長李東生涉嫌嚴重違紀違法,目前正接受組織調查。」

　　此通告雖然只有短短59字,卻包含了巨大豐富的內涵。一方面證實了海外「小道消息」的準確性,同時也被解讀為周永康案定性的轉折點:官方可能不只是在經濟貪腐上定罪周永康,很可能會在政治上、特

別是鎮壓法輪功問題上追究政法委的罪行，特別是在活摘器官問題上抓出幾個主要罪魁禍首，給民眾和國際社會一個交代。

李東生工作的「610辦公室」的祕密來由

人們注意到，中紀委在介紹李東生時最先說他是「中央防範和處理X教問題領導小組副組長、辦公室主任」這個中共官方很少對外公開的身分，最後才說他是公安部副部長，也就是暗示說，中紀委追查他的「嚴重違紀違法」是在這個特別小組中的事。

《新紀元》以前報導過，「中央防範和處理X教問題領導小組」成立之初叫「中央處理法輪功問題領導小組」，是江澤民一意孤行在1999年6月10日成立的臨時性黨務機構，於是簡稱「610辦公室」，當時中共政治局其他六名常委都在此事上反對江澤民。

法輪功1992年由李洪志先生最先從吉林長春傳出，教人按照「真善忍」的宇宙原理做好人，不但在祛病健身方面有奇效，而且能迅速提高修煉者的道德思想境界，到1998年底，大陸學煉法輪功的群眾人數達到一億，超過了中共黨員人數。這令妒嫉心重的江澤民極度不安，於是下令羅幹不斷在基層騷擾法輪功學員。

1999年4月25日，羅幹讓其連襟何祚庥拋出所謂「法輪功會像白蓮教那樣亡黨亡國」的謊言，在天津抓捕了大量煉功群眾後，引導他們到北京上訪。4月25日，聞訊而來的部分北京、天津、河北法輪功學員到位於天安門附近的府右街國家信訪局上訪，當天朱鎔基基本圓滿解決了此事，同意放人並支持法輪功自由煉功，但江澤民看見上萬法輪功學員如此「有組織、有紀律，比軍隊還聽話」，妒嫉攻心，加上為了藉政治運動樹立其權威，於是當天晚上，江澤民寫信給每個政治局常委，

要求鎮壓法輪功。

據知情人向《新紀元》透露:「李鵬投了棄權票,朱鎔基、李瑞環、尉健行、李嵐清都投了反對票。最令江澤民吃驚的是,當時已經是『王儲』、一直當小媳婦的胡錦濤,也舉手投了反對票。」六比一,按理說鎮壓法輪功就無法通過。朱鎔基、李瑞環認為,對於一種「氣功」完全沒有必要大動干戈,更沒必要搞成巨大的運動。江還在自己的家裡遇到了反對,因為當時他的妻子王冶坪、孫子江志成都在煉法輪功。這令江愈加妒嫉惱怒,於是祭出「黨性」、編造打壓藉口說,在共產黨控制下的中國,不能容忍一個不受共產黨控制的組織發展到如此規模,否則,他們終有一天會取代共產黨。

當時李瑞環說:「你這種擔心是不是你自己高抬了氣功?」朱鎔基還引用調查數據說:「法輪功能祛病健身,為國家節約了很多醫藥費,煉的人很多是中老年人和婦女,他們想煉就煉唄。」哪知江一聽,馬上像蛤蟆一樣跳得老高,又喊又叫地雙手咆哮道:「糊塗!糊塗!糊塗!亡黨亡國啊!滅掉!滅掉!堅決滅掉!」

為了讓政治局六個常委同意他的鎮壓,江澤民指使曾慶紅命令在紐約的特工送回一份假情報,謊稱:法輪功得到美國中情局每年數千萬的資助,法輪功有海外背景等等。於是在謊言加高壓下,以江澤民為首的中共,向上億善良民眾舉起了屠刀。

江澤民仿照文化大革命時期毛澤東一意孤行發動「文革」時的伎倆,成立了一個超越法制、凌駕在正常機構之上的「中央文革領導小組」,江澤民成立了「中央處理法輪功問題領導小組」,因其成立時間是 1999 年 6 月 10 日而被叫作「中央 610 辦公室」。

中共高層先後任此小組組長的有李嵐清、羅幹、周永康,歷任中央「610 辦公室」主任有王茂林、劉京、李東生,都因迫害法輪功而血債

累累。

　　「610」通過政法委控制公安、法院、檢察院、國安、武裝警察系統，還可以隨時調動外交、教育、司法、國務院、軍隊、衛生等資源，迫使政府機構配合其對法輪功的迫害。該機構從成立、組織結構、隸屬關係、運作和經費各個方面都打破了政府的現有構架，並有超出中國現有憲法和法律的權力和任意使用的資源。由於該「610辦公室」全面控制了所有與法輪功有關的事務，因而成了江澤民迫害法輪功的私人指揮系統和執行機構，是一個類似於納粹蓋世太保的龐大犯罪組織。

　　長期以來，中共一直對「610辦公室」諱莫如深，概因其迫害法輪功而臭名昭著，同時法輪功問題是中共的禁忌話題，隱藏駭人聽聞的迫害內幕，極其恐懼真相曝光。

美國國會稱「610」是法外機構

　　資料顯示，1999年6月10日，江澤民強行下令成立了中共「中央處理法輪功問題領導小組」，下設中央處理法輪功問題領導小組辦公室（對外稱「中央610辦公室」）。2000年9月，國務院防範和處理X教問題辦公室成立，與中央「610辦公室」合署辦公。兩者一個機構兩塊牌子，列入中共中央直屬機構序列。兩個辦公室皆與中共中央政法委合署辦公。該辦公室內設一局、二局、三局。當時「610」組長是江澤民的好朋友李嵐清。2002年李嵐清退休後，羅幹擔任「610」組長，2007年後是周永康。相應的「610辦公室」主任是原王茂林、劉京、李東生。

　　什麼時候「610」由法輪功小組改為X教小組呢？1999年10月，江澤民會見法國《費加羅》報記者時，隨口把法輪功稱為X教，在沒

有經過人大立法和國家批准的情況下,江澤民就憑自己一句話,就把法輪功誣陷為了 X 教,「610 辦公室」也相應改名為「中央防範和處理 X 教問題領導小組」。

由於違背法律,言不正、名不順,中共歷來不敢公開大肆宣傳「610 辦公室」的存在,當國際社會質疑其罪行時,中共一度還否認「610」的存在。不過這次定罪李東生,第一個涉及罪行的職務就是「610」副主任,要不是中紀委在其官方網站上公布消息,很多專家都不知道李東生從 1999 年 6 月 10 日成立之初,就是「610 辦公室」的副主任。

美國國會及行政部門中國問題委員會把「610 辦公室」稱為是中共管理的國家安全「法外機構」(extralegal, Party-run security apparatus),就是不受法律管轄的無法無天的機構。2012 年 10 月 10 日,美國國會在 2012 年度報告中引用「明慧網」的統計資料表示:「610 仍然在大力度實行迫害法輪功政策,至 2012 年 6 月有 3533 名法輪功學員被迫害致死。」

中共 18 大之後,獨立機構「美國國際宗教自由委員會」(International Religious Freedom)在一份報告中表示,中共成立凌駕於法律之上的組織「610 辦公室」,又稱為「再教育中心」,正企圖「剷除」法輪功。該報告指稱:有「大量的法輪功學員被監禁,而且那些拒絕放棄信仰的人將遭受酷刑,包括羈押中死亡的可信報導及拿其成員做精神病實驗。」法輪功學員被拘留人數的準確數字難以統計。

美國國務院 2012 年報告還表示,中國勞教所中官方記錄的 25 萬囚犯中,至少有一半是法輪功學員。聯合國酷刑問題特別報告員估計,在拘留期間,被指控的酷刑受害者中三分之二是法輪功學員,並呼籲對中共官方批准的活摘法輪功學員器官的指控進行獨立調查。

江胡鬥、江習鬥的核心是法輪功問題

　　李東生 1955 年 12 月出生在山東諸城。有消息說，1970 年代初，李東生被選中當上了華國鋒的警衛，後來還當上了兼職攝影師。雖然鄧小平上台後華國鋒被貶，但善於攀附權貴的李東生馬上轉向，上海復旦大學新聞系畢業後，他分到中央電視台工作，從記者幹起，在隨後 20 年裡，相繼被提升為新聞部時政組副組長、政文部副主任、新聞採訪部副主任、主任、新聞中心主任和副台長。

　　李東生的「飛黃騰達」，與他討好當時主管宣傳的政治局常委李長春有關。在 2002 年至 2009 年任職中宣部期間，李東生「秉承」中宣部部長李長春的指使，嚴控媒體。他不僅是 2005 年《新京報》事件和《冰點》事件的幕後黑手，還是中宣部臭名昭著的「新聞閱評組」的具體主管者。他多次傳達李長春和劉雲山「對新聞閱評工作的重要批示」，大拍李長春和劉雲山的馬屁，並因此贏得了二人的信任。

　　但李東生從一個文職媒體人，變成掌控 200 萬刀槍的副總警監，2009 年，年過半百的李東生為何要「改行」呢？誰主導了這個變化呢？

　　《新紀元》2013 年 12 月出版的暢銷書《周永康垮台的驚天內幕》獨家披露了相關祕密。答案很簡單：表面上是李東生性賄賂周永康，周提拔了李東生，其實是江澤民為了逃避清算而不得不在政法委新梯隊尋找自己的代言人，就跟江澤民選中薄熙來、周永康一樣，為的是延續對法輪功的鎮壓，以至於後來當權者無法對其罪行進行處理。

　　書中獨家披露了周永康是如何變成「江主席的人」。一方面是周永康殺妻後娶了江澤民妻子王冶坪妹妹的小女兒，另一方面是江澤民主動安排指使的。當時羅幹由於年齡大，必須退休了，而胡錦濤又是反對鎮壓法輪功，因此江澤民、曾慶紅急需物色人馬接替羅幹的政法委書記職

務,繼續推行鎮壓政策。

《新紀元》曾報導,據一名「610」官員透露,2001年江澤民在一次布置對法輪功打壓的會議上表示,原各地「610辦公室」是以各地政府名義設立的,但由於公安、國安、司法等部門消極對待等現象已經使得「各地法輪功事件不但沒有減少的趨勢,反而越演越烈」。會上江提出要在國家安全廳、公安廳、各地公安局也增加設立相應的「610辦公室」,這時胡錦濤說:「增加『610』機構得增加人員編制,經費不少。」江立刻大怒,衝著胡錦濤咆哮道:「都要奪你權了,什麼編制不編制、經費不經費的!」江在鎮壓法輪功上要求胡錦濤「要錢給錢,要人給人」。

胡錦濤雖然照辦了,但江深恐一旦胡真正掌權就會否定自己的鎮壓政策,並且會在強烈民怨的敦促下清算這場不該發生的政治迫害。於是,擔心被胡錦濤否定,一直是江澤民的最大「心病」,這也是江澤民怨恨胡錦濤的最根本原因,並以此做出了一系列「戀權不放」的布署,如在中共16大中把政治局常委從六人增加到九人,為的是把羅幹擠進去;在17大中也搞九人常委,拚命把周永康和李長春塞進去;在中共18大上,劉雲山、張德江、張高麗也是江派拚死拚活搶得的三席位。

隨後進行的20多年「江胡鬥」以及現在正在進行的「江習鬥」的核心問題,就是法輪功問題,因為江澤民在1999年挑選提拔官員的主要標準就是在鎮壓法輪功問題上能否出賣良知地幫助江澤民,誰欠下的法輪功血債越多,誰就最贏得江澤民的信任和提拔,薄熙來、周永康就是這樣升官發財的。

李東生擅長搞誣陷而被江周看中

書中披露說,1990年代末期,一心想往上爬的中央電視台的副台

長李東生，與曾慶紅的弟弟曾慶淮大搞美女外交，將旗下的美女主播介紹給政界要員，以擴大自己的影響力。常常參加他們小型聚會的美女們包括宋祖英、湯燦、王小丫、蔣梅和賈曉燁等。參與聚會的政要們主要是曾慶紅的關係網和羅幹等政法系統人馬。

當時周永康正準備出任四川省委書記。由於曾慶紅是周永康的把兄弟，兩人都喜歡玩女人。通過曾慶紅的關係，曾慶淮和李東生將賈曉燁介紹給了周永康。當時李東生希望湯燦可以跟隨周永康，但顯然周永康對賈曉燁與江澤民的親戚關係更有興趣。

當周永康與賈曉燁搞上後，不久就傳來周永康分居的妻子在一次神祕車禍中喪生的消息。對此事了解內情的原中國人民公安大學法律系資深法學專家趙遠明堅稱，周妻是被周永康謀殺的。2013年12月有海外媒體報導說，據周永康的兩名前司機供認，周下令通過車禍的方式謀殺了髮妻。兩名司機都是武警，被捕後判處15至20年徒刑，但僅關押了三、四年就釋放了，被安排到石油系統工作。其中一名司機成為車隊副隊長，另外一名調往山東中石油，成為副總經理。薄熙來事件後，兩名司機再次被捕，供認當年是受命謀殺。

周永康由於有曾慶紅和江澤民外甥女婿的雙重關係，外加小聚會上的特殊友誼，周很快建立了與羅幹的親密關係，並成了羅幹政法委書記的接班人，最後進了政治局常委，兼中央政法委員會書記。而從中「拉皮條」的中央電視台副台長李東生，最終也從宣傳系統轉入政法系統，官拜公安部副部長。

但這裡面還有一個被人忽視的祕密，就是江澤民想要利用李東生在造謠宣傳方面的「特殊本領」來為其迫害法輪功出力。大陸媒體報導，1994年4月1日，央視新聞中心推出了每天一期的新聞評論性欄目《焦點訪談》，李東生是主要創意、組織、終審者之一。《焦點訪談》節目

是李東生的「成名之作」。於是在 1999 年 6 月 10 日，江澤民任命李東生為「610 辦公室」副主任，李東生的升官之路其實從那時就打通了，不過這條仕途之路，也成了李東生通向地獄的毀滅之路。

《焦點訪談》利用並欺騙殺人犯造假

1999 年 12 月 29 日，《焦點訪談》的「鄒剛殺人案」是一起利用殺人犯造假的案例。據追查國際調查報告顯示，39 歲鄒剛是松花江林業總局種子站職工，從小就有幻聽、幻視、幻覺等精神異常症狀，案發前兩天其精神已嚴重錯亂。案發前一天，家屬為給鄒剛治療曾聯繫哈爾濱太平精神病院。

但《焦點訪談》節目為了配合當局鎮壓法輪功進行構陷，欺騙鄒剛如果配合說是練法輪功練的就保他不死。然而，當鄒剛被利用完後仍被處死滅口。

2000 年第二期《黑龍江內參》刊登的《對自稱「法輪功」練習者鄒剛犯罪情況的調查》中表示：記者會同公安及有關部門對鄒剛的犯罪情況進行調查，初步查明，除鄒剛自稱是「法輪功」練習者外，未發現其有煉法輪功其他證據。而且據法輪功經典書籍《轉法輪》第七講「殺生問題」有明確規定：「煉功人不能殺生。」

李東生是「天安門自焚」偽案媒體策劃人

李東生編造的謊言，最出名的就是所謂「天安門自焚案」。2001 年 1 月 23 日中國新年除夕，當時在江澤民對法輪功的迫害難以為繼的形勢下，天安門廣場上發生了幾人點汽油想燒死自己、而隨後即被帶滅

火器的巡邏警察撲滅的「天安門自焚案」。

中央電視台不但對這個突發事件進行了最快報導，還有長鏡頭、短鏡頭的各種現場錄像播放在《焦點訪談》節目裡。中共當局高調把事件栽贓在法輪功上，藉存活者之口謊稱他們是想「自焚升天」。如此殘害生命的行為，激起了被洗腦操控的大陸民眾的憤慨，江澤民一夥由此達到了讓民眾仇恨法輪功的效果，從而令迫害升級。

不過人們很快發現，那些冒充法輪功的自焚者根本不煉法輪功，而且法輪功作為佛家功法，一再強調不能殺生，包括不能自殺。另外，天安門廣場執勤的警察怎麼會在那一天背上滅火器巡邏呢？警察為何手拿滅火毯卻等待自焚者面對鏡頭高喊幾句貌似法輪功的口號後才滅火呢？中央電視台怎麼會事先把多個攝影師安排到樓頂或東、南、西、北不同方位，拍攝不同角度的畫面呢？而且把《焦點訪談》的鏡頭放慢就能看出，那名被燒死的女人在火中奔跑時，其實是被警察用警棍打死，那個切開氣管還能唱歌的女兒，不是在演戲，就是創下世界醫學奇蹟。

七個月後的 2001 年 8 月 14 日，一連串的質疑被「聯合國國際教育發展組織」證實：所謂「天安門自焚事件」是「政府一手導演的」對法輪功的構陷，涉及驚人的陰謀與謀殺，該「錄影分析」被拍成紀錄片《偽火》在國際上廣泛流傳，並於 2003 年 11 月 8 日在第 51 屆哥倫布國際電影電視節榮獎。

當時李東生就是這個世紀偽案的媒體策劃者、實施者和傳播者。這個偽案不但一度激起了中國人對法輪功的仇恨，也一度愚弄了全球 70 億人。這種超大規模的「殺人不見血」的精神欺騙和思想謀殺，讓李東生血債累累，成為了江澤民血債幫的主要成員，他後來的升遷也就順理成章了。

王博案：《焦點訪談》移花接木搞欺騙

2002 年 4 月 7 日至 8 日，《焦點訪談》推出節目「從毀滅到新生——王博和她的爸爸媽媽」，把由於迫害而造成的王博一家的骨肉分離歸罪於法輪功，完全是顛倒黑白。

事實上王博和其父親王新中都是在勞教所被折磨得精神崩潰的情況下被強制轉化的，在接受《焦點訪談》記者採訪時，他們談的和最後觀眾看到的，是大不相同的內容，也就是說，李東生任意篡改了受訪者的話。

後來王博在揭露《焦點訪談》造假時說：「我被綁架到北京新安勞教所，連續六天不讓睡覺，灌輸顛倒黑白的謊言，看歪曲法輪功的錄像，強制洗腦。用那裡警察的話說：『我們就是用對付間諜的辦法使你精神崩潰！』」被轉化的王博告訴其父親，自己被轉化後，內心的矛盾，精神的壓抑，生不如死。

王新中也披露被強迫轉化過程說：「24 小時不讓睡覺，天天如此。在被斷章取義、偷樑換柱的種種謊言和誹謗錄像的欺騙下，再加上多日不讓睡覺的精神摧殘下，我迷迷糊糊神志不清，就這樣被所謂的『轉化』了。這絕不是我的本願。」

王新中表示當自己看到播出的節目後，「為《焦點訪談》如此卑鄙的嫁禍、歪曲誣陷的『偷樑換柱』手段而感到震驚。」節目將其全家修煉的身心受益和自己遭受「610」毒打的情況刪掉了，內容被移花接木、改頭換面，製作成醜化修煉人，惡意攻擊法輪大法的完全不同的內容。

《焦點訪談》將江氏集團利用國家機器對法輪功學員的殘酷折磨、強制轉化美化成「春風細雨」、「和善勸導」，就是這樣利用各種造假、

欺騙手段製作了一些各地法輪功站長、甚至是法輪功總會工作人員轉化的視頻，矇騙其他法輪功學員，並誣衊法輪功學員「不顧家庭」、「破壞家庭」、「泯滅人性」等。

在妄圖轉化法輪功學員的同時，李東生主編了《良友周報》在2001年9月第36期及12月8日第48期誣陷法輪功文章，同時，李東生還大力的對未成年的中、小學生進行洗腦、毒害，誣陷法輪功，以達到全面迫害法輪功的目的。在中國大陸發行的2002年《小學生報》寒假合刊總第1597至1611期，中高年級版2002年一至八期均刊登誣陷法輪功文章，這些報刊的總編就是李東生。

各地訪談節目仿照央視造假

由於《焦點訪談》節目中為配合中共鎮壓，策劃造假，請人扮演法輪功學員等，因此各地的訪談節目都學樣，真人真事的「訪談」也變成請人來演。最出名的是石家莊電視台的訪談節目《不孝之子》，鬧出大笑話。

2011年8月石家莊電視台《情感密碼》的訪談視頻《我給兒子當孫子》爆紅網路，男演員許峰遭到千夫所指，致使他不敢上街，因不堪壓力才說出了真實情況：他只是演員，他從來沒有虐待自己的父親。

許峰後來發表聲明，「希望大家能還我一個清靜」，並找到媒體一再強調自己是個演員，不過演了一場戲。此事曝光後，引起民間憤怒，電視台竟如此玩弄大眾感情？！其實自從得知央視誣陷法輪功的「天安門自焚案」後，很多大陸民眾都把焦點「訪」談稱為焦點「謊」談，「央」視稱為「殃」視。

追查國際：李東生犯下反人類罪行

　　2013 年 11 月 21 日，國際性非政府非營利的獨立組織：「追查迫害法輪功國際組織」發表了關於中央「610 辦公室」主任李東生的調查報告。報告稱，從中央「610 辦公室」成立以來，李東生就擔任副主任，負責反法輪功宣傳。李東生在任央視副台長期間主管《焦點訪談》節目，中共迫害法輪功開始，該節目在收視率最高的黃金時段大量播出反法輪功節目，據不完全統計，從 1999 年 7 月 21 日到 2005 年為止的六年半中，共播出 102 集反法輪功的節目。其中從 1999 年 7 月 20 日開始到年底的五個多月就占了 70 集。

　　2002 年 8 月 26 日中宣部召開的全國宣傳部長會議上，李東生通報了反法輪功宣傳的情況。2001 年 4 月 9 日李東生以中共代表團特別顧問的身分參加聯合國人權委員會第 57 屆會議期間，就婦女問題作專題發言造謠抹黑法輪功。4 月 17 日，李東生藉接受日本共同社、中新社等記者的採訪在聯合國人權會議發表反法輪功言論。

　　作為對一個信仰團體的迫害，中共對法輪功學員進行的轉化洗腦是整個迫害的核心。為此，中央「610 辦公室」成立了教育轉化工作指導協調小組，負責全國的轉化洗腦工作，李東生任該協調小組的組長。2001 年 6 月 15 日，李東生在武昌視察時，對武昌區投資 260 萬興建教育轉化基地表示肯定。濰坊市 X 教協會曾編寫了《教育轉化實踐與探索》一書，李東生對此作出批示並建議在全國深度開發利用。

　　報告說，在江澤民集團發起的針對法輪功修煉者長達 14 年並仍在繼續的迫害中，一方面在早期開動全國的宣傳機器造謠誣衊妖魔化法輪功，欺騙中國民眾和國際社會；另一方面，則針對法輪功學員的信仰進行轉化洗腦迫害，所有的酷刑虐殺都是為完成轉化洗腦指標而實施的。

李東生先後以中央「610辦公室」副主任和主任的身分，從1999年7月至今一直在直接操作指揮進行這兩方面迫害，犯下了反人類的罪行。本報告提供的證據只是其罪行中的很小一部分。追查國際希望知情者繼續向他們提供李東生和其他嫌犯迫害法輪功的證據。

獨家：李東生離開央視後依然掌控央視

2013年12月，《大紀元》獨家獲悉，曾任央視副台長的李東生，在從央視離任後仍忠於江澤民、周永康的指使，指揮調動手下馬仔嚴控、把關對法輪功的誣衊報導。

消息指，李東生著力扶持多名「小兄弟」，其中最重要的一個就是主管新聞的現任中共央視副台長孫玉勝。李東生在2002年離開央視後，繼續操控孫，通過新聞頻道嚴加監控、發表涉及法輪功的各項誣衊報導，以及掌控相關輿論導向性事件。

消息還稱，李東生的胞弟李福生，還被安排擔任了體育頻道投資公司的總裁。在其運作下，李東生2009年雖然因為醉駕壓死人，但是獲得其在新聞中心的「兄弟」頂罪，後此「兄弟」又擔任央視一大型賽事公司總裁，通過中美合資的形式將國有利益進行轉移，李東生在央視的巨大政治影響力可見一斑。

由於誣陷法輪功賣力了，李東生因此也得到江派人馬的大力提拔。2000年7月，被提拔為廣電總局副局；2002年5月，被提拔為中共中央宣傳部副部長之職。2009年，李東生被時任中共政治局常委、政法委書記周永康跨部門調到公安部擔任副部長，李東生成為江派人馬筆桿子（文宣）和槍桿子（公安）兩手都要抓的代表。同年，李還出任「610辦公室」主任，成為迫害法輪功的元凶之一。

第二節

四個電話錄音曝光
李東生罪惡滔天

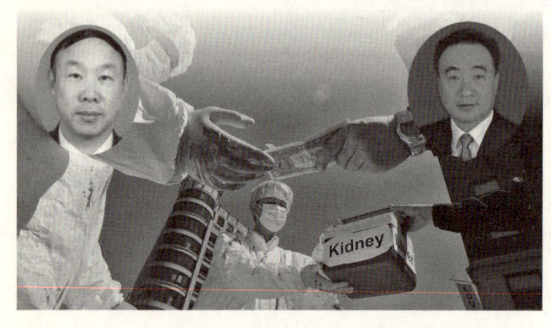

原中共中央政法委辦公室副主任魏建榮（右）承認活摘器官，遼寧省委政法委副書記唐俊杰（左）自曝分管活摘業務。（新紀元合成圖）

「610」特務頭子、中共公安部副部長李東生涉嫌嚴重違紀違法被調查並免職。而追查國際組織之前曝光的四個電話錄音顯示，中共政法委、「610辦公室」直接參與活摘法輪功學員器官的罪惡滔天，李東生犯有反人類罪及群體滅絕罪。

「610」直接參與活摘法輪功學員器官

江澤民為迫害法輪功，對各地「610」下達了「名譽上搞臭、經濟上搞垮、肉體上消滅」、「打死白打死、打死算自殺」的密令，以金錢、升官收買唯利是圖者跟隨其迫害，耗費四分之一的國家資源來維持迫害，高峰時期甚至達到四分之三。

在迫害初期大量的法輪功學員湧入北京上訪，為了不牽連當地，很多因上訪被抓的法輪功學員不報姓名，一時北京及附近的關押場所人滿為患。從北京公安內部傳出來的消息，從 1999 年 7 月到 2001 年 4 月，全國各地到北京上訪被抓、有登記記錄的法輪功學員達 83 萬人次（不包括許多不報姓名和未作登記的）。2001 年夏天，北京市公安局通過計算北京市街頭出售的饅頭數量的增加，估算當時來到北京市上訪的法輪功學員超過百萬。

那些不報姓名的法輪功學員被中共祕密轉移到不為人知的地下監獄、勞教所或集中營關押。就這樣，數十萬計的法輪功學員（主要來自東北、華北及各地農村的法輪功學員）從此失蹤了，成為了中共之後器官移植爆發性增長的供體來源。

2013 年 12 月 12 日，在 2013 年歐洲議會最後一次全體大會上，議員們投票通過了一項要求「中共立即停止活體摘除良心犯，以及宗教信仰和少數族裔團體器官的行為」的緊急議案，是由歐洲議會多個黨團共同提出。其他國家包括美國、澳洲、加拿大、以色列、西班牙多個國家已經或者正在準備立法禁止本國公民赴中國進行器官移植，對直接或間接參與者都拒絕入境。

也就是說，中共活摘法輪功學員器官是不容置疑的事實，而指揮迫害法輪功的中共「610」特務機構就是犯罪機構，其辦公室主任就是禍首。

2006 年第一個活摘器官證人出現後，「追查迫害法輪功國際組織」就對中共這一全國系統性的大規模活摘法輪功學員器官的罪行進行了調查，其調查員獲得數個調查錄音就可以證明，「610 辦公室」及其相屬的政法委系統官員直接參與這一滔天罪惡，剛下馬的「610 辦公室」主任李東生就是主要的責任人。

調查錄音記錄活摘罪證

■調查錄音 1：

天津薊縣「610 辦公室」主任向追查國際的調查員承認，薄谷開來非法售賣的人體模型中，不僅僅是法輪功學員的屍體。

http://www.youmaker.com/

調查員：喂，你好，「610」嗎？

「610」主任：啊？

調查員：「610 辦公室」嗎？

「610」主任：是。

調查員：知不知道……

「610」主任：你是誰呀？

調查員：知不知道你們是個犯罪機構啊？

「610」主任：我是，你是誰呀？

調查員：這場迫害一旦結束，你們怎麼辦，想過嗎？看沒看到谷開來今天的下場啊，她表面上……

「610」主任：谷開來賣那個法輪功的人體器官的。

調查員：你說什麼？

「610」主任：我說，你說谷開來呀，賣法輪功人體器官的。

調查員：對呀，她在大連搞了兩個屍體加工廠，她一具完整的屍體在國際上賣 100 萬美金，一個臟器被摘除的屍體她賣 80 萬美金。

「610」主任：噢。

調查員：她是魔鬼。

「610」主任：她賣的也不都是法輪功。

調查員：這個你知道不都是法輪功，是嗎？

「610」主任：啊，啊。

調查員：裡面有一些是這個上訪的那些藏族人和蒙古族人。

「610」主任：算啦……（掛斷）

■調查錄音 2：

北京政法委李姓官員說：「處級以上知道這個機密。」

http://www.youmaker.com/

2008 年 9 月 16 日至 26 日，在江蘇省常州市江南春賓館召開的中共全國政法會議期間，追查國際調查員以「國家安全部官員」的身分與一位來自北京政法系統姓李的參加會議者的對話。

調查員：是江南春賓館嗎？

賓館接線員：啊，對。

調查員：請給我接 1219 北京政法委的李同志。

賓館接線員：你在賓館裡邊，是吧？

調查員：我沒在賓館裡邊，我在外邊。

賓館接線員：啊，好的。

李：哎。

調查員：喂，是中央政法委的李同志嗎？

李：你好。

調查員：是嗎？

李：您是哪裡啊？

調查員：您是，您是李什麼？

李：我姓李，對。

調查員：我是國家安全部的，有點事情需要你協助我們一下。

李：國家安全部的？

調查員：對。

李：什麼事啊？

調查員：就是有關一個洩密的案件，我們在調查啊。

李：洩什麼密啊？

調查員：我們想了解一下，你們中央政法委有哪一級工作人員了解到這一國家機密的。

李：是什麼事啊？

調查員：說的這是，活體摘除在押的法輪功學員器官做器官移植手術的這一國家機密，中央政法委有哪一級工作人員知道這個機密呢？

李：應該是處級以上吧。

調查員：因為我們的情報了解到，好像監聽到有自稱中央政法委的工作人員要跟外國情報機構出賣這一國家機密，所以我們的領導讓我們祕密做一些調查。

李：我明白。

調查員：小範圍的，不驚動許多人的情況下的調查。

李：啊，那個，您這樣吧，再打一個電話，然後找他那個辦班的那個，有一姓劉的劉處，您找他，好了。

調查員：啊，他是……

李：具體電話我也不太清楚。

調查員：啊。

李：好嗎？

調查員：啊，他叫什麼？

李：總機轉過去吧，姓劉，劉處長。

調查員：劉處長？

李：他一直在盯著這個班，一直在這個我們這個賓館在組織這個事。

調查員：啊。

李：中央政法委「隊建室」（中央政法委政法隊伍建設指導室）的一主任姓魏（魏建榮），前兩天一直在這。

調查員：啊。

李：然後是他一直在現場盯，叫劉什麼，我不太清楚。您就繼續工作吧，往下進行就是了，祝您工作順利。

■調查錄音3：

原中共中央政法委辦公室副主任魏建榮承認活摘器官：「這事已經很早了。」

http://www.youmaker.com/

追查國際調查員以「國家安全部官員」的身分與魏建榮（中共中央政法委隊伍建設指導室主任、原中共中央政法委辦公室副主任）的對話。

調查員：是中央政法委的魏主任嗎？

魏建榮：你哪裡？

調查員：我還是國家安全部。……主要就是像我剛才說的，主要是想了解一下。

魏建榮：這事已經很早了，我跟你講我的判斷啊。

調查員：啊……

魏建榮：這個事關於你剛才說的這件事情，事情這很早了，現在來的這些人都不了解。第二，這個人肯定不是我們這兒的人，這是肯定的，咱們單位的人肯定不會有這樣的人，這是個基本的概念。要縮小範圍，怎麼個弄法，那麼你可能就要到單位來查一下原底子，現在誰說也說不清楚。

調查員：就是這個活體摘除在押法輪功人員器官的事情是很早的事情嗎？

魏建榮：對，對，對，很早的事。

■調查錄音4：

遼寧省委政法委副書記唐俊杰說：「那個我分管這個工作。那個中央實際抓這個事，影響很大嘛。」「那個時候主要是常委會討論啊⋯⋯」

http://www.youmaker.com/

追查國際調查員以「中紀委薄熙來專案組成員」的身分與唐俊杰（自2000至2011年先後擔任遼寧省政法委祕書長、省政法委副書記、綜治辦主任）的對話。

調查員：喂，是原遼寧政法委副書記唐俊杰吧？

唐俊杰：你哪位？

調查員：哦，我是中紀委薄熙來專案組的。關於薄熙來在遼寧的一些事情我們想向你了解一下。

唐俊杰：我什麼時候去？

調查員：你好。

唐俊杰：我什麼時候去？

調查員：我們先電話裡了解一下，如果我們要有必要的話我們再給你發函，請你過來一下。

唐俊杰：好，好。

調查員：就是大概有幾個問題吧。

唐俊杰：你說。

調查員：頭一個問題就是在摘取法輪功練習者的器官做移植手術這件事情上薄熙來做過什麼相關指示嗎？

唐俊杰：那個我分管這個工作。那個中央實際抓這個事，影響很大嘛！聯合以後。好像有他也是正面的，好像還是正面的。那個時候主要是常委會討論啊，好像還是正面的一些東西。你現在在什麼位置啊？你問這個問題我有一點⋯⋯你在什麼位置啊？

　　調查員：我是在北京，我是他們這個專案組。

　　唐俊傑：那好，那我不回答你的問題了，得到你準確消息再回答你好吧？我見到你公函我再答覆你。我不好回答，尤其涉及到這方面問題，我不好再回答你，好吧！需不需要我過去，你正式打一個文字的東西吧，你電話裡談這些事情我覺得很突然，我不太好答覆。

第三節

「610」頭子落馬
政法委官員惡夢成真

　　中共「610」頭子、公安部排名第二的李東生落馬受調查。迫害法輪功的頭目接連出事、遭報，令作惡多端的政法委官員惶惶不可終日，更有一位參與迫害法輪功學員的政法委高官發國際公開信，信中反覆「跪求」法輪功學員饒恕。

　　2013 年 12 月 20 日晚間，中共中紀委宣布「610 辦公室」主任，公安部副部長李東生涉嫌嚴重違紀違法，目前正接受組織調查。「610 辦公室」是中共專門迫害法輪功而設立的非法機構。「610」頭子李東生同中共前政治局常委、政法委書記周永康關係密切。周永康被抓的消息已經被多方來源證實，只待官方正式公布。中共迫害法輪功的頭目接連出事、遭報，在這些年作惡多端的中共政法委官員中引起極大恐慌。

　　2012 年 10 月，一位參與迫害法輪功學員的中共某市政法委負責人委託其親屬轉給《大紀元》一份請求刊登的告饒信，該信是特別給被他迫害的法輪功學員的求饒信。信中反覆「跪求」法輪功學員饒恕他的罪

行。同時該信披露了中共政法委系統在常年迫害法輪功學員的過程中罪惡黑幕，政法委系統官員精神已經處於崩潰狀態。

中國大陸兩高幹子弟兄弟因為修煉法輪功遭到迫害，出獄後對當地的中共官員提出巨額的賠償和道歉要求，並指名要求胡錦濤和溫家寶親自處理此事。此事再次驚動中南海，中共政治局常委賈慶林繼被胡溫指定去河北訪問「300手印事件」後，賈慶林再度被派到這二位高幹子弟所在省份做調查。

中國大陸局勢劇變，隨著鎮壓法輪功的江派血債幫的失勢，在當時參與迫害的大小官員現在都惶惶不可終日，這些政法委系統的公安、法院和檢察院的官員們也因此非常關注江澤民是否還活著、或是否還有殘餘的影響力。

兩名遭迫害的高幹子弟、法輪功學員，要求當地官員公開巨額賠償及公開審訊錄像。

據「明慧網」2012年6月4日的報導，有兩法輪功學員是親兄弟，同時也是高幹子弟，在前幾年被非法勞教，遭到了殘酷的迫害。哥哥被非法審訊15天15夜，被迫害昏迷四、五次，最後當地官員也沒拿到口供和簽字。被送去勞教所之後，兄弟倆通過關係告狀，但是在當時被壓下來了。

前一段時間，兄弟倆突然向「610」和當地的官員提出，要求公開巨額賠償和道歉，並且告訴當地的「610」和公安局的高官以及政法委書記等，如果不公開巨額賠償，就把他們的腐敗的證據公布在網路上，同時通過特殊渠道送到中共的政治局常委手中，送給中紀委，讓紀委去「雙規」他們。

據說，那位哥哥還向在黨政軍的高幹子弟朋友們求助，他們聯合起來之後，動用中共黨政軍某些部門的力量，花了將近一年時間，跟蹤了

很多當時迫害他們兄弟的各級官員。用遠距離攝像機取得了很多官員的腐敗證據，而且延伸跟蹤調查了更多的官員。

兄弟倆還向當地「610」和政法委提出了一個強烈的質疑和要求，要求出示在幾年前被警察審訊時的全程音像。因為中共檢察院規定，警察審訊時必須全程錄音、錄像。據稱，當地的「610」和公安局以及政法委非常害怕，如果提供當時審訊兄弟倆的錄音和錄像，就等於是證明警察刑訊逼供。不拿出當時審訊的證據，就是非法辦案，也要被繩之以法。如果非法審訊，那後來的勞教也是非法。

報導還稱，各級「610」已經多次找到他們兄弟倆求談，但兄弟倆態度強硬，不予理睬。當地的「610」和公安局以及政法委幾乎天天長時間開會研究對策，但是完全沒有辦法，「頭疼無比，害怕無比。一點辦法沒有。」

相關人員和「610」、公安局以及政法委領導唉聲嘆氣，一副大禍臨頭的神情，整天無精打采，夜裡嚴重失眠，白天精神恍惚哭喪著臉。同事們背後都笑話他們說：「他們死了娘、老子的時候也沒有這樣難過的，看來法輪功不好惹！不能去惹法輪功！多一事不如少一事！」

政法委高官發信求饒 請求《大紀元》刊登

曾經參與迫害兩兄弟的當地政法委負責人，讓其親戚代筆，公開給法輪功學員寫道歉及告饒信。信中多次要求兩兄弟「請你們原諒」、「跪求你們原諒」、「真的求求你們了」，並說如果他們兄弟倆再「折騰」，一大批參與的各級官員和警察，將會作替罪羊推出來，遭到「黨紀國法」的處理。

信中轉述那名政法委高官的話稱，他現在很後悔當年做了這些事

情,「共產黨不講理啊,我們不聽上級的話,保不住烏紗帽;我們聽上級的話,現在看啊,就得進監獄,而且還不得連累上級,說不定還會被殺人滅口,進了看守所或者監獄,死了也不知道怎麼死的。太黑暗了!外人不清楚,我們內部人不知道嗎?還讓不讓我們活了?就領導是人,我們不是人?政績都是領導的,過錯都是我們的?」

「我現在是發自內心的理解了,王立軍為什麼跑到美國領事館去?為什麼提前把相關證據移交到海外去?為什麼王立軍要破釜沉舟?沒有辦法啊,保不住烏紗帽就算了,命一定要保住啊。」

信的最後寫道:「再次向那兩位法輪功兄弟倆道歉,請你們原諒。我們很多領導真的後悔莫及,如果時光倒流,真的不會去整你們了,哪怕你們天天公開做法輪功活動,最多和你們商量商量,盡量讓我們表面上過得去就可以了,隨便你們怎麼做啊!真的後悔莫及啊!無論如何,請你們原諒。用網路上流行語,跪求你們原諒。請你們不要折騰了,求求你們了。」

賈慶林調查國際求饒信事件 臉色鐵青

信中稱,中共常委賈慶林在沒有到現場「考察」之前,已經有消息傳出稱:「如果他們兄弟倆再折騰,一大批參與的各級官員和警察,將會作替罪羊推出來,進行『黨紀國法』的處理。甚至更高級別的官員們都要拉下馬,給他們兄弟倆和他們家裡人一個交代。」

據稱,賈慶林最後到場調查此事,把當地大小官員都嚇壞了,「都認為這個事情搞大了,賈慶林能來,其他政治局常委肯定都知道。」

最後,該地的官員都互相推責,使得賈慶林臉色鐵青,「我們當地的公安局、政法委、市委黨委領導無能啊,現在都膽戰心驚,一個個

都絞盡腦汁推卸責任，沒有人敢去安撫他們兄弟倆，各級官員被他們兄弟倆多次指名道姓的寫信罵各級官員眼瞎了，罵各級官員一個個人模狗樣的盡幹缺德的事情，但是沒有一個官員敢吭聲的。都拿兄弟倆沒有辦法，賈慶林來了都沒有辦法，氣得臉色鐵青，省委書記都不敢說什麼，我們有什麼辦法？不敢吭聲也罷了，為什麼不敢安撫呢？」

賈慶林曾奉命調查「300 手印」事件

此前有報導稱，原籍為泊頭的現任政治局常委賈慶林 2012 年 7 月 15 日返鄉河北，當地官場說是調研開發情況，實際賈的祕密使命，即受中共政治局常委會的差遣赴家鄉調研「300 手印事件」。

2012 年 2 月，泊頭市富鎮周官屯村法輪功修煉者王曉東（王小東）遭到泊頭市政法委的強行抓捕，激起全村人的義憤，全村 300 戶人家各派一名代表在呼籲書上簽名按手印，村委會加蓋公章，要求當局釋放王曉東回家，成為震動中共政治局的「300 手印事件」。

在賈慶林調查事件前後，泊頭市公安局長楊建軍被調職。當時有報導稱，賈慶林此舉是受到政治局的委託。

中共官員仿效王立軍 事態國際化是出路

信中還對該市的市委書記發出警告「趕快向海外轉移證據」，並抱團公開手中證據，才有存活希望，「你市委書記是現在的某位政治局委員的紅人，這個政治局委員『18 大』肯定進政治局常委的，你要安全，想拋棄我們，平安著陸。不管我們的死活，平時的政績是你們的也罷了，關鍵時刻，我們是擋箭牌，是替罪羊，甚至被殺人滅口，我們乖乖的繼

續聽從,可能嗎?大不了像王立軍一樣,魚死網破。」

「雖然你是市委書記,也建議你向王立軍同志學習,把一些領導們的證據放在信得過的親友那裡或者移交到海外,不然那位政治局委員為了不受影響的進政治局常委,把你也拋棄了。你怎麼辦?如果你也能夠像王立軍那樣把薄熙來拉下來,也算是名垂青史了。如果共產黨再出現一個現任政治局委員被拉下馬,關鍵的是這個原來也能夠進政治局常委,那麼你市委書記百分之百名垂青史。」

信中還稱:「為什麼寫這麼多,也是希望參與這件事情的基層警察們,將來你們和我一樣是替罪羊,而且越是基層做替罪羊之後,判刑越重。覆巢之下,豈有完卵?趕快向王立軍同志學習,把一些領導們的證據放在信得過的親友那裡或者移交到海外,這件事情並不是我們要拉替死鬼,而是牽扯到的官員越多,大家越安全。事情越大,共產黨反而不好去政治化處理。事情國際化之後,反而能夠透明的按照法律處理,不會出現從重從快的判刑。你們好好想想。人之將死,其言也善,我親戚真的感到生不如死啊!」

從信中也可以看出,這名政法委的高官對於當年參與迫害法輪功存在著悔意,信中提到的另一個細節則更加說明問題。

江澤民發動迫害 從一開始就不得人心

信中提到:「自從江澤民鎮壓法輪功以來,絕大多數太子黨和高幹子弟公開或者私下裡表示明確反對。關鍵是,現在的中國啊,確實啊,已經是太子黨和高幹子弟的天下了。」

信中還提到:「十幾年來,胡錦濤、溫家寶、習近平、李克強沒有在社會上公開表態過一次支持鎮壓法輪功,習近平、李克強上台後,重

新對待法輪功是獲取民心的最好辦法。」

政論人士陳破空在《究竟是誰要扳倒薄熙來》一文中稱：「江任內鎮壓法輪功，留下平生最大污點。他後來發現，不僅他的同僚朱鎔基、喬石、李瑞環等人對鎮壓法輪功態度消極，就連繼任的胡錦濤、溫家寶等人，對法輪功問題，也盡可能保持低調。江深知問題嚴重……」

此前有報導稱，原公安部副部長劉京透露，2001年江澤民在一次布置對法輪功打壓的會議上提出要在國家安全廳、公安廳、各地公安局也增加設立相應的「610辦公室」，這時胡錦濤說了句話，「增加『610』機構得增加人員編制，經費不小。」江立時大怒，衝著胡錦濤咆哮道：「都要奪你權了，什麼編制不編制、經費不經費的！」胡聽了一聲不吱，面無表情地在筆記本上寫著什麼。劉京還表示，從那以後在對法輪功的「鬥爭」中，胡不得不「要錢給錢，要人給人」。

信中預見江死前後 胡溫翻盤法輪功

目前，曾經參與迫害的中共各級官員都隨著江派殘餘的失勢而驚恐不已，都在尋找退路，都在尋找「替罪羊」。

江派殘餘也看到了大勢已去，所以才在18大前拚命製造「江澤民露面」的假消息，試圖穩定「軍心」繼續抱團，不立即遭到清算。其中最顯著的幾個例子有：

2012年10月20日，「人民網」引用上海海洋大學網站的照片，顯示「江澤民再次露面」，但是，從海洋大學網站下載的原始照片的信息被發現時差有七小時，與「人民網」報導矛盾。同時照片也被指是合成的。

5月8日，網上流傳一張4月份江澤民和星巴克總裁舒爾茨見面的

照片。但大陸官方媒體卻沒有報導，星巴克上海總部的發言人王星蓉和外交部也都拒絕證實這次會面。這張江澤民和星巴克總裁舒爾茨的照片被指是 PS 製成。

9月份，有報導稱江澤民9月22日晚「現身」國家大劇院觀賞戲劇，但最後發現也是造假新聞。

告饒信中說，當年在毛澤東死後，中共立即「粉碎四人幫」，隨後中共自己又否定了「文革」，發生了巨大的變化，現在，江澤民沒死也差不多了。江澤民的人馬也是江河日下，一敗塗地。這些政法委、「610」系統的官員們已經預感胡溫或習近平在江死前後會翻盤法輪功，現都處於非常驚恐的狀態。

周永康塌台全程大揭祕

第十二章

要打元老級大老虎

近日,李東生轟然倒台,習近平陣營「打虎」直逼周永康,甚至牽連其身後的更大中共「元老級」大老虎。不管人們理解的大老虎是誰,從犯罪事實來看,最稱得上元老級大老虎的,就是江澤民。(Getty Images)

第一節

周十大罪狀 涉三政治局常委

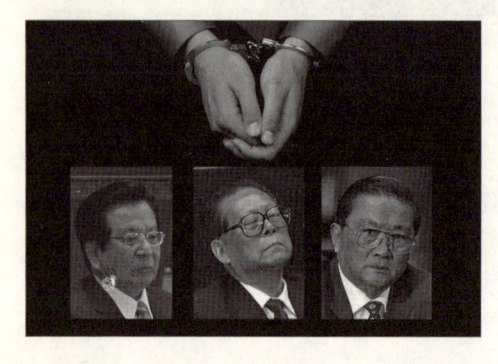

《新紀元》獲知來自北京的前政法系統正部級官員的消息證實，周永康已經被抓，並且周案涉及中共前政治局常委江澤民、曾慶紅和羅幹。（大紀元合成圖）

　　自從 2013 年 12 月 1 日中南海在美國副總統拜登訪華前夕釋放「周永康被抓」消息後，海內外一直在「等第二隻靴子掉下來」。轉眼 20 多天過去了卻不見下文。有人就開始懷疑周永康是否被抓。就在這時，《新紀元》從一位前中共司法系統的部長級高官那獲得確鑿信息：「周永康已經被抓，只是中央還沒有對外公布。」

　　此前還有消息說，周永康的兄弟姊妹、兒子、大祕余剛、祕書譚紅、警衛保鏢等人也被抓了。

獨家：周永康被抓 三名前政治局常委涉案

　　這位來自北京的前政法系統正部級官員的消息來源證實，周永康已經被抓，此事高層全部都知道，只是沒有對外正式宣布，但宣布只是遲早而已。

周永康案的焦點在於何時、以何種方式公布其罪宗，以及周案將要波及的範圍。周永康的問題直接涉及到中共前政治局常委江澤民、曾慶紅和羅幹，現在中共最高層爭論的焦點在於如何將這三人與周永康切割處理。

江澤民和曾慶紅夥同周永康和薄熙來，密謀在 18 大後，先由薄熙來接手周永康的政法委書記，再聯手政變奪下習近平的權力，此計畫實施到一半，因為王立軍闖入美領館而功虧一簣。薄熙來因此而倒台，周永康也因此而傳被抓捕。同時，江澤民、曾慶紅和羅幹又是周永康仕途上的恩人，與周的關係密切。

王岐山批示「拔掉老虎牙齒」

2013 年 12 月 14 日海外媒體報導說，中紀委書記王岐山就周永康案作出三條批示：24 小時監控未捕的周案人員，沒收他們的護照；將已被捕、被拘、被雙規的周案人員主要集中關押北京市西城看守所；未經中紀委專案組組長和公安部副部長兼北京市公安局局長傅政華共同簽字，任何人不得接觸被押人員。

在此三天前，中央社報導稱，一名消息人士說：「周永康的自由受到了限制，行動也受到監視；在未獲允許的情況下，他不得擅自離開位於北京的住家或接見訪客。」另一名消息人士說：「習近平已經將這隻老虎的牙齒全給拔了。」「周永康已是一隻沒有牙齒的老虎，跟死老虎沒什麼兩樣。問題是，習近平是否會剝了這隻老虎的皮？」

報導稱，周永康是 10 年來，中共針對貪腐指控進行調查最具權勢的政治人物之一；周永康也是中共 1949 年掌權以來，涉入貪污醜聞的最高級層的幹部。

2013 年 12 月 10 日,中共喉舌新華網重點報導了 18 大後被查處的中共高官和高管,其中大部分是江派嫡系,很多則是周永康的馬仔,強烈示警意味濃厚。

北韓處死張成澤 令中共尷尬

2013 年 12 月 16 日,美國《洛杉磯時報》引述政治分析家說,預計中共領導人很快宣布對周永康的指控,但是這個計畫被推遲是因為害怕被拿來跟北韓金正恩上周處死自己的姑父做比較。張成澤也是被指控企圖政變。

「他們本來已經要公開。但是突然之間,北韓宣布清洗,這將看起來令人尷尬。」北京學者章立凡說。不像北韓金正恩那樣肆意妄為,中共領導人想避免任何明顯的政治指控。

「在毛澤東時代,他們常常指控人們政治罪行,但是現在更容易以經濟犯罪指控他們。這是一個低成本的方式來清除反對派,而無需洩漏共產黨的醜陋祕密和內鬥。」章立凡說。

周永康倒台 因與江澤民、薄熙來一夥

12 月 16 日《洛杉磯時報》報導還說,「膚色斑駁,方形下巴的 71 歲周永康長期以來是中國自由派人士的死敵,他被指控鎮壓異議人士,在國家石油行業大肆腐敗。但是政治分析家相信,導致周永康倒台的罪行是,他是當局敵對政治派系的一部分,這個陣營裡面最著名的成員包括前中共黨魁江澤民和最近被定罪的前重慶市委書記薄熙來。」

報導說,在 2013 年 8 月薄熙來的庭審中,有關當時位於周永康掌

管之下的國安機構是如何試圖掩蓋薄熙來妻子殺死英國人海伍德的證詞浮出水面。

美國《連線》雜誌（The Wire）12月15日也報導說，本周對於共產黨亞洲國家來說不太平。在數月的傳言之後，中共主席習近平正式啟動調查共產黨內部圈子當中一個權勢人物——前國內安全主管。

中共高層指控周永康謀殺、腐敗、陰謀推翻現任政府。為讓你對這個事情的重要性有一個概念，讓我們看看《每日野獸》稱周永康是中共的第三號權勢政客。按照美國人的說法，這相當於約翰遜總統對應聯邦調查局局長胡佛。如果控罪成立，周永康可能被判處死刑。

迄今為止，最大的驚奇是薄熙來案件。這個審判成為全球頭條是因為薄熙來曾經是一個崛起的政治新星以及身居政治局並且他父親曾經是毛澤東的朋友。但是現在，這都是小土豆了，因為周永康——他是薄熙來的同盟——是政治局常委。

同時值得指出的是，薄熙來和周永康被廣泛認為涉及迫害法輪功，共產黨認為這個精神團體規模太大從而在1990年代開始打壓，並且施以非人道的迫害。

對於周永康的一個指控是，他跟一個女人發生婚外情——這個人現在是他的妻子。在這個婚外情被發現之後，他發誓跟妻子離婚，髮妻很快死於一場車禍。中文媒體報導說，他的司機認罪說，周永康命令製造了車禍。

此外，最近海外媒體宣稱周永康被控以黑手黨風格殺死了幾名政治反對派，包括三名商人和一名著名軍隊人物，並陰謀奪取習近平的權力以保護他的家族和朋友的經濟利益。自從2012年末以來，當局就在醞釀調查周永康案。

《周永康垮台驚天內幕》新書出版

2013年12月,《新紀元》出版了有關逮捕周永康的最新書籍《周永康垮台驚天內幕——暗殺習近平另有圖謀》,指出薄熙來出事後,周永康孤注一擲攪局習近平。貪腐小意思,政變奪權才是倒台肇因。20多萬字的內容詳細介紹了周永康治下政法委的暗藏驚天罪行、周永康的政治同盟及政治對手名單揭祕等。

最早預測周永康被捕的書是新紀元出版社於2012年9月7日出版的《中南海政治海嘯全程大揭祕(上)》,那時薄熙來還沒被雙開。

王立軍案發後,江澤民集團策動薄熙來18大入政治局常委來頂替即將退休周永康位置的計畫流產,同時,江澤民、曾慶紅、周永康和薄熙來策動二年內政變的相關資料也被王立軍交給了美國大使館,習近平2012年訪美期間獲此信息,其中包括江澤民、薄熙來、周永康參與大規模活摘及販賣器官等罪惡。為逃避清算,周永康對習近平動了殺機。

周永康執掌公安部和政法委的十年間,中國黑暗政治蔓延,地方政府黑社會化加劇,官場賣官、賄賂司法機構減刑、免刑、頂替死罪等等貪腐迅速蔓延。但動搖中共統治合法性的問題還不僅於此。

同薄熙來案一樣,中共高層為了減少王立軍出逃後引發的政治骨牌效應,為了推遲中共政權的解體,掩蓋了周永康的眾多駭人聽聞的驚人罪行,公開治罪極有可能仍是「貪腐」。

從薄熙來到周永康,其背後的政治勢力雖正在加速瓦解,周永康背後仍有更大元凶,三名中共前政治局常委(其中包括一名中共前總書記)是周永康案的直接同夥。

周犯下十多種死罪 被多國法庭起訴

按照中共制定的《刑法修正案（八）》，能夠判處死刑的罪名有55個，就目前人們掌握的周永康的罪行來看，比如他涉嫌犯下：1. 貪污罪；2. 受賄罪；3. 瀆職罪；4. 故意殺人罪；5. 故意傷害罪；6. 強姦罪；7. 綁架罪；8. 傳授犯罪方法罪；9. 分裂國家罪；10. 武裝叛亂；11. 暴亂罪；12. 以危險方法危害公共安全罪；13. 非法製造槍支、彈藥、爆炸物罪；14. 非法買賣運輸核材料罪；15. 非法出賣、轉讓軍隊武器裝備罪；16. 走私罪；17. 搶劫罪；18. 詐騙罪等等。

這些罪名中只要一項被證實，都是可以周永康判處死刑的，何況這十多項死罪，再加上那些每個罪名判處十幾年的罪名，如猥褻婦女罪、嫖娼罪、亂倫罪等等，足以讓周永康死上幾十次都不夠償還他的罪行。

然而中共的法律中沒有國際通用的「酷刑罪」、「反人類罪」、「群體滅絕罪」等罪名，自從2001以後，周永康在海外十多個國家被起訴。如2001年8月27日，周永康因反人類罪等罪名在美國被起訴，36歲的波士頓居民、法輪功學員何海鷹將起訴書遞交到周永康本人的手裡；2006年7月21日，周永康在法國被起訴；2008年11月，周在澳洲被起訴；2009年11月，西班牙國家法庭做出決定以「群體滅絕罪」及「酷刑罪」，起訴江澤民、羅幹、薄熙來、賈慶林、吳官正五名迫害法輪功的中共元凶；2012年3月12日，北京法輪功學員盧琳到兩會代表駐地遞交《致全國人民代表大會各位代表的公開信》，起訴迫害法輪功學員的首惡之一周永康。

周永康的主要十大罪狀

《周永康垮台驚天內幕——暗殺習近平另有圖謀》一書，詳細介紹了周永康的諸多罪狀，概括起來可以歸為十大罪行，其實細分起來，十多個罪名都不夠：

一、**活摘器官反人類罪**：周永康夥同江澤民、羅幹、薄熙來、王立軍、谷開來等人，負責對至少數以萬計的善良民眾犯下了強制性的活體摘除器官罪行。

書中介紹說，周永康早在 18 大後就被削權、控制，官方為何選在拜登訪華期間釋放周永康被抓的信息呢？其中一個主要原因就是歐盟、美國等國際社會制定了要求中共停止活摘器官的緊急決議，中共想要再掩蓋活摘罪行已經不可能了。在拜登的警告和敦促下，中南海高層不得不對周永康採取行動，否則他們就會被國際社會譴責為犯下包庇袒護罪。

美國政府早在 2001 年就要求凡是申請進入美國的中國人，必須聲明「沒有參與強制性器官移植」，否則就類同納粹分子一樣被拒絕入境。國際出版社相繼出版了多本書籍，列舉了詳實的證據，證明中共活摘法輪功學員器官。而且在國際社會調查時，李長春無意中親口供出，周永康負責活摘器官事項。

由於器官的絕對暴利，如今薄谷開來、江澤民、周永康之流發起的偷盜器官之風，已經擴散到每個普通中國人身邊：孩子在家門口玩耍時，就被人挖眼偷走了眼角膜，這樣的罪惡再不禁止，中國也就國將不國了。加上正義力量持續不斷的呼籲，周永康被抓，也就成了中南海高層不得不採取的行動。

二、**破壞法律實施罪**：周永康接替羅幹充當政法委書記後，在江澤

民的指使下,「知法犯法」,「執法犯法」,在公安、檢察院、法院大搞「法外施法」,利用黑社會手法,嚴重破壞了法制,成為「依法治國」的最大破壞者。

早在2013年2月6日,北京華一律師事務所執行合夥人、曾代理多起知名維權案件的浦志強律師發布博文稱:「本人實名舉報:公安部前部長、政法委前書記、老同志周永康,禍國殃民!我認為,若想從維穩的陰影下走出,就必須清算他的社會治安綜合治理模式,太多的人間慘劇悲歡離合,跟該周直接間接有關了。此人秉政十年,竟然荼毒天下,實民賊也!」

三、兩次軍事政變罪:《新紀元》新書中還介紹了周永康策劃的兩次軍事政變:第一次是在江澤民、曾慶紅的指使下,夥同薄熙來,計畫實施了在2014年對習近平政權進行政變。特別是2012年2月7日,周永康下令薄熙來帶領70輛警車欲強行進入美國領事館,抓回王立軍,這種企圖武力進入美國領地的做法,不但在國際法中叫入侵美國,而且在中共法律中,沒有軍委主席的批准,擅自調動武警,也是屬於政變性質。

周永康的第二次軍事政變是在2012年3月19日的北京槍戰。據說周永康的武警包圍了新華門,有人說,要不是38軍及時趕到,可能今天是另一番景象了。書中關於「薄熙來計畫策反14軍」,「周薄欲建私人武裝被一車軍火揭底」等內容,都明確無誤地證明了周永康的軍事政變陰謀。

四、刺殺國家首腦、顛覆國家罪:周永康先後兩次行動,要謀殺習近平。一次是301醫院體檢時施打毒針,一次在會議室安放定時炸彈。加上周永康與薄熙來密謀的推翻習近平的政變計畫,這些都做實了周的顛覆罪名。

五、瀆職罪、盜用國家資產罪：周永康執掌中央政法委期間可謂權傾一時，手握公安、檢察院、法院乃至國安和武警大權。周以「維穩」的名義，可調用的預算高達 1280 億美元，超過整個中國的國防預算，防民甚過了防敵。其治下的維穩辦公室，卻被百姓稱為中國最不穩定因素的製造者。中國反覆上訪的冤案中，80%是由政法委的瀆職造成的。

六、故意殺人罪、故意傷害罪：被周永康殺死的人很多，現在媒體報導出來的就有周永康的髮妻、周斌的母親，令計劃的兒子，達賴喇嘛的侄兒晉美諾布、中功創始人張宏寶、中石油廣西石化公司副總經理王學文等人，還有數千名法輪功學員等等。

周永康利用酷刑故意傷害人，這樣的受害者數不勝數，比如《走出馬三家》裡面曝光的那些遭受酷刑的訪民，全國十大傑出律師高智晟，被周永康親自下令，被折磨得九死一生，至今還非法關押在新疆。可以說，周永康下令公安用酷刑折磨人，受害者數以百萬計。如刀客楊佳案、鄧玉嬌殺淫官案、盲人律師陳光誠案、「六四」硬漢李旺陽案等等，都是明證。

七、誣陷罪：周永康夥同薄熙來為了搞政變，在輿論上早就開始了誣陷誹謗政治對手。比如他們為了重金收買百度，故意利用國安的駭客攻擊谷歌信箱，從而把谷歌趕出了中國。隨後百度故意在網路上散布習近平家族有六億美金的資產，胡錦濤、溫家寶的兒子如何貪腐等。最典型的攻擊是在 2012 年 10 月 26 日，周永康為報復溫家寶拿下了薄熙來，利用《紐約時報》散布溫家寶家族貪腐 27 億美金的不實新聞，溫家寶隨即請律師發表了聲明，中共外交部也公開站出來為溫家寶闢謠。

八、強姦罪、不正當男女關係等：周永康的淫亂，和薄熙來、毛澤東是一丘之貉。素有「百雞王」之稱的周，在大慶油田的時候就強姦過婦女，1999 年到四川當省委書記後，更是連工作人員、賓館服務員都

要強姦的。受害者敢怒不敢言，一旦周落馬，受害人會紛紛站出來匿名指控的。

還有中石油的「AV 女優門」、公共情婦湯燦的失蹤等，這些都和周永康直接相關。

九、貪污罪、受賄罪：周家通過投資石油行業攫取了數十億美元的利潤。僅從重慶一地的市政項目中，周斌就賺走了 100 億人民幣。周永康還讓兒子利用他的司法特權讓罪犯上繳「保護費」和「撈人費」。如 2006 年寧夏黑社會大頭目綁架了一名拒絕搬遷住戶，並用熱油燙死了這人。此黑社會頭目被抓後被判處死刑。但在給周斌 300 萬好處費後無罪獲釋。

十、濫用職權罪：周永康治下的政法委、維穩辦，濫用職權，禍害民眾，已經無法用數量來計算，大陸近千萬訪民都是政法委濫用職權的受害者。就拿官方公布的事件來看，薄熙來在周永康的命令下，調動 70 輛警車跨省追捕，即使有江派心腹、軍委副主席徐才厚等人的批准，周永康謊報軍情，騙取軍委命令，也算是濫用職權罪之一。

作為特務頭子，周永康為了謀反政變，一直監聽中共高層其他人的電話、書信等，這種濫用職權這次也將會一起被審理。

然而從中共邪惡的本性來看，就像中共掩蓋薄熙來的罪行一樣，今後審判周永康時，中共只想把最後一、兩個罪行公布於世，什麼貪腐受賄罪、濫用職權罪，與前面那十多項大罪死罪相比，微不足道。

不過，中共想隱瞞也未必隱瞞得了。「人不治，天治」，天道公平，作惡者受懲罰只是時間問題。

第二節

百度解禁十多年來最大祕密

12月22日,中共「610」特務頭子李東生被抓後,大陸百度搜索解禁敏感詞「羅幹 自焚」,並可以搜索到羅幹製造「天安門自焚」假案的相關新聞。(大紀元合成圖)

　　2013年12月20日「610」頭子李東生落馬後,百度開始解禁一些以往嚴密封鎖的消息,包括江澤民、羅幹等人活摘法輪功學員器官,及海外法輪功和平反迫害圖片等。特務機構「610」被曝光,向外界透露現任當權者不願擔負江澤民集團迫害法輪功犯下的罪行。

　　自從2013年12月20日「610辦公室」主任、公安部副部長李東生被正式調查後,大陸網路的搜索引擎百度(www.baidu.com)就開始放鬆對海外獨立自由之聲的過濾和屏蔽,大陸民眾只要輸入某些關鍵詞,就會檢索到以前根本無法看到的新聞,內容包括江澤民、羅幹等人活摘法輪功學員器官、犯下反人類罪、群體滅絕罪,以及法輪功反迫害的圖片等。

　　儘管有些文章點進去看不到原文,但在百度檢索結果網頁上一般有內容簡介,能看到最關鍵的核心內容。有的不能看到文章,只有圖片解禁。由於搜索引擎是個動態、隨時變化的系統,有的在某一時刻

能看到，過了就看不到了；有的頁面同時出現正反兩面不同的文章。不過人們發現，百度往往把解禁的內容放在檢索結果的最前面，讓讀者一下就能看到。

江澤民集團犯下「反人類、群體滅絕」罪

如 12 月 26 日，《大紀元》記者用「羅幹貪腐」、「羅幹群體滅絕罪」等相關詞在大陸最大搜索引擎百度上進行檢索，搜索結果驚現《大紀元》的特稿文章《現任當權者：立即逮捕法辦羅幹、曾慶紅、江澤民》、《中紀委網站發文提槍決劉青山引外界遐想》、《港媒：「中央會有重大宣布」》、《江澤民第二權力中央瓦解政法委現恐慌自殺》等文章。

檢索結果還看到，「江澤民、羅幹、周永康、李東生」等已被全世界幾十個國家和地區以「反人類罪」、「群體滅絕罪」而遭到起訴，「羅幹在冰島被以酷刑罪及群體滅絕罪起訴」、「江澤民、羅幹、周永康、曾慶紅、薄熙來、賈慶林、吳官正等元凶，被以『群體滅絕罪起訴、酷刑罪和反人類罪』被告上法庭」等字樣。

活摘器官圖片

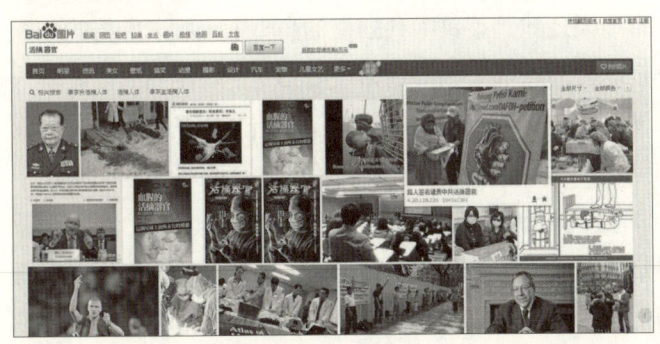

12 月 26 日，百度的圖片搜索被發現再度解禁「活摘器官」敏感詞，用「活摘器官」、「器官活摘」均搜出了相關的被禁圖片與相關新聞。（網頁截圖）

當在百度圖片檢索中,輸入「活摘器官」時,看到的第一個圖片是穿軍裝的,《新紀元》曾經報導過的中共解放軍器官移植元老、84 歲的「中國腎移植鼻祖」黎磊石,2010 年 3 月 16 日在南京家中跳樓自殺。軍區總醫院副院長黎磊石教人做了很多腎移植手術,對活摘人體器官罪行非常知情。

第二張圖是國際社會披露的七張中共摘取死刑犯的現場照片之一,死刑犯頭部被擊中後,他們被剝光衣服扔在戶外,依次等待醫生摘取他們的主要器官,以及剝皮、挖眼珠取眼角膜等等。很多死刑犯的家屬根本不知道此事。從 1980 年代開始,中共就大量摘取死刑犯器官,基本每個死刑犯都被「廢物利用」了,這在大陸已經不是祕密了。這張顯示摘取死刑犯時旁邊還有幾個旁觀者,甚至是穿紅衣服的女孩子。中國人被中共的無神論毒害的已經麻木到喪失人性最基本的同情心了。

第三張照片是《南方周末》一篇報導中共活摘器官文章的插圖。自從 2006 年以來,《南方周末》、財經網等大陸敢言媒體也先後曝光了很多有關中共非法摘取器官的罪行。

第四張圖片是國際社會暢銷書《血腥的活摘器官》,作者是加拿大人權律師大衛‧麥塔斯,和加拿大國會議員大衛‧喬高。此書從第三者的獨立角度,用幾年時間的調查,得出結論——中共至少活摘了四萬名法輪功學員的器官。因為他們不畏中共強權的高壓,出版了此書的中、英文版本,獲得全球人的尊重,並得到諾貝爾和平獎的提名。

第五張照片涉及海口市活摘器官罪行。第六張照片是國際「醫生反對強制活摘器官協會 DAFOH」在全球發起的向聯合國呼籲立即制止中共活摘器官罪行的徵簽活動,從 2013 年 7 月至 2013 年 11 月底,全球已徵得 150 萬民眾的簽名。這張圖片是在印尼法輪功學員向當地民眾徵簽的場面,畫面上印尼文是——請支持簽名,以及網路簽名的網址。

第七張照片是某移植手術現場。第八張圖片中的伊森‧葛特曼（Ethan Gutmann）是前美國智庫研究員、資深調查記者，他在其獨立調查的書籍《國家器官》中舉證推測，至少六萬名法輪功學員被活摘器官。

法輪功反迫害圖片

2013年12月26日，百度圖片搜索出現了大量過去十多年來法輪功學員在全球反迫害的圖片。（網頁截圖）

迫害法輪功的中共最高特務機構「610辦公室」主任、公安部副部長李東生，被公布遭調查之後，大陸最大的搜索引擎百度解禁了「李東生活摘」、「康師傅」等敏感詞。2013年12月26日，《大紀元》記者再發現，百度上可以搜索到大批法輪功學員反迫害的照片。

610是過去十多年來中共迫害法輪功的中樞和最高特務機構。長期以來，中共一直對「610辦公室」諱莫如深，其迫害法輪功臭名昭著，同時法輪功問題是中共的禁忌話題，隱藏駭人聽聞的迫害內幕，極其恐懼真相曝光。

26日，《大紀元》通過「法輪功反迫害」搜索百度，發現儘管文字上仍然未解禁，但百度圖片出現了大量過去十多年來法輪功學員反迫

害的圖片,並且多呈現在前面幾頁的位置。

過去14年來,以惡首江澤民制定的「名譽上搞臭,經濟上截斷,肉體上消滅」迫害政策,摧毀了中華民族的道德根基,破壞了上億民眾的正常生活,上百萬人的生命被摧殘。這場迫害不僅逆轉了中華文明的復興之路,逆轉了中國的正常發展進程,更造成了駭人聽聞的「活摘器官」罪惡。

分析認為,鎮壓法輪功的最高特務組織「610」,第一次通過李東生落馬而曝光。這個不尋常舉動向外界釋放了一個明確的信號——李東生接受調查的原因與迫害法輪功有關,現任當權者不願意擔負江澤民集團迫害法輪功犯下的罪行。

第三節

周永康「死罪」風向標

中共公安部副部長李東生被中紀委調查,官方首次拋出「中央防範和處理 X 教問題領導小組副組長、辦公室主任」(「610 辦公室」主任),暗示了這涉及迫害法輪功問題。中共前政法委書記周永康被抓早已瘋傳,但當局在正式拋出周永康之際,拿下周在政法系統的頭號馬仔李東生,顯示對周的調查不僅僅是貪腐,延伸到了「第二權力中央」,江澤民集團為迫害法輪功設立的核心機構,若真相全面曝光,周是死罪無疑。

風向標 I
解禁「康師傅」 直搗維穩沙皇十年罪惡

2013 年 12 月 22 日,在李東生被拋出的第三天,大陸微博解禁「康師傅」、「方便麵」等這些網民對周永康的別稱。

德國之聲 12 月 23 日引述中共國務院前祕書俞梅蓀表示,「從前一段石油高管一個接一個下台,周永康過去的老部下李春城、郭永祥等人也落馬,逐步搞到李東生,最終直搗政法系統,這是周永康掌控的最高系統,前一陣都是外圍,現在直指他的勢力範圍。前面動的都是十年之前的事情,動到最後是周作為『維穩沙皇』十年之內的罪惡。」

風向標 2
官方通告李東生案 頭銜埋伏筆

此次中紀委在通報李東生眾多列出的頭銜中,刻意突出了一個最不為人所知的頭銜「中央防範和處理 X 教問題領導小組副組長、辦公室主任」(「610 辦公室」主任),這是過去 14 年中共從未在通報官員被查之際用過的頭銜。因為「610 辦公室」是專職迫害法輪功的機構,既沒有經過全國人大的同意,也沒有得到國務院的正式任命,所以實際上即便是在中共體制內也是一個非法機構。

中國時局評論員楊寧認為,這樣一個非法機構的職務卻凌駕於其公安部的正式頭銜之上,顯而易見,當局在暗示,李東生的落馬與該職務有著相當大的關聯,換言之,他與迫害法輪功有著直接的關聯。

此次當局拋出李東生除了在其官銜上有「考究」之外,黨媒還罕見強調李東生「曾參與主創《焦點訪談》」、「媒體出身『轉行』政法」等細節。

中國時局評論員楊寧認為,中共黨媒在報導李東生落馬的新聞時,通過一些細節,準確地傳遞出了如下信息——李東生落馬與其迫害法輪功有關,提拔他的後台周永康也是迫害法輪功的元凶,處境也不妙;他說,將李東生與其後台推出,表明中共現任高層不願為這樣的罪惡背黑

鍋，正開始邁出與這樣的罪人和罪惡切割的重要一步。

風向標 3
李東生案核心指導定罪周永康

在官方還未宣布周永康被調查之際，李東生落馬被外界普遍認為是在為定罪周永康打頭陣，也有預告和警示的作用。當局點明李東生是迫害法輪功的非法組織「610 辦公室」主任，而其直接上級就是周永康，此舉將指導對周除了貪腐之外的其他政治定罪。從 2002 年開始，李東生的直接老闆就是周永康。

法廣：周永康死罪難逃

2013 年 12 月 23 日，法廣引述消息報導稱，中共前政治局常委周永康涉嫌貪腐的金額高達人民幣 1000 億元，即使不加上謀殺、政變等罪行，就足以讓他被判死刑。如果周永康真被查處，他將是中共建黨以來，涉及貪腐案件被查處的最高層級官員。

報導還提到，中共「數個中央媒體部門」已作好隨時報導周永康案的準備。這個消息在「未來幾天隨時可能公布」，而且未來還有更多相關的高官和商人會被捕。

2012 年 18 大，《大紀元》就曾率先報導，周永康情況不妙，將被拿下。2013 年中共「兩會」後，習近平陣營開始密集圍剿周永康的勢力範圍──從地方到中央，從外圍到核心，從企業到軍隊，從「四川幫」到「石油幫」，再到「政法幫」。周永康退休不到一個月，他的親信、四川黨委副書記李春誠就被免職調查；之後，國資委主任蔣潔敏、

公安部副部長李東生、最高檢察院檢察長曹建明等，都因涉周永康案而被查。「政法幫」被認為是周永康最後的「堡壘」。

中共18屆三中全會之後，2013年12月1日，中南海透過非官方渠道傳出周被正式軟禁。有分析認為，今後的日子，對周永康來說，再無大的懸念。唯一的懸念是，他會不會最終被判死刑。

傳周永康被捕之際 軍隊頻繁異動

據中共官媒消息，從2013年12月20日起渤海及黃海北部海域將被軍方封閉一周時間，另攜帶輕型武器的駐上海武警部隊1000餘名士兵進駐京畿要地。在周永康、李東生出事局勢敏感之際，軍隊頻頻出現異動，有分析認為北京近期可能要有大動作。

遼寧海事局12月20日發布公告，本月20日至27日，中共軍隊將在渤海、黃海北部海域分別執行軍事任務，期間任何船隻不得進入。外界發現，20日正是中紀委宣布李東生被調查之日。另外，周永康被抓捕的消息在12月初傳出後，軍方也曾封鎖了渤海海域八天之久。

中共軍方報章12月22日報導，近日，攜帶輕裝備駐上海的千餘武警部隊，從上海虹橋火車站乘G216次高鐵，進駐1300公里以外的華北。這裡正是中共權力核心所在地北京的京畿要地。

從12月初，中共通過各種非正式渠道放出前政法委書記周永康被抓捕的消息後，軍方就不斷出現異常動作，同時軍方向習近平宣示效忠的聲音不斷。

了解中共軍隊運作的人士說，沒有軍委主席習近平的調令，1000餘名攜帶武器的武警是不可能完成這麼遠、這麼大規模的調動。

他還表示，武警所配備的武器不適於野戰，但適合短兵相接的城市

巷戰。他分析說，最近中南海局勢緊張、詭異，這些人有可能被祕密布防在北京，有時候中共動手抓人或為安全防範時，他們會從外地調一些生疏的人進來幹這種事，或許北京近期會有大動作發生。

江派活摘器官 當權者不願背黑鍋

周永康以政治局常委身分掌管中國公、檢、法、國安和武警系統，被稱為「維穩沙皇」。他在胡溫政治局九名常委中名列最後一名，但親掌 200 萬武警，7000 億維穩經費，其權勢橫跨公檢法、司法、情報、媒體、民政、國企、軍隊等，權勢之大被稱為「第二權力中央」。

周永康因鎮壓法輪功、新疆維吾爾族、藏人、異議人士和網民，在民間和國際社會臭名昭著。2013 年 12 月 15 日，「抓捕周永康獲黨內外近 100% 支持率」的消息傳出，顯示習近平已經開始收網。

越來越多的證據顯示，周永康涉及多起命案。事實上，周永康與薄熙來活摘法輪功學員器官的祕密殺人網，中共高層早已掌握，只是命案牽涉太大，涉及中共政權垮台問題。中南海面臨的難度是如何公布周永康罪惡。

接近北京高層的知情者透露，中共內鬥的核心問題，就是如何對待江澤民、周永康控制的「610」、政法委系統迫害法輪功這十多年犯下的反人類殺人罪證。證據都在中共高層掌握之中，因事態嚴重，大多數中共高層官員不願為江氏集團背黑鍋。這也是周永康最恐懼的事情，周永康策反目的，就是為掩蓋政法委治下中國各地勞教所犯下的活摘器官殺人網罪惡，其利益巨大，黑幕驚人。

《大紀元》曾報導，周永康的兒子周斌因其父的權勢與影響力，專門從事賣官、減刑、調包死囚犯來獲取巨利，周永康父子曾一度用遭關

押的法輪功學員頂替死囚犯被執行死刑，在行刑時法輪功學員的器官被活摘，而死囚犯被洗白後再回社會。

2012去年王立軍逃往美領館事件後，引發中共政治海嘯，薄熙來、周永康等江派死黨迫害法輪功的犯罪事實，再次被大量披露出來。薄熙來、薄谷開來、王立軍的案件核心真相均涉及活摘器官、非法在國際販賣屍體等罪惡。

在中國大陸，中共政法、軍隊系統廣泛出現活摘法輪功學員器官的罪行，而且最直接部門就是周永康掌控的各級政法委下屬的專門迫害法輪功的「610辦公室」。

第四節
453人被捕或自殺 血債幫大清算臨頭

前中共黨魁江澤民（中、右）、前中共政法委書記周永康（左）等迫害法輪功的元凶，必遭清算。（大紀元合成圖）

近年來，在中共殘酷迫害法輪功的這條線上，參與迫害的血債幫人員頻頻出事。表面上是內鬥致政法委鎮壓法輪功惡人遭整肅，實質是真相廣傳，善惡有報如影隨形。惡報線路由低層延伸至高層，迫害法輪功的元凶江澤民、曾慶紅、羅幹、周永康等血債幫即將惡報臨頭。

作惡多端必自斃，善惡有報是天理，前中共政法委書記周永康瘋傳被逮捕，專職迫害法輪功的「610辦公室」主任李東生被拿下，標誌著對迫害法輪功之元凶的大清算已經開始。

據「明慧網」報導，「善惡有報，如影隨形」，儘管中共極力封鎖體制內人員遭惡報的消息，但僅海外媒體收錄的因迫害法輪功遭惡報的就有上萬例。其中有判刑入獄、自殺身亡、抱病而死、雷擊劈死、車禍斃命，還有突發暴斃的，惡報形式各異。

據北京消息人士透露，原政法委某高官向高層遞交報告，僅18大

後的三個多月裡，各級政法委官員被雙規（在特定時間、特點地點交代問題）、逮捕人數，多達 453 人。其中公安系統 392 人，檢察院系統 19 人，法院系統 27 人，司法系統 5 人，非公檢法司系統 10 人，還有 12 名政法高官自殺身亡。

2007 年 6 月 4 日，天津市政協主席、政法委書記宋平順被人發現死在其辦公室裡。知情人透露，當時對抗江澤民的中共高層正在祕密調查江澤民迫害法輪功的罪證，宋平順被滅口的原因與掌握江氏集團太多罪狀有關。

參與迫害法輪功而遭報案例不斷攀升

尤其是 2013 年以來，各地黨政、政法和 610 系統人員參與迫害法輪功遭報的事例，更是不斷攀升。

2013 年初，內蒙古自治區赤峰市政法委副書記、綜治辦頭目張國力，「不遺餘力」迫害法輪功，在直腸癌的折磨中喪命，終年 56 歲左右。

2013 年 1 月 8 日晚，廣州市公安局黨委副書記、副局長祁曉林自縊身亡；1 月 9 日晚，甘肅武威市涼州區法院副院長張萬雄從法院六樓跳樓身亡；1 月 9 日，山西省公安廳副廳長被免職調查；1 月 15 日，原湖北省委常委、政法委書記、公安廳長吳永文被中紀委調查；1 月 16 日，汕尾市政法委書記陳增新被雙開（指開除黨籍、公職），並移送司法機關立案調查。

2013 年 3 月 23 日，陝西漢中市副祕書長，原漢中市「610」頭子盧鶴鳴，在西漢高速公路佛坪朱家埡隧道內發生車禍，盧和女兒、祕書、司機當場死亡。目擊者說，他的小車被兩輛大車夾在中間撞擊，車毀人亡，死狀慘不忍睹。

第十二章 要打元老級大老虎

2013 年 3 月 28 日，58 歲的上海高官張學兵，繼 1 月卸任上海副市長後，又被免去市公安局長職務，遭調查。

2013 年 10 月 19 日，南京市市長季建業被免職，並被中紀委帶走調查。季建業曾長期主政江澤民故鄉揚州市，被指是江澤民老家的「大管家」。

2013 年 11 月 19 日，廣西玉林市興業縣公安局出入境管理大隊一名大隊長在辦公室「自縊身亡」。

2013 年 12 月 13 日，據中央紀委監察部網站消息，河北省紀委對廊坊市委常委、政法委書記肖雙勝涉嫌嚴重違紀違法問題，正在立案調查。

2013 年 12 月 18 日，據中央紀委監察部網站消息，湖南省政協副主席童名謙涉嫌嚴重違紀違法，目前正接受調查。

2013 年 12 月 19 日，北美新浪網引述《澳洲日報》報導稱，江蘇省委書記羅志軍和南京市委書記楊衛澤（也是前無錫市委書記）涉周永康案被調查。這兩人給周永康的兄弟和妹妹及兒子周斌輸送大量利益，目的是要等前重慶市委書記薄熙來奪權後，由羅志軍出任公安部長，周永康對此做出承諾。羅志軍在擔任南京市市長、市委書記期間，積極參與迫害法輪功，因而登上海外追查國際組織的惡人名單。

另有消息稱，原中共中央政治局委員、中央軍委副主席徐才厚，因涉周永康、薄熙來案被雙規；最高檢察院檢察長曹建明因涉周永康案正面臨被調查。此外，由王岐山掌控的中紀委已成立專案組，對周永康案波及的關鍵人物，即中共中央三名前政治局常委江澤民、曾慶紅、羅幹，啟動祕密調查。

迫害法輪功元凶陸續遭惡報

江澤民等迫害元凶已經在世界上幾十個國家被起訴。活摘法輪功學員器官的罪惡也在聯合國和亞洲、歐洲、大洋洲、北美及南美五大洲，轟轟烈烈地展開。全球的正義力量正在匯聚，中共的迫害罪惡正被聚焦。在中國，大量民眾了解迫害真相後紛紛「三退」，道德良知走向覺醒。

隨著王立軍、薄熙來、薄谷開來、李東生、徐才厚、周永康這些迫害法輪功的核心人物落馬，關押迫害法輪功學員的主要場所勞教所的全面解散，所有參與迫害法輪功的人員，無論他們以什麼方式落馬，如果從中國善惡有報的傳統觀念來看，都可以說這些人是因為迫害法輪功而遭到惡報。這些高官落馬受懲，若僅僅在政治仕途上遭報，還遠遠不能償還自己所欠下的罪業，有消息稱王立軍已經中風，薄熙來面對中紀委調查時昏厥幾十次，周永康、徐才厚被指已經身患絕症——癌症。

善惡有報是宇宙運行的法則，周永康遭逮捕，李東生被拿下，標誌著對迫害法輪功之元凶的大清算已經開始。文中提及的多起案例，既包含江氏集團自身「斷尾求生」時拋棄下屬，使其成為替罪羊，或是以殺人滅口方式消除隱患，也包含黨、政、軍及政法系統官員追隨江曾羅周薄迫害法輪功受到牽連遭懲治或惡報。

這些由低層到高層的惡報案例，足以使中國大陸各省、自治區、直轄市的黨、政、軍和「610」、政法委系統的公安幹警，以及所有參與迫害法輪功的人員驚醒。特別是那些對法輪功欠下血債的不法官員，應該趕快醒悟，懸崖勒馬，停止迫害，進行自救。用良知揭露中共迫害法輪功的黑幕，將功贖罪，幫助那些還遭受迫害的法輪功學員免受其害。神佛是慈悲的，會幫助改邪歸正之人。

中共解體命運不可逆轉

貴州省平塘縣掌布河谷風景區藏字石門票,「中國共產黨亡」六字清晰可辨。(網路圖片)

2013年12月22日,《大紀元》發表特稿《610頭目落馬 沒人願替江澤民等元凶背黑鍋》指出,中共18大後落馬的高官,大多都是迫害法輪功的元凶惡人。表面看是高層權力搏擊的結果,實質上是惡有惡報,天理昭彰,也是千百萬法輪功學員14年來講真相、反迫害的成果。

這場迫害有多慘烈、封鎖有多嚴密、全民捲入有多深,都會在真相揭開後引起相應的震驚與強大的全民反迫害聲浪。真相終有大白的一天。上天不會放過惡貫滿盈的江澤民、曾慶紅、羅幹、周永康等迫害元凶,也不會放過犯下累累罪行的中共邪黨,這是他們的劫數,但現任高層與其他任何官員、個人,都可以選擇恪守良知,支持正義,走過劫難。

正義雖然常常姍姍來遲,但從不會缺席。迫害法輪功的罪惡,一定會被清算,絕不容掩蓋。任何人的正義之舉,也將被歷史銘記。

貴州省平塘縣藏字石上的「中國共產黨亡」,就是天意,就是上天在提醒人;1億5000萬人退黨大潮不可逆轉的趨勢,就是在為人們指明方向;因參與迫害法輪功而頻遭惡報的事例,就是讓人們在這歷史的最後關頭看清形勢,做出選擇。

在這稍縱即逝的寶貴時間裡,趕快抓緊時間,了解真相;千萬不要在天滅中共時作為陪葬,或遭清算。棄惡從善,就是給自己選擇了一條走向未來幸福的生命之路!

第五節

習近平要打元老級大老虎

2013年12月22日,百度解禁了「李東生 活摘」,用此關鍵詞搜索顯示,置頂的新聞是《大紀元》報導的《涉周永康政變的中南海重要人物名單》,直指江派罪行。(大紀元合成圖)

2013年12月20日,中紀委宣布要查處「610辦公室」主任、公安部副部長李東生,第二天,公安部就在其官網的「領導信息」欄目中刪除了有關李東生的內容。李東生成為繼蔣潔敏之後第二個落馬的18屆中央委員。這兩人皆是周永康最心腹鐵桿,一個被安插在石油系統,一個被安在政法系統。

百度轉向積極報導江派罪行

據《大紀元》此前獨家報導,2009年左右,大陸搜索網站百度一度被周永康、薄熙來重金收買,專門釋放一些誣陷溫家寶、胡錦濤、習近平的文章,但2012年薄熙來出事後,百度迅速轉向,不斷配合習近平陣營在網路上釋放薄熙來、周永康的罪行。

比如2013年12月22日,百度解禁了「李東生 活摘」,用此關鍵

詞搜索顯示，置頂的一條新聞是《大紀元》報導的《涉周永康政變的中南海重要人物名單》。以前海外《大紀元》的文章根本無法在大陸百度上檢索到。

這篇文章報導了涉及周永康、薄熙來政變的中共高層人物，包括江澤民、曾慶紅、羅幹以及現任三常委劉雲山、張高麗、張德江；前常委李長春、李嵐清；前軍委副主席徐才厚和前國防部長梁光烈；薄熙來、王立軍；周永康在四川心腹李春城、劉鐵男、郭永祥；周永康在中石油心腹蔣潔敏、王永春、李華林等；周永康在政法口的心腹李東生和曹建明。

隨後幾天裡，百度解禁了大量有關周永康、法輪功、活摘器官等中共長期禁止大陸民眾知曉的最高祕密。有分析表示，這說明百度還算明白政局，知道做錯事之後要將功補過，同時這也是正義力量不斷抗爭的結果。

補發訃告有意公布周的異常處境

12月23日，《人民日報》在第四版突然補發中共原石油工業部部長唐克的訃告，這距離唐克12月5日死亡18天了。此前的12月11日，唐克在北京八寶山祕而不宣地火化，法廣援引出席葬禮的官員稱，北京時間11日早晨八時，前政治局常委周永康甚至沒有送來寫上自己名字的花圈，這在中共黨內本來是一項傳統做法。

另外，中共官媒對唐克訃告的報導方式更是詭異。先是中國石油官網關於唐克去世的公告被刪除，在其離世近兩週後，新華網發布了一篇簡短訃告，語焉不詳地稱「唐克病重期間和逝世後，中央有關領導以不同方式表示慰問和哀悼」。

唐克去世和火化與外媒披露的「周永康確定失去自由」的時間撞車，人民網時隔六天補發新華網的唐克訃告，而且正是周永康在政法委系統的 610 接班人李東生被正式拋出之際，讓外界嗅出當局或很快正式宣布對周永康「有所行動」。

唐克於 1982 年至 1985 年任石油工業部部長，是中共「石油幫」第一代，是曾任中石油總經理周永康的老上級，被認為是周的政治教父之一。曾慶紅、周永康、張高麗（在石油部茂名石油工業公司工作 14 年至黨委常委），都算是「石油幫」第二代。

據資料顯示：1985 年，43 歲的周永康從遼河石油勘探局局長升為石油工業部副部長，從地方跨到中央，當時石油部正是老部長唐克同新部長王濤交接之際。與周永康一樣，唐克也是江蘇人，1918 年 3 月出生於江蘇鹽城，唐克長期盤踞石油部門，「文革」前就已是石油部副部長，雖然 2005 年有中國媒體稱當年周永康的升遷是「余秋里的親自點將」，但是當時余秋里已經任中共中央軍委副祕書長，離開石油系統多年。唐克應該才是周永康的提拔人。

2013 年 7 月 7 日，中共原石油工業部副部長陳烈民的追悼會在八寶山舉行，官方報導中就出現了周永康的名字。目前中國石油官網上陳烈民去世的消息依然存在，出席追悼會的官員名單清楚明白。但是唐克去世的消息卻在短暫公示後被徹底刪除，而且有哪些官員出席葬禮也是祕而不宣。

分析認為，唐克比陳烈民職位高，又是周永康的老上級，按照中共喪葬禮制規定，如果有行動自由，都必然到場送行，至少也要送花圈，並對唐克家屬表示慰問。而此次周永康居然全無表示。《人民日報》故意在唐克死後 18 天補發一個訃告，真實意圖就是有意公布周永康的處境異常，為正式宣布周永康落馬做鋪墊。

追悼紅線女 江派人馬幾乎全排除

　　中共歷來利用官方媒體報導某領導人的姓名,以及姓名的排列順序,來證實某人是否掌權或被調查落馬。2013 年 12 月 17 日,在廣州舉行的一代名伶紅線女的遺體告別儀式上,習近平、李克強等中共高層送來花圈致意。同時官方報導說,送來花圈的還有胡錦濤、劉延東、劉奇葆、汪洋、趙樂際、胡春華、朱鎔基、溫家寶等。

　　12 月 18 日和 19 日《大紀元》連續發表報導《胡、朱、溫「露面」中南海高層排名不斷釋放一信號》和《追悼紅線女 江澤民缺席中南海高層排名》。美國之音記者發現,公布的這些名單裡,沒有一個是江澤民派系的。

官媒近乎點名周永康

　　12 月 24 日,新華網報導了題為《外媒:中共以強力反腐為改革護航》文章,摘取了部分海外媒體關於李東生落馬的報導、評論,並評論說,李東生的轟然倒台,「至此,一場從去年 12 月初即開演,步步引向深入、環環相扣的『打大老虎』大戲,已行進到關鍵時刻,也將直接牽動時局穩定。」

　　「2012 年 12 月初」這個時間點正是原四川省省長李春城落馬時間。而「步步引向深入、環環相扣」則說明這一年「反腐」過程中的很多個案實際上都是互相有關聯的,前期的所有動作都是為接下來鋪墊。「已行進到關鍵時刻」則明顯暗示大老虎即將浮出水面。這番話對於熟悉中國政局的人看來,已經是在對外界釋放了信號,近乎直接點名周永康。

「打虎無上限可至元老」

12月25日,西方的聖誕節,25日的16時47分,新華網頭條宣布中央印發了《建立健全懲治和預防腐敗體系2013－2017年工作規劃》,稱「不論什麼人,不論其職務多高,只要觸犯了黨紀國法,都要一查到底,絕不姑息。」就在這個規劃公布一小時後,新華社發通稿稱,中組部已經宣布免去李東生的一切職務。

外界評論說,在習近平陣營「打虎」直逼周永康甚至牽連其身後的更大中共「元老」之際,此規劃是在以文件形式祭出「尚方寶劍」,為拿下更大級別的江派大佬們做足法律文件上的鋪墊。

人們發現,這次習近平陣營的反腐,是採取了剝洋蔥的方式,比如對周永康的圍剿是從外圍到核心,逐步深入到周永康案的心臟地帶－－政法委。從原四川省委副書記李春城、前周永康大祕郭永祥、前中石油董事長蔣潔敏等相繼落馬,中石油多個高層被查,到與周永康家族關係密切的吳兵被調查,都顯示對周的調查是地毯式逼近,直至李東生的落馬,以及即將而來政法系統更多人的被查。

在剪除周永康心腹和左膀右臂的過程中,反腐涉及的行業覆蓋了從「四川幫」到「石油幫」,再到「政法幫」的擴散,時間覆蓋面也從10多年前的貪腐,轉向近10年來周永康在政法委的罪行上。目前海內外一致認為,周永康的落馬已經是「板上釘釘」的事了,必然會發生的。12月15日,「抓捕周永康獲黨內外近100％支持率」的消息傳出,顯示習近平陣營已經開始收網,外界一直關注中南海將在何時、以何種罪名宣布周永康的惡行。

新年打周老虎莫遲疑

2013年聖誕前夕，旅居洛杉磯的學者吳祚來在 Twitter 上披露「中新社已就周永康問題採訪國內著名學者」，另有多個中央級媒體部門，已經做好了隨時報導周永康案件的準備。

與此同時，早已轉向習近平陣營的香港鳳凰衛視在聖誕前報導了時事評論員鄭浩的分析，認為北京當局要把一些「深藏在背後的大老虎」在「新年或者是中國的黃曆新年之前」打掉。

理由有三：1. 在前一階段已經打掉了 16 位省部級的高官之後，當局「摸到了更多更深的一些情況」，已經抓到了「深藏在暗處的、深藏在背後的一些大老虎」，目前的情況顯示，當局已經下決心「就要在今年把他處理掉，不要拖到明年」。

2. 從廣泛的輿論來看，已經到了必須要把「打大老虎」進行到底的一種態勢。

3. 到中國新年過後，當局就要開始進入兩會的準備階段。而兩會之後，當局將要把主要的精力和注意力放在「落實 18 屆三中全會以及中央經濟工作會議提出的一系列的任務這方面來」，所以當局勢必要在此之前先把「大老虎」打掉才行。

鄭浩說：「根據這三個方面的原因來看，確實恐怕在 1 月 1 號或者是黃曆新年之前中央還會有重大的一個宣布，大家也都在期待。」

打「大老虎」迎新年

無獨有偶，大陸搜狐網的論壇上也出現了由網民「狼頭長嘯」發表的以《打「大老虎」迎新年》為題的帖文。帖文分析表示，央視 12 月

20 日的晚間新聞公布李東生被中紀委拿下的消息，等於公開證實了網路上已傳播多時的「民間消息」屬實。

此前在 12 月 16 日，李東生還在出席公安部召開的黨委擴大會議。這與原國家能源局局長劉鐵男被中紀委拿下的數天之前，還微笑陪同王歧山出訪俄羅斯，並代表中方在相關的協議上簽字的情景是一樣的。當局的這種手法「令其猝不及防，且還十分滑稽而幽默」。

帖文還稱，一年多來已有十多名省部級高官先後落馬。這樣的反腐敗高壓態勢，讓人對當局打下「大老虎」的預期升高。「現在李東生涉嫌嚴重違紀違法被拿下的新聞，加上媒體近期對周斌（周永康之子）、羅韶宇（羅幹侄子）這兩個大公子哥兒的公開點名曝光，就似乎是在明顯地向國人傳遞著一種信號——此前的反腐重拳，只不過是在為即將陸續公演的那些打『大老虎』迎新年的大戲，徐徐拉開中的一道道序幕罷了。」

不管人們理解的大老虎是誰，從犯罪事實來看，大老虎就不只是周永康、羅幹這樣的政治局前常委了，最稱得上元老級大老虎的，就是江澤民。

第十二章 要打元老級大老虎

周永康垮台全程大揭祕

第十三章

周永康和中共都罪不可赦
―― 「清算江澤民迫害法輪大法國際組織」公告

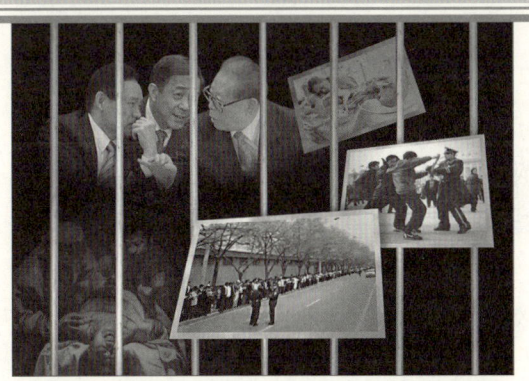

十多年來，以江澤民為首迫害法輪功的「血債幫」成員，犯罪累累，其中包括活摘法輪功學員器官的滔天罪惡。（大紀元合成圖）

第一節
當今重大真相被國際媒體集體屏蔽

中國社會發生了一系列重大事件，這些事件給中國帶來前所未有的變化。然而，事件真相幾乎被全球所有媒體集體過濾。（AFP）

在過去 21 年中，中國社會發生了一系列重大事件，這些事件給中國帶來前所未有的變化，並將繼續給中國乃至世界帶來深遠影響。然而，事件真相幾乎被全球所有媒體集體過濾，由此導致外界對中國時局的判斷進退失據，並可能錯失歷史機遇。

這重大事件就是法輪功真相

當今法輪功問題成為整個中國局勢的核心問題、政局焦點。由於中國經濟容量在國際經濟的重要比重，國際主流民眾都在找尋真實的中國新聞，真實的中國新聞關乎眾多國家、財團、投資者、學者、政府機構做決策的重要依據。

法輪功問題已成為當今世界中國因素中的核心議題，因真相被掩蓋，在今天世界主流媒體上看不到真實的中國新聞，這使得法輪功學員

辦的敢於獨立報導中國真相的《大紀元》、新唐人等媒體脫穎而出，大受歡迎。

1992 年，法輪功由創始人李洪志先生公開傳出。短短七年間，根據中共官方公安部內部數據統計，當時大約有 7000 萬到一億人修煉法輪功。法輪功學員遵循真、善、忍的準則修身養性，強身健體。千千萬萬人獲得健康、昇華身心，好人好事層出不窮，社會走向穩定。

在無神論割裂中國傳統文化、在經濟大潮造成道德真空的時候，法輪功重建了中國人的信仰體系，為中國的未來奠定了穩固的道德根基。無論是對綿延 5000 年、奠基了巨大歷史財富的中國古老文明，還是對世界的文明來說，這都是一件可喜可賀、功德無量的幸事。

然而，中共前黨魁江澤民以一己之私，出於對權力的過分保護和妒嫉，悍然發動了對法輪功的殘酷迫害。從此，中國所有的法律形同虛設，所有的政府職能，從政治、司法、外交、教育、媒體……方方面面，都把重心壓在了法輪功上，每年相當於四分之一國民經濟的社會綜合資源被用於迫害法輪功，最高時達到四分之三。

一個政府向全世界撒著彌天大謊，對其最善良的主流民眾進行殘酷的迫害，幾百萬學員被害死，甚至發生了星球上從未有過的罪惡——駭人聽聞的大規模活摘器官事件，數以萬計的法輪功學員被活摘器官。受迫害人數之多，範圍之廣，時間之久，程度之慘烈，曠古未見。

即使如此，法輪功學員仍然以難能可貴的勇氣和和平精神，講述真相，法輪功在全世界 120 多個國家傳播。中共迫害難以為繼。經過 14 年的瘋狂迫害，中共不僅沒有迫害倒法輪功，反而不得不面對無法收拾的苦果，公權肆無忌憚，官員全面腐化墮落，社會道德崩潰，民間抗爭此起彼伏，紅牆搖搖欲墜。

中共政權面臨垮台 中國處於巨變前沿

繼任者出於維持政權的需要，出於對亡黨的恐懼和血債的顧慮，並不願意死心塌地繼續迫害政策，但這讓迫害法輪功的血債幫非常恐懼，害怕迫害停止後遭到清算，因此不惜一切代價捆綁現任高層，甚至不惜謀反，最後導致薄熙來下台。但高層的搏擊並沒有停止，血債幫唯恐被清算，在政治、經濟全方位對現任當權者進行阻擊。

因此，不解決迫害法輪功的問題，一切改革都是空談。中國局勢處於持續動盪之中，中共分崩加速。

中共外交施壓 各國媒體回避法輪功問題

目前，對於中國迅速演變的局勢，外界卻如同霧裡看花，判斷進退失據。其根本原因在於中共利用中國巨大的經濟容量和市場，通過國與國之間的外交途徑，給各國政府、媒體、公司和投資者施加壓力，以至於當代社會如此重大的真相一直被各國媒體有意過濾，包括大陸所有的媒體，海外幾乎所有控制華文媒體以及國際主流媒體的國際財團，大多因中國市場等因素，在中共經濟利誘和脅迫等壓力下而有意回避法輪功問題。

這場迫害直接牽扯一億法輪功學員及其家屬幾億人，幾百萬人被害死，甚至發生了活摘器官這種納粹集中營也沒有發生過的駭人聽聞事件，國際社會卻鮮有報導。

迫害者把整個國家政權重心壓在上面，置國家法制崩潰、經濟破產、道德摧毀而不顧，把中國社會推向災難，把中共自身拖入解體，這些也鮮見於記者筆端。

在中國，反迫害讓億萬中國人覺醒，尤其是《九評共產黨》橫空出世，全面揭開中共的歷史本質，1億5000萬人退出中共黨、團、隊，中共邪惡專制正在瓦解，世界正面臨歷史的巨變，國際社會卻似乎毫無知覺。

此外，神韻純善純美的演出風靡全球，引領傳統道德的回歸，每年近百萬的現場觀眾，在世界頂級劇院，票房屢創火爆紀錄。這一從文化上復興中華5000年古老文化的藝術奇蹟，在國際主流媒體卻基本鴉雀無聲。

對此重大真相 有系統地掩蓋14年

當前，法輪功問題已經成為中國局勢的核心問題。拋開這直接涉及幾億人的關鍵問題、影響政局的核心因素，外界對中國的局勢根本無法判斷，無法決策，一切都雲山霧罩，不得其解。王立軍、薄熙來事件之後，問題尤其突顯。

當代社會如此重大事件的真相被各國媒體集體過濾，當中國因素突顯時，外界根本找不到判斷中國局勢的著力點。他們對中國重大問題的解讀都偏離事實，所有的分析推演都偏離真實，得出的結論也是偏頗的。這個責任誰來負責？

作為無冕之王的媒體，報導真相，聲援正義，捍衛人類的普世價值，義不容辭。屈服於中共壓力，回避法輪功真相，不僅讓媒體報導失準，更讓媒體的職業道德和道義責任蒙羞，是國際傳媒界亟待洗刷的奇恥大辱。

因報導真相 《大紀元》等媒體脫穎而出

欣慰的是，法輪功學員辦的媒體《大紀元》、新唐人等一直在突破中共的新聞封鎖，致力於報導真相。在王立軍事件出現之後，國內通過動態網訪問大紀元新聞網的點擊量大幅上升，很多國內出來的人也在尋找《大紀元》，尋找真相。

在中共的重重壓力下，在血雨腥風中，這些敢言媒體成了當代社會一道亮麗的風景線，也鑄就了它們的歷史豐碑。

王立軍薄熙來事件之後，眾多的國際主流媒體也在看《大紀元》，但因為壓力，它們引述報導的時候並不提《大紀元》。

這是一個不同尋常的時代 真相就是財富

中共對一億信仰「真善忍」價值的法輪功學員的迫害，形成了擺在人類面前的一場空前的善惡較量。危害人類一百多年的共產邪靈和共產專制的最後結局，也將很快一見分曉。

這場迫害，尤其是活摘器官罪惡，是人類歷史上從未見到過的邪惡，一場對人類根本價值的戰爭。它不僅僅傷害了那些受害人，傷害了他們的家人，傷害了這個國家，更傷害了人類的基本尊嚴，傷害了人類賴以生存的基本文明準則。

在二戰後的紐倫堡世紀大審判中，一位法官說過這樣一段話：「我們即將判決和懲處的種種罪行經過了如此精心的策劃，是如此之惡劣，其破壞性的後果又是如此的巨大，因此文明世界絕對不能對之放任不管，因為如果這些罪行在今後重現，人類文明將不復存在。」

今天，這話也同樣適用於中共迫害元凶對法輪功學員的迫害，尤其

是大規模活摘器官的罪行。

在千百萬善良法輪功學員由於信仰「真、善、忍」而遭受殘酷迫害乃至活摘器官的罪行時，如果我們不採取行動，我們的人性、良知與道德價值到底體現在哪裡？人類的尊嚴和文明到底體現在哪裡？活摘器官罪行，這個星球從未有過的邪惡，在檢測每一個人的道德底線。這個道德底線，將決定一個人的未來，一個國家的未來，也影響到整個文明的命運。

如果政府、媒體與民眾對這一慘絕人寰的暴行熟視無睹時，人性、道德的底線已經崩潰，文明的基石也不復存在。對這樣的另類毀滅性戰爭，除了奮起應戰，別無選擇。

制止迫害悲劇，制止對人類根本價值的踐踏，其實也就是在拯救我們的文明，拯救我們未來的命運。這事實上是人類社會的一場正邪大戰，沒有人是旁觀者。我們只能對罪惡勇敢宣戰。

二戰後，自由社會通過立法等方式，一直在嚴防大屠殺這樣的悲劇重演。國際社會發出了「永不重蹈覆轍」（Never Again）的誓言，納粹罪犯至今仍被追查。不幸的是，前車之鑒未遠，這個星球上前所未有的、遠超納粹的罪惡卻發生在當今中國，而且持續了十幾年，迄今仍在繼續，因為真相還在被掩蓋、過濾。

作為媒體，最大責任就是廣傳真相。在真相被掩蓋過濾的歷史關頭，真相就是生命，真相就是財富，真相就是先機，真相就是未來。

尋找真相，報導真相，為了我們自身的未來，也為了人類文明的航舟能繼續前行。

第二節
《新紀元》準確預測迷局

近十多年來中國問題的核心關鍵是法輪功受迫害，洞見此一關鍵，《大紀元》的報導超前而精準。法輪功14年和平反迫害中，江派血債幫在中共內鬥中走向末路。圖為2009年7月美國華府法輪功大遊行。（大紀元）

　　王立軍剛出逃美領館十多天後，2012年2月23日出刊的《新紀元》周刊263期就推出了八萬字獨家特刊《王立軍事件大揭祕！》，在香港、台灣發行第一天就獲得市場的熱烈反饋，很多書攤開門半小時就把準備賣一周的庫存全賣光了，不得不馬上再進貨。現場讀者反饋說，本刊的標題和封面設計都很震撼獨特，讓人一看就意識到王立軍事件的歷史分量和深遠影響，想先睹為快，深入研究。

　　當時很多中共黨內高官和普通民眾以及西方中國問題專家，還沒有意識到一個小小重慶市公安局長進入美國領事館會給中國政壇帶來什麼影響，而《新紀元》周刊立刻公開宣布，王立軍出逃是「現代版林彪出逃」、「六四」方勵之避難，八萬字獨家揭祕，牽連中央九常委和美國白宮」；這八萬字包括：現場直擊王立軍出走全過程；揭開團派、江派、太子黨祕聞；改革派PK毛左派，紅潮末路「昌盛」？

　　從那以後，《新紀元》這個創刊了六年的華人精英周刊，沿襲「世

紀關鍵點，掌握新未來」的辦刊宗旨，一直在最前線報導薄熙來案的變局，以及中國政治、經濟、文化、生活、歷史等方方面面的最新動態，成為中共官方最害怕、大陸遊客和港台讀者最喜愛的政經周刊。

中共驚嘆《大紀元》及時準確

2012年9月底，一份中共祕密文檔被曝光，其中對《新紀元》周刊所屬的大紀元新聞集團的報導評價說，「今年『王立軍事件』發生後，境內外法輪功，有組織、多管道匯集內部資訊，對『薄王事件』做了最全面、最及時也是最準確的預告，法輪功三大媒體設立專欄、刊文千餘篇，外電大多引用了『法輪功』的消息。」

現在很多中共高官都發現，《新紀元》的報導就像內部文件所說的，是「最全面、最及時也是最準確地預告」了中共政局的變化。

中共內部對《新紀元》報導的準確性相當驚歎，這與其對外百般詆毀的態度截然相反，這也是為什麼大陸遊客到香港台灣，受壓而「自律」的導遊經常強調：「可以試著買其他雜誌帶回去，但不許買《新紀元》。」《新紀元》之所以上了中共黑名單的第一位，就是因為《新紀元》報導了中共官方最害怕讓人知道的黑幕。其他雜誌也在揭露中共的罪惡，有的沒有打中七寸，有的是小罵大幫忙，讀者花了冤枉錢和冤枉時間，卻看不到最關鍵的信息。

王立軍事件後，中共官方封鎖消息，各種流言蜚語在網路上流傳，中共高層各派也故意通過其收買或控制的海外媒體放風爆料。由於中共長期動用國家資源封鎖新聞、過濾真相，西方媒體儘管在大陸有很多記者或信息來源，但由於不了解中共的邪惡本質，無法真正準確報導為何一個重慶市副市長闖進美國領事館，會牽扯出薄熙來，揪出周永康，直

擊江澤民派系，牽動整個中國未來的走向。

《大紀元》不是法輪功

　　中共所說的法輪功三大媒體是指大紀元新聞集團（包括網站、全球各地報紙和雜誌）、新唐人電視台和希望之聲廣播電台。不過，和中共在「文革」時搞誣陷一樣，這裡中共再次想混淆是非。《大紀元》是有法輪功學員參與興辦的報紙，《大紀元》不懼中共禁令而持續不斷地報導法輪功在中國遭受的人權迫害，這是有目共睹的事實，但《大紀元》並不是法輪功。

　　法輪功是一種類似於信仰的修煉團體，而《大紀元》是按照社會普遍規則興辦的一個普通媒體。例如美國著名的報紙《基督科學箴言報》（The Christian Science Monitor）即是一份在美國創辦的國際性日報，雖然報紙名稱中包含「基督教」的字樣，但並不以宣傳教義為主旨，而是一份普通的面向「世俗」的報紙，內容體裁廣泛，但以嚴肅新聞為主，一般不刊登有關暴力、色情等誨淫誨盜方面的新聞，報導和分析較為客觀中立。其創始人瑪麗・貝克・埃迪（Mary Baker Eddy）定下的辦報方針是「不傷害任何人，幫助所有人」。《基督科學箴言報》曾七次獲得國際新聞界的最高獎項：普利茲新聞獎。

　　大紀元新聞集團自從 2000 年 5 月成立以來，目前在全球有 12 個語種的報紙，19 個語種的網站，擁有在中國問題上最具權威的全球華人精英雜誌《新紀元》周刊、且在全球 60 多個國家和地區設有記者站。如今《大紀元》僅中文網站每天的點擊量就在 600 萬次以上，不只有華人的地方就有《大紀元》，在世界各地，各族裔的人們都在搶先閱讀多語種的《大紀元》。《大紀元》已經成為全球規模最大、覆蓋面最廣，

影響力最大的華文媒體。

在過去 13 年中,《大紀元》也獲得眾多國際獎項。2005 年,《大紀元》因率先報導中國政府掩蓋 SARS 疫情,獲得加拿大政府頒發全國民族新聞媒體理事會獎(National Ethnic Press & Media Council Award);2005 年《大紀元時報》系列社論《九評共產黨》獲得美國亞裔記者協會獎項;2005 年,《大紀元》德文版獲得德國頒發國際社會對人權獎。

2011 年,《大紀元時報》台灣分社獲得第 14 屆「中華民國杰出企業領導人金峰獎」中的中小企業組十大傑出商品獎;2012 年《大紀元》加拿大分社獲頒伊麗莎白女王二世登基鑽禧紀念勛章;2012 年,《大紀元》中文版獲得加拿大政府頒發全國民族新聞媒體理事會獎。

2013 年 4 月 6 日,《大紀元》英文版為「紐約亞洲周」製作的特刊,被紐約新聞協會評選為 2012 年廣告類最佳特刊第一名;2013 年 6 月 21 日英文《大紀元時報》因揭露中共活摘法輪功學員器官,而獲得美國「專業新聞記者協會」「卓越新聞報導獎」。

西方主流媒體都在跟隨《大紀元》

在薄熙來案件中,不但有中共內部文件稱《大紀元》報導是「對『薄王事件』做了最全面、最及時也是最準確的預告」,中共甚至在報紙上公開談及此事,當然,是用英文而不是中文。2012 年 4 月 30 日,中共官方新華社發表了一篇英文評論,「質問」為何有關薄熙來事件的「謠言」此起彼伏,這篇文章官方沒敢翻譯成中文,不想讓國人知道實情。

文章首先描述了一個現象:「很多西方主流媒體大量報導了薄熙來竊聽高層談話、參與政治內鬥等各種消息,不過,而這些消息都是(法

輪功媒體）早就報導過的了，西方正規傳統媒體反覆引用一個民間組織的獨家報導，這不是國際新聞史上一件令人吃驚的軼事嗎？」

　　文章還稱「西方媒體被法輪大法攻陷」，也就是說，西方主流媒體所報導的中國新聞很多取自於法輪功學員興辦的《大紀元》、新唐人等媒體。確實，全球主流媒體都在看《大紀元》，香港名嘴陶傑在自己的節目說，現在全世界都在看《大紀元》，《大紀元》已經成為中國問題的行家媒體。

　　中共奪取和維持政權的兩大工具是暴力和謊言。在中共奪取政權後，暴力和謊言依然是其維持政權的工具，中共對內暴力與謊言並用，對外，中共主要使用謊言和金錢。中共對外使用謊言的體現就是花費巨資打造的「大外宣」，用所謂的軟實力，一方面滲透西方主流媒體，另一方面滲透收買海外的中文媒體。

　　在此種情況下，西方部分媒體和政府以及不少的海外中國問題專家在解讀中國時，因為利益問題，如同「霧裡看花」，許多時候，這些媒體或主動或被動地成為了替中共背書的工具，成為了中共「大外宣」策略的一部分。

連左派五毛每天都看《大紀元》

　　在民間，大陸民眾翻牆突破網路封鎖出來看《大紀元》，每天上百萬的民眾訪問大紀元網站，根據網路流量統計公司 Alexa 的排名，《大紀元》早已是海外中文媒體訪問量最大的媒體，而且跟一些中文媒體的差距也越拉越大。

　　甚至連中共最大的「五毛」之一司馬南也在博客上公開承認，看了大紀元網站後對薄熙來被抓起來移交審判的結果感到「一點也不意

外」，只不過有點不敢面對現實。司馬南稱王立軍事件後，一系列後來被證實的消息與法輪功學員所辦媒體「謠言」保持高度一致。他稱「搞不清楚為何境內外謠言總被證明是事實」。

「六四」學運領袖、流亡海外的民主人士唐伯橋也表示，「這次美國最大的一家媒體記者採訪我，問為什麼《大紀元》媒體能拿到那麼多爆炸性信息？我告訴他，像《大紀元》、《新唐人》這些有正義良知的媒體，當整個社會呼喚正義良知的時候，他們也就會受到全世界的關注。」

新華社那篇英文報導頗有些氣急敗壞的味道，一年多下來，新華社內部消息說，他們的編輯經常被要求看《大紀元》，上級指示，要針對《大紀元》的報導來安排他們的「反報導」，《大紀元》報導了什麼，他們就得「解釋」或「歪曲」什麼，目的就是對抗《大紀元》。

法輪功是中國局勢的核心問題

外界揣測《大紀元》為什麼能準確把握中共局勢發展的脈搏，背後有高人掐算，或是中共內部有人向《大紀元》透露消息，甚至有說法，中共高層想和法輪功學員合作云云。

其實，《大紀元》能夠準確分析預測中國政局發展，主要是因為它是獨立媒體，不受任何政治勢力控制，也就能跳出所有派系的約束，站在遠處和高處看到問題，真正去研究事實，真正去剖析社會趨勢、民心向背，真正去探索歷史規律，從而抓住事物的本質，推演和預測局勢的變化。其他大陸媒體或海外親共媒體，由於「身在此山中」，故而就「不識廬山真面目」了。

近十多年來中國問題的核心關鍵是什麼呢？其實很簡單，就三個

字：法輪功。引申出來就是江澤民派系（血債幫）因為鎮壓法輪功而釀成天大罪過，為了逃避清算，不得不利用前所未有的各種卑鄙手段，與胡溫習李等（非血債幫）爭奪權力，從而上演了一場表面上是圍繞中南海最高權力寶座的政變爭奪，而實質上是針對如何處理法輪功問題、如何懲辦凶手的一場正邪較量。

1999年7月20日中共黨魁江澤民發動了對上億法輪功修煉者的鎮壓，把13分之一的中國人推向了對立面，中國社會於是出現了巨大的裂變。特別是法輪功代表的是「真善忍」的好人團體，是中華傳統文化的繼承者，中共鎮壓法輪功，實質就是鎮壓全人類最根本的良知善念，從本質上否定人類生存的底線。

這場持續14年的迫害，絕不是一個簡簡單單的鎮壓氣功組織，背後牽扯的是人類最本質的選擇：是要說真話還是說假話，是要善念還是要殘暴，是要寬容還是要暴力。江澤民帶領的鎮壓法輪功的血債幫，為了維持迫害，耗費了巨大的社會資源，同時破壞了中國人的道德良知，雖然暫時在大陸造出了恐怖氣氛，但在迫害中，中共也把自己搞垮了。

其中的一個代價就是，江澤民為了維持迫害，就不得不改變接班人的挑選標準，只能從血債幫裡面挑選出周永康、薄熙來之流，為了維持迫害，不斷強化周永康的政法委的維穩系統，使之維穩經費超過了國防預算，而且為了避免被後來者清算，江派搞出了「第二權力中央」，伺機謀反篡權。也就是說，表面上看是薄熙來在搞政變，其實，江澤民早就搞了政變，早就在與胡錦濤進行生死較量，胡錦濤幾次差點遭暗殺，只是老百姓不知道這些黑幕而已。

而習近平、胡錦濤在鞏固自己權力的過程中，必然會觸動江派的利益，於是上演了中共政壇的一系列變局。

如今薄熙來的政治生命已經結束，周永康將成為落馬的「大老虎」，

關押迫害法輪功學員的主要場所勞教所正在全面解散,雖然中共對法輪功的迫害還在持續,但是,江澤民為迫害法輪功而精心打造的堡壘正在坍塌,迫害已經難以為繼、走向末路。

如果對這一年多來中共高層落馬的官員做一下盤點,幾乎都是參與迫害法輪功的血債幫成員,包括王立軍、薄熙來、周永康這些人無論以什麼方式落馬,從中國傳統的觀念來看,可以說這些人都是因為迫害法輪功遭到了惡報。

印度聖雄甘地曾經說過:「他們一開始忽略你,然後嘲笑你,然後打擊你,然後你贏了。」如今越來越多的人讀懂了中國正在發生的這個故事的核心:法輪功持之以恆的和平反迫害,正在贏得這場較量,壞人會遭到懲罰,所有支持良善的人和團體,包括敢於為法輪功講話的《大紀元》媒體,也將越辦越興旺,這是人心所向,天意使然。

《新紀元》三中全會改革報導 證實極準

中共 18 屆三中全會《決定》於 2013 年 11 月 15 日對外公布,內容包括司法改革、土地改革、國企改革、中紀委擴權等事項。此前,《新紀元》9 月 26 日出刊的 345 期已報導了中共三中全會改革方案內容,前瞻性的預測,得到事實的驗證。

中紀委擴權 王岐山坐大

《新紀元》2013 年 9 月 26 日出刊的 345 期報導,中紀委直接管理反腐敗局,各省市分支機構直接由總局領導,撥款和人事由總局決定。就是把監察局和反貪局從行政序列中獨立出來,參照美國聯邦調查局的模式,變成一個由上至下的獨立機構,不受地方政府和黨委領導。

就在中共 18 屆三中全會結束後的第一天，2013 年 11 月 13 日中紀委書記王岐山召開中紀委常務會議，就三中全會對「反腐敗體制機制創新」提出新要求，對中紀委的改革作出布署：要落實中央紀委向中央一級黨和國家機關派駐紀檢機構，並對地方、部門、企事業單位進行紀檢「全覆蓋」。這意味中紀委及王岐山權力的擴大。

會議稱，此次中紀委提出的雙重領導體制「具體化、程序化、制度化」，就是要將過去一些不成文的規定，予以成文；將過去職權劃分不是很明確的地方，進行明確。

此前，11 月 8 日，中央紀委監察部對外發布名單稱，截至 2013 年 10 月 14 日，中央紀委監察部對外派駐的紀檢組為 51 個，分布在最高法院、最高檢察院；47 個「國務院組成部門、直屬機構、辦事機構、直屬事業機構、直屬特設機構」。

消息表示，在中央一級黨和國家機關，如組織部、宣傳部、統戰部，全國人大、全國政協等，雖然沒有中央紀委監察部的派駐機構，但均有各自的紀檢員，中直機關也設有專門的紀工委。此次行動預示著中央紀委將向這些部門派駐專門的紀檢機構。

報導稱，上述四大部的紀檢小組人員編制上都屬中紀委，取代原有在編制上隸屬於各自部門的紀檢人員，並將繼續近年收回省委書記對地方紀委書記任命權的做法。

中紀委 20 個巡視組各地「監視」

2013 年 10 月，中共 18 屆三中全會會期臨近之際，中共中央巡視組 2013 年第二輪巡視共派出 10 個組，分別巡視山西、吉林、安徽、湖南、廣東、雲南、新華社、國土資源部、商務部、三峽集團。中紀委還強調要重視對各地一把手的監督，並點名江派控制的三峽工程、新華

社、商務部。評論認為，習王派巡視組進駐三大江派基地，抓牢江派「小辮子」，或會讓江派在三中全會上「消停」。

此前，2013 年 5 月，中共中央向江西、湖北、內蒙古、貴州、重慶、中儲糧、水利部、中國出版集團、中國進出口銀行、中國人民大學派出了 10 個巡視組。

接近中央紀委的消息人士表示：「以目前每年 20 個巡視組的規模，需要十幾年的時間，才能巡視完一遍；各省市自己的巡視中，也存在類似的問題。顯然，這不能滿足『全覆蓋』的要求，所以提出要改進巡視制度。但具體做法，還有待細節的公布。」

奪回地方司法權 政法委權力被削

《新紀元》2013 年 9 月 26 日出刊的 345 期還報導，各地法院獨立出地方政府和地方政法委，由北京通過最高法院直接管轄，撥款、人事都由最高法院決定。

而中共官方 11 月 15 日公布 18 屆三中全會通過的《決定》，其中在關於法治與司法管理體制上稱，「推動省以下法院和檢察院的人財物統一管理，並探索建立與行政區劃適當分離的司法管轄制度。」

此次司法改革的舉措是中共中央成立大法庭，對地方死刑和上訪進行司法覆核，把地方的司法權力奪回，並對周永康的政法委勢力進一步削權。而且，中共宣布組建「國家安全委員會」，習近平 11 月 15 日解釋成立國安會時稱，集中統一領導，推進國家安全法治建設。

《新紀元》周刊曾在 2012 年報導過原中共政治局常委喬石關於調整政法委權力的建議，其中一點就是法院獨立於政法委。這次北京借助上收事權將法院系統剝離出地方政府的管轄，實際上是更進了一步。

過去十幾年裡，政法委的頭子周永康從勞教制度中獲取了驚人的

經濟利益。政法委系統凌駕於法律之上，它通過對全社會的「維穩」綁架國家機器，對民眾實施打壓迫害，又以維穩之名每年向政府索取巨額資金。

《新紀元》報導，目前中共司法制度因鎮壓法輪功而出現真空，導致整個社會司法混亂，國家進入失控邊緣，迫使習李當局在三中全會轉移司法權，以圖控制司法混亂的狀況進一步惡化。

這預示中共現任當權者將從地方收權到中央，重新建立權威，把江澤民掌權時代搞的政法委、法外特務機構「610」的跨部門權力收到習近平自己的手上。這標誌著政法委、「610」已名存實亡。

江習激鬥 廢除勞教掀江派罪惡核心

中共 18 屆三中全會後，官媒新華社發布的《決定》比外界預期提早了四天，全文共 16 部分約兩萬字，涵蓋了 60 項的改革議題。當中在司法改革範疇，正式廢除勞動教養制度。

中共實施了 57 年之久的勞教制度，成為當局打擊迫害無辜民眾的工具，有關取消勞教制度的呼聲不絕於耳。有關廢除勞教制度問題，中共高層對此意見分歧一直很大。習陣營曾嘗試廢除勞改制度，但遇到巨大阻力。《大紀元》獲悉，為廢除勞教制度，習近平陣營與江派展開激烈搏鬥，習近平拍桌子與江派劉雲山翻臉。

2013 年 1 月 7 日，中共政法委書記孟建柱宣布 2013 年將廢除勞教制度之後，引發了有迫害法輪功血債的江派血債幫的強烈反彈。此後，相關報導很快被詭異刪除。

2013 年 4 月，《走出馬三家》報導曝光後，觸發國際媒體及大陸民眾對關押在馬三家勞教所的大量法輪功學員遭遇酷刑、性侵犯、活摘器官等駭人罪惡的強烈關注。

同時，也引起江澤民陣營激烈反撲，利用遼寧政法委的江派勢力在官媒《法制日報》和新華網聲稱，馬三家勞教所酷刑報導不屬實。

從江澤民時代開始，許多的罪惡都發生在勞教所，或與勞教所有關聯，廢除勞教實際是「撬動」江派的根基。中國一切問題的核心是迫害法輪功問題，勞教所黑幕涉及江澤民流氓集團的罪惡核心。

方竹笋、任建宇、唐慧等勞教案的結果，都是中共政法委系統利用勞教制度非法迫害民眾的典型案例，這也突顯習李陣營與江派的公開分裂。

《新紀元》曾獨家報導，中共高層準備徹底廢除勞教制度，但受到來自中央政法委的反對，企圖以改革該制度的方式來維持勞教的存在。2012年8月，兩大黨媒刊登批判勞教制度的文章，《新紀元》預示政法委已失勢，中共將拿勞教制度開刀。

勞教所的清空從2013年開始一直在祕密地進行著，到11月中官方宣告廢除勞教為止，部分地區的勞教所已清空，包括北京的一些大型的勞教所。但是部分被釋放的法輪功學員，仍是被以各種理由抓去洗腦班或者監獄，甚至直接非法判刑，迫害並沒有因此停止或減緩。

土改斷地方財路 加劇中共上下分裂

《新紀元》2013年9月26日還報導，18屆三中全會對地方政府職能權力的調整，將「極具突破性」，是「最近40年以來最大」的動作，也是目前爭議最大的問題。

《新紀元》報導說，此次中共推動的經濟改革有三大重點，一是降低地方政府債務規模，規範地方政府發債行為。二是農村集體土地進入市場流轉，使鄉村居民最大程度享受集體土地增值帶來的利益。三是重新調整分稅制，中央、省、市、縣、鄉鎮五級財政，調整為中央、省、

市縣三級財政。地方政府自主事權必須和財政收入基本匹配。在適當時機開徵遺產稅和房地產稅，補充地方收入。

而中共 2013 年 11 月 15 日出台的《決定》，對於土地改革直接觸及地方政府的切身利益：穩定農村土地承包關係並保持長久不變，賦予農民對承包地占有、使用、收益、流轉及承包經營權抵押、擔保權，允許農民以承包經營權入股發展農業產業化經營。

此前李克強對地方黨政架空中央、上有政策、下有對策的做法頗為不滿。現下《決定》一出，被動了「乳酪」的地方政府，勢必更加與中央對立分裂。

18 屆三中全會的土地制度改革與戶籍制度改革一起，被認為是李克強「城鎮化」構思不可缺少的配套改革。現行中共體制下，二元制格局是大陸土地制度的最大特點，即城市土地歸國家所有，農村土地歸集體所有。

在三中全會之前，曾經多家媒體稱「土地改革」就是農民土地直接上市交易的問題，這樣土地會隨著房價上漲而上漲，農民在賣掉土地後，可以直接購買城市用房。其中，最大的問題在於，集體用地直接上市流轉勢必破壞地方政府壟斷土地市場的格局，直接斷掉地方政府的「土地財政」，會使得地方政府財路被截斷。

打擊江派壟斷國企 權力財富重新分配

《新紀元》2013 年 9 月 26 日報導地方政府職能會轉變，主要精神是減少政府干預權力，對各級政府事權進行大幅度調整。其中包括精簡機構和人員，減少對經濟和社會事務的直接管理，讓市場發揮更大的作用。

而三中《決定》顯示，對外界關注的國企改革動作比較大，如石油、

電信、電力價格將交給市場決定,誓言要進一步打破存在國企體系中各種形式的壟斷。

深化國資、國企改革方案出台後,央企紅利上繳比例或調至30%。《決定》稱,完善主要由市場決定價格的機制。提高國有資本收益上繳公共財政比例,2020年提到30%。

自中共18大之後,出於所謂治國政策的需要,習近平陣營對於國企的「開刀」就一直在進行之中。港媒曾報導稱,2013年3月,李克強曾公開點名批評央企五巨頭:中石油、中石化、中海油、中電信、中移動,說他們搞「家屬業務」。

為繼續迫害法輪功,江澤民以貪腐治國,收買官員。同時以親信控制油水最豐厚的領域和部門,作為迫害的經濟後援,包括石油、電信、鐵道、金融等等。中共的央企和國企幾乎成了江派利益集團的搖錢樹。

眾所周知,江澤民家族控制中國電信行業;前中共國家副主席曾慶紅、前中共政法委書記周永康兩家壟斷中國的石油行業;劉雲山的兒子則是著名的金融大亨;李長春家族掌控了部分文化基金。

自習近平上台後,周永康的心腹、前中石油董事長蔣潔敏被雙規,中石油四名高管被調查,廣州移動總經理李澤欣和廣東移動總經理孫煉等被雙規。這些跡象表明習陣營為收回國企權,處理江派大員以震嚇其他國企大佬。

《新紀元》分析,江派等利益集團經過20多年的經營,早就盤踞壟斷了中國的經濟命脈,習李的任何改革都勢必衝擊到江派核心利益。這次習李對國企大幅度改革,實質上是權力、財富的重新分配,從江派等利益集團手中將權力繳回。

第三節
太子黨爆激烈爭吵
洩露中南海最恐懼的危機

太子黨官員派孔丹（左）與普世派秦曉（右）的爭吵，弦外之音是：中共該下台了。（AFP）

　　中共18屆三中全會後，中共高層分裂加劇，而中共太子黨內部也早已分裂。曝光的太子黨中普世派和代表權貴利益的「保守派」的一次爭吵最引外界關注。著名政論家胡平評論稱，這次太子黨爭吵，雖然只有三五句，但背後的弦外之音、潛台詞很多。

胡德華：有一件事對我刺激非常大

　　胡德華2013年4月在《炎黃春秋》聚會時的一篇講話中稱，有一件事對他刺激非常大。那是北京最好的男校老三屆一些成功校友聚會，校友當年都是北京的紅衛兵、西糾等，一邊是普世價值，一邊是中共各級官員，後來大家吵了起來。

胡德華提起，官員派（孔丹）說：「你們這些普世派別給我們領導來添亂了。」這個普世派（秦曉）就說：「百姓的呼聲你們真的就不知道，真的就沒聽見？聽見了也還能那麼平靜、那麼無動於衷嗎？」官員派說：「你的意思不就是要共產黨下台嗎？」普世說：「同學啊，你怎麼連我們從小一起長大的同學的話都聽不進去？」官員派大怒說：「你他媽還是共產黨員不是了，你還有信仰沒有了？」後來這個普世派就說：「那你有信仰沒有啊，你把你的老婆孩子全放到美國去，那你有信仰嗎？」然後這校友就掛不住了，說：「我操你媽的……」這說明什麼呢？事情都知道，道理也都明白，但是不能說，不能商量，否則就老拳相加。

　　胡德華最後引用一個蘇聯人的一句話：「我們知道他們在說謊，他們自己也知道自己在說謊，他們也知道我們知道他們在說謊，我們也知道他們知道我們知道他們說謊。」

　　胡德華說：「所以我的心情很沉重。」

胡平稱三句話邏輯上不關聯

　　普世派只不過說要聽取百姓的呼聲，官員派立馬反問：「你的意思不就是要共產黨下台嗎？」官員派這話說得很不邏輯：為什麼人家說要聽取百姓呼聲就等於要共產黨下台呢？官方媒體不是天天在說共產黨深受廣大民眾擁護嗎？而普世派的回應也不合邏輯。按理普世派應該回應說：「廣大民眾都是衷心擁護共產黨的，你怎麼這麼不相信群眾呢？」可普世派的回應是：「同學啊，你怎麼連我們從小一起長大的同學的話都聽不進去？」

　　胡平說，以上三句話，語氣上很緊湊，但邏輯上卻顯得不關聯，把三句話背後豐富的潛台詞找出來，邏輯關係明顯。

胡平解讀潛台詞：「中共該下台了」

　　胡平解讀稱，普世派僅僅是說要聽取百姓的呼聲，官員派立馬就說別人就是想要共產黨下台。這裡官員派的潛台詞是：「既然你我明明都知道，如今中國老百姓的意願就是要我們共產黨下台，你偏偏要我們聽取百姓的呼聲，這不就是要我們共產黨下台嗎？」

　　不過普世派可以搬出官方宣傳話語，說廣大民眾是擁護共產黨的，讓老百姓說話，共產黨的統治不會垮台的。但普世派深知這套話純屬謊言。普世派本應理直氣壯地說：「既然大多數老百姓就是想要共產黨下台，共產黨就應該下台。」或反問：「如果大多數老百姓就是要共產黨下台，難道共產黨還不應該下台嗎？」

　　可是普世派不敢這麼說，於是只好搬出「從小一起長大」的老關係老交情，試圖讓對方相信我們也是為了你們好，沒有惡意。

　　官員派發現普世派在回避，氣勢更盛，進一步責問：「你他媽還是共產黨員不是了？」這話的言外之意是：是共產黨員，就該把黨的利益、維護黨的壟斷權力放在第一位。不過官員派感到，露骨強調黨的利益黨的權力不太好。於是他又接著說出一句：「你還有信仰沒有了？」說到信仰就顯得堂而皇之，很崇高很神聖了。

　　這句「你還有信仰沒有了」讓普世派抓住了狐狸尾巴，反問：「那你有信仰沒有啊，你把你的老婆孩子全放到美國去，那你有信仰嗎？」官員派理屈詞窮，無言以對，於是乎惱羞成怒，大爆粗口，老拳相加。

　　胡平稱，胡耀邦當總書記時講過一句很精彩的話：「如果人民不歡迎我們，就該我們下台了。」當普世派說要聽百姓的呼聲，官員派反問：「你的意思不就是要共產黨下台嗎？」時，如果普世派就借用胡耀邦的話回敬：「如果人民不歡迎我們，就該我們下台了。」試問官員派何言

以對？

　　胡平稱，這場紅二代的爭吵，以官員派的大敗告一段落。不過普世派也談不上取得勝利。因為這位普世派不敢明確說出：「如果大多數民眾想要執政黨下台，執政黨就應該下台！」這麼一條普世的公理；並進一步表示，共產黨也無權例外。

　　早前多方報導稱，這場爭吵是在 2013 年北京四中舉辦的老三屆成功校友聚會上，代表保黨維穩派的孔丹和代表普世價值派的秦曉之爭。

　　《新紀元》評論說，對於這場爭吵，人們不覺得奇怪，因為中共內部，特別是習近平身邊的太子黨內部，左右派別的觀點之爭早已不是新聞了，雙方立場對立由來已久。很多網民稱，這場爭吵表明，紅二代已經公開分裂，難以調和。

第四節
中央黨校公開討論中共崩潰後事

位於北京西郊頤和園旁邊的中共中央黨校，歷屆校長包括毛澤東、胡錦濤和中共最高領導人習近平，都使這所學校一直籠罩著神祕的面紗。（AFP）

中共建政 64 周年前夕，英國《金融時報》發表評論，提出一個存在已久的問題：中國共產黨還能在中國存活多久？文章披露，即使在中共中央黨校，這些黨校教授都可以沒有禁忌的討論中國共產主義的崩潰，而不用害怕受到報復。

薄熙來案於 2013 年 8 月 22 日在濟南開庭，而 1991 年 8 月 22 日，正是蘇聯共產黨倒台的日子。中共最怕薄熙來策劃政變和參與活摘法輪功學員器官罪行曝光導致中共立即垮台，但薄案開審日卻偏偏落在了蘇共垮台的同一天。地球上兩個臭名遠揚的共產專制政權在相隔 22 年的同一天被全世界聚焦，難道僅僅是歷史的巧合嗎？

「當它崩潰的時候，我們計畫怎麼辦？」

報導說，在北京西部，中共的頂級間諜學校和頤和園之間藏著一個

地方，這裡是這個國家唯一一個可以公開辯論共產黨的滅亡而不用害怕受到報復的地方。但是這塊枝繁葉茂的地址不是美國資助的自由智庫之家，也不是地下異議人士的密室。它是中共中央黨校的校園，這個政府專制領導人的精英培訓學院。

中央黨校建立於 1933 年，目的是灌輸馬列主義毛澤東思想，過去的校長包括毛澤東、習近平和胡錦濤。為了跟上中國社會的巨大變化，近年的課程做了根本上的修訂。雖然學生們仍然學習資本論和鄧小平理論，但是他們也被教授經濟學、法律、宗教、軍事和西方政治思想。中高級共產黨幹部不但閱讀反腐敗文件，還要上歌劇欣賞和外交禮儀課程。

事實上，中共垮台的問題自從 1989 年天安門廣場大屠殺和蘇聯解體之後，就是一個常年的問題。自從它的隊伍 10 年前向資本家敞開大門之後，現在這個無產階級革命政黨，被形容為世界上最大的商會，身為會員是商人構建人際網絡和贏得豐厚利潤合同的最佳方式。

中共具備了所有滅亡的因素

在不到五年的時間裡，共產黨將挑戰蘇聯（69 年）和墨西哥革命制度黨（71 年）的執政壽命。現代化理論認為，專制主義制度往往隨著收入增加而民主化，製造一個龐大的中產階級加速這個過程，並且在長期快速增長之後的經濟放緩，使得這種轉變更加可能。嚴重惡化的不平等加上高度腐敗，可以增添變革的動力。

所有這些因素現在存在於中國。一些政治理論家，包括一些中央黨校內的人，認為中國在文化上和政治上很特殊，席捲阿拉伯的專制主義崩潰浪潮不會抵達中國。

但是其他人，包括有影響的中國知識分子，傑出的西方漢學家，甚至一些自由思想高級共產黨員，相信如今是共產主義時代的最後日子了。

教授觀點：共產黨類似中國王朝垂死之日

著有《歷史的終結》和《最後的人》的斯坦福大學高級研究員弗朗西斯‧福山（Francis Fukuyama）說，他相信中國將遵循大多數其他國家的道路，可能通過逐漸自由化最終獲得民主。但是如果這個沒有發生，他說阿拉伯之春式的人民起義也有可能。

但批評者認為，共產黨在應對其人民要求方面，花樣不斷翻新的過程比傳統的專制主義制度更加靈敏。直到幾年前，喬治‧華盛頓大學中國政策項目主任沈大偉（David Shambaugh）還是這個觀點的堅定支持者，但是現在他已經改變了他的想法，並且相信，共產黨處於下滑的狀態，類似於中國歷史上王朝垂死的日子。

這些跡象包括一個空洞的國家意識形態，惡化的腐敗，無法向公眾提供足夠的社會福利，和普遍的公眾不安全感和挫折感。其他跡象包括日益增加的社會和民族動盪、高層派系鬥爭、課重稅並且所得大多數流入官員腰包、嚴重的和惡化的收入不平等，以及沒有可靠的法治。沈大偉說，人們對這個制度信心微弱的一個強大指標是，中國富裕精英層在海外資產、海外銀行帳戶和在西方大學學習的子女數目。

「這些個人已經準備好一聲令下就起錨，一旦政治制度終結。但是他們將仍然留在中國，為了在那之前攫取最後一分人民幣。」他說：「他們的對沖行為，大大揭示了中共今天黨國脆弱的穩定。」

水晶棺裡的木乃伊

《金融時報》報導說，人們對躺在天安門廣場水晶棺裡的木乃伊的態度也發生了變化。10 年前常常見到人們嚎啕大哭。但是今天，參觀者們帶著漠然和輕微的失望。「我排了一個小時的隊就是為了看到這個？」一個中年男子帶著方言口音說：「我肯定那就是一個蠟假人。浪費時間。」

過去 10 年，這種微妙的態度改變代表著一個更深層的中國社會的改變。「共產黨的意識形態基礎真的非常空洞。」加州大學河濱分校教授林培瑞說：「人們這些天入黨就是為了建立關係和升遷，而不是為了任何社會主義理想。」

也許最多的冷嘲熱諷和對權威的質疑存在於龐大的網路。中國的網路審查，當局阻斷推特、臉書、YouTube 和無數其他網站和服務，因為共產黨害怕這些可能被用來組織政治反對。但是政府控制下的國內變種比如微博呈爆炸式發展，仍然允許人們以歷史上從未有過的方式，來部分規避共產黨對公共話語的控制。

隨著中國經濟放緩和民眾憤怒增加，這種對思想、觀念和信息的失控讓共產黨真正擔憂。

經濟危機將觸發體制崩潰

《金融時報》報導說，從大多數角度來衡量，共產主義中國現在是世界上最不平等的社會。大多數財富集中在一個小的、政治上彼此關聯的精英層手中。如果目前的經濟放緩演變成一個經濟危機或觸發廣泛的失業，大多數分析家相信，政府將很快面臨某種民眾起義。84 歲的著

名經濟學家茅于軾說：「政權的合法性主要來自於經濟改革的成功，而這種期待現在非常高。」茅于軾預測，由於積累巨大的壞帳和巨大的房地產泡沫，在未來一到三年中國將面臨「不可避免的」金融危機。林培瑞說：「目前的中國制度肯定將在某個時點崩潰——它可能是數月、數年或幾十年，但是當它崩潰的時候，每個人都將說，當然，它注定要發生。」

奧林匹克詛咒

《金融時報》報導說，有一個可愛的歷史巧合是，沒有一個專制政權，除了墨西哥，在主辦現代奧運會之後能夠繼續維持 10 年。想一想 1936 年的柏林，1980 年的莫斯科，1984 年的薩拉熱窩，和 1988 年的首爾。現在距離中共舉辦 2008 年北京奧運會已經過去五年。

在經過 30 年的經濟增長之後，中國的增長模式開始呈強弩之末。許多黨內外的人擔心，通過使用老的鎮壓工具來壓制越來越大的公眾不滿，新的政府可能有一天醒來發現街頭布滿民眾。

第十三章 周永康和中共都罪不可赦

中國大變動系列 **018**

周永康垮台全程大揭祕

作者：新紀元編輯部。**執行編輯**：王淨文 / 張淑華 / 黃采文。**美術編輯**：吳姿瑤。**封面設計**：R-one。**出版**：新紀元周刊出版社有限公司。**電話**：886-2-2268-9688（台灣）852-2730-2380（香港）。**傳真**：886-2-2268-9610（台灣）/ 852-2399-0060（香港）。**Email**:mag_service@epochtimes.com。**網址**：www.epochweekly.com。**香港發行**：田園書屋。**地址**：九龍旺角西洋菜街56號2樓。**電話**：852-2394-8863。**台灣發行**：高見文化行銷股份有限公司。**地址**：新北市樹林區佳園路二段70-1號。**電話**：886-2-2668-9005。**規格**：21cm×14.8cm。**國際書號**：ISBN978-988-13130-0-3。**定價**：HK$98 / NT$398。**出版日期**：2014年1月。

新紀元
NEW EPOCH WEEKLY